1978—2018

改革开放40年
最有影响力的40部小说

长篇小说卷

《小说选刊》杂志社 选编

王 干 主编

中国言实出版社

总 序

改革的呼唤 小说的开放

——论中国改革开放 40 年的小说

王 干

改革开放 40 年（1978—2018）的小说无疑是当代文学史最浓墨重彩的部分，今天我们来探讨这样一个历史时段的文学，既是近距离，又是远距离。远距离是时间已经过去 40 年，从 1978 年开始的新时期文学，已然成为历史。而正在发展变化的文学过程，刚刚过去，又是超近的距离。我在这里重点阐发改革开放这样一个伟大的历史时期对小说的外部和内部产生的巨大影响，它催发出的小说思潮和小说变革成为五四新文学诞生以来的又一个高光时刻。在恰逢改革开放 40 年之际，本文将 40 年改革开放与文学创作之间的互动从社会背景、写作理念、叙事、语言、美学以及阅读主体构成的变化等多方面纳入一个整体中来予以系统考察，多维度地呈现出改革开放后文学创作的生长性面貌和特有的历史节奏感，以推动改革开放文学经典化的研究继续走向深化。

"兴废"：改革策动与小说回应

"文变染乎世情，兴废系乎时序"，刘勰在《文心雕龙》里的这句话用来描述改革开放与文学创作的关系是非常确切的。改革开放 40 年来，我们国家在经济、社会、文化等方方面面都取得了历史性的变革、历史性的发展、历史性的成就，文学与改革开放是一起呐喊、一起前进的，成为改革开放文化中的重要组成部分，因为"文变染乎世情"。中国社会的变革与转型在1978年被推至一个临界点，这一时期既意味着巨大的机遇，也意味着一个持续的"乍暖还寒"的险境。1977年《班主任》的发表也是呼应了时代，1978年党的十一届三中全会的召开，奠定了从封闭保守、强调意识形态领域的斗争到认同现代化大趋势的对内改革、对外开放的大势。

1978年底，《文艺报》和《文学评论》两家刊物联合在新侨饭店礼堂召开了140余人参加的"作家作品落实政策座谈会"。以这次会议为新起点，文艺界才开始"落实政策"，恢复大批作家的名誉和自由。平反政策的落实让从事文艺创作和评论的工作者在心理上找到了认可和慰藉，逐步获得了相对合法的身份，也就是说改革开放为文艺创作提供良好的社会环境。1979年第4期的《上海文学》推出了李子云和周介人的文章《为文艺正名——驳"文艺是阶级斗争的工具"说》，并提供专栏展开讨论。这是文学对政治过度介入的一次公开的反拨，也是一次对文学艺术审美本质的呼唤。这次"为文艺正名"的讨论具有一种历史性开端的意义。

现在的文学史把"伤痕文学""反思文学""改革文学"作为历时性的三股文学思潮，好像是不断进化的一个文学的过程，而今天我们重新来阅读这些作品，发现这个过程不是直线的进程，三者有时候是相互交叉的，在批判揭露"极左"思潮的错误的同时自然会反思历史伤痕形成的原因，在如何摆脱历史困境寻找未来出路时，当然会发出变革社会的呼声。伤痕文学、反思文学作为短暂的文学潮流在一定程度上释放了大众对于民族灾难和个体创伤的哀怨，接下来需要重新面对新的生活，因此改革文学代替伤痕文学、反思文学的主潮也是时代所需，具有历史的必然性。"春江水暖鸭先知"，中国的作家先感受到时代春风的来临。同时，文学也反映出人民的心声，能够及时地传达老百姓对社会变革、对社会进步的诉求。作家通过写作品来呼唤时代变革，呼唤社会进步，呼唤我们对旧有的陈规陋习进行变革性的改造，比如王蒙的《说客盈门》、高晓声的《陈奂生上城》、刘心武的《班主任》、何士光的《乡场上》、张抗抗的《夏》都隐隐地昭示着现实的变通的诉求，《说客盈门》带有"问题小说"的直白和真切，它首先感到现实的困局，期待时代的变革，是改革的潜在的呼唤。

1979年7月，蒋子龙的《乔厂长上任记》问世，改革文学就此开启，与

"伤痕文学"和"反思文学"共时发展。改革是中国社会的伟大变革，作家自然成了马前卒，文学也吹响号角。改革文学借助于改革之风点燃激情，记录下万物生长的历史瞬间。改革文学是一种对中国当代现实的发展变化做出直接回应的文学，不仅客观记录了改革的进程和艰难，也呈现出现实的种种弊端。可以说，改革文学全景式地展现了转型与改革的社会场景，并深刻地书写出中国人对于现代化的期待与渴望，以及对于纠缠于新旧之间的改革的忧与思。如果说改革是一场大戏，那么改革文学则是这场戏剧的生动的脚本，里面记录了民族心理的脉动。《乔厂长上任记》《三千万》《沉重的翅膀》《鲁班的子孙》《花园街五号》《祸起萧墙》《改革者》《燕赵悲歌》《鸡窝洼的人家》《新星》《开拓者》《彩虹坪》等都是这一时期涌现出来的优秀的改革文学作品。

改革文学带有某种倡导性和探索性，引起强烈反响的同时，也引起了争论。改革文学的开山之作《乔厂长上任记》刚发表的时候，遭到当时的天津市委的批判，是中宣部和中国作协给予了直接的干预，肯定了蒋子龙以及小说的意义。《人民日报》也登载了对《乔厂长上任记》《燕赵悲歌》等作品的肯定性评价，因此，改革文学反过来又促进了改革开放的步伐，对社会转型起到了很好的建设性作用，也有很强的介入现实生活的功能。而且，这种介入是全方位的，比如《乔厂长上任记》倡导的是工厂人事和技术革新，《沉重的翅膀》是对改革现实的书写，《彩虹坪》呼唤的是家庭联产承包责任制，《新星》关注的则是基层政治生态的改进。

改革文学之所以受到欢迎和关注，也是因为这种文学真实地展现了民族变革的热望并承载了大众的梦想，作品中改革者的形象为民族提供了可以参照甚至膜拜的偶像，契合了大众对英雄的期待心理。时代造就了英雄，也呼唤着书写英雄的文学，许多作家被时代改革的氛围所感染，陆文夫在创作《围墙》时就说他的目的就是支持改革者。也就是说改革文学的创作者与时代的步伐是休戚相关的，迎合了时代审美的"胃口"。《乔厂长上任记》中的乔光朴、《新星》中的李向南、《沉重的翅膀》中的郑子云等都是改革文学浪潮中的英雄，作家通过文本建构出一个个有魅力、能产生正向价值影响的改革者形象，这些形象受到了热烈的追捧，反过来也激励着现实改革中的类似形象的现身，因为民族的新生需要偶像的重构。

改革文学热潮四起，但那个时候的作品基本模式还是改革与保守的二元对立。随着改革进入深水区，20 世纪 90 年代初期，河北的"三驾马车"谈歌、何申、关仁山分别写下了《大厂》《信访办主任》《大雪无乡》，这些作品是以广阔的农村和国有大中型企业为主战场，书写改革进程中的社会阵痛和突围。《大厂》是这一时期改革文学的代表作之一，此时的改革矛盾不再是简单的二元对立，而是涉及形形色色的人物，也不再是依靠个别英雄来完成改革的图景。这一时期的小说呈现出更为复杂更为交错的原生态。

20 世纪 90 年代后期，中国的改革不断推进，改革中出现的矛盾冲突加剧，官场出现了腐败现象，改革与反腐在作家的笔下产生了一种新的联系。原先的改革派和保守派之间的冲突往往还是观念上的差异，到了 20 世纪 90 年代后，利益的冲突成为改革文学的新的焦点。柳建伟的"时代三部曲"——《北方城郭》《突出重围》《英雄时代》（1997—2000）、周梅森的"改革三部曲"——《人间正道》《天下财富》《中国制造》（1997—2001）、张平的《抉择》与《天网》（2001）、陆天明的《苍天在上》（2002）。以获得第五届茅盾文学奖的《英雄时代》为例，小说选取的是党的十五大关于国企改革、发展民营经济、政府机关机构改革等一系列政策实施之后，中国在向社会主义市场经济体制转型过程中的艰难历程以及同期人们的生存境遇。小说的选材更为广阔，人物上至省委市委，下至平凡的摊主，重点探讨了价值标准多元无序等现实问题对中国当代人命运的全方位影响。这些作品继承了改革文学的精神，又写出了改革的复杂性。到 2017 年出版的周梅森新作《人民的名义》，形成了新的高潮。这部小说随着同名的电视连续剧播出，成为一个热点话题。可见，反腐文学的生命力依然很旺盛，因为作品触及了改革深处的方方面面，对当下的现实场景有着深刻的描写和真实的呈现。

改革开放促进了社会的发展变化，也带来生活的急剧动荡，中国现代化的进程改变了中国社会的面貌，各个社会层面都发生了程度不同的变化，而小说家敏锐地捕捉到这些剧烈或细微的生活差异，构成了新的文学板块。

21 世纪初，打工文学的出现，意味着改革开放对文学的影响从时代的层面转向对新的社会群体的关注。"打工"是改革开放以后农民进城的一个特定的方式，也是沿海地区最为常见的生存状态。"打工文学"这个定义虽然缺少严密的界定，也经历了一个从模糊到清晰、从边缘到中心的过程。在后来"窄化"的过程中界定为"主要创作者和题材内容集中在打工者中"，也就是说打工文学主要是打工者写的文学，同时也是写打工者的文学。打工文学拓展了文学的题材写作领域，也打破了传统的文学生产模式，是一种典型的"我写，写我，我看"的模式，门槛低，互动性强，而且是真正的接地气。打工者最早出现于广东省部分地区与长江三角洲一带，他们除了物质生活上的要求之外，还有着强烈的对城市生活方式的渴望，以及对精神生活的追求。后来随着年轻作家王十月、诗人郑小琼等人的作品的问世，打工文学在艺术上逐渐成熟，得到了更多的认可。王十月的《无碑》《烦躁不安》《31区》等长篇都具有强烈的批判意识和命运之痛，是打工文学中的代表作品。

比之打工文学，更有历史感和生命力的是都市文学的兴起，也是改革开放之后才出现的。1994年6月，《钟山》杂志和德国歌德学院北京分院在南京召开了城市文学研讨会，这是迄今为止第一次大规模的关于城市文学的研讨。这个研讨会非常有意味——对中国城市文学的热情研讨却是由外国的一个文化传播机构参与，意味着中国的城市化进程已经引起了世界的关注。在20世纪30年代中国文学曾经出现过写城市的风潮，当时有新感觉派的"生与色"的书写，有茅盾的社会剖析的《子夜》书写；40年代则有张爱玲的传奇式书写。改革开放以来，城市的书写逐渐显现出来，到了90年代则有王安忆的《长恨歌》，前几年还有金宇澄的《繁花》，这些都是描写都市的经典作品。现在年青一代对于城市的书写，已经从城市外在的变化的描写转向了对中产阶级或准中产阶级焦虑的表达。之前对题材的分类，比如"工业题材""农业题材""军事题材"，则显得苍白无力。

这些新的小说板块的出现，打破原先乡土小说一统天下的格局，另外乡土小说在近年来也出现"再书写"的转机。"再书写"的一个特征体现在对农民精神家园失落的描写，写回不去的无归宿的苦楚。在20世纪70年代末期，高晓声的一篇《陈奂生上城》，拉开农民进城的序幕。这序幕是进城小说的序幕，也是生活中中国农民进城的序幕。进入21世纪之后，农村城镇化的推进，加深了乡村文明的变迁和动荡。乡村文明的挽歌在作家的笔下缓缓地流了出来。"再书写"的另一个特征就是对家园的告别之后的回望，回望之后的回不去的喟叹。莫言小说中的"恋乡"和"怨乡"，曾打动无数读者。近些年来，大量的小说以"故乡""还乡"为书写的主题，和20世纪八九十年代的那场"进城"（打工潮）遥相呼应，这从另一个维度表达了改革开放之后人们心灵的波澜。

"文变"：小说观念的开放与更新

今天我们看待各种各样的小说形态，并不会诧异，但是当初文学界曾经为"三无小说"产生一番不小的争论。"三无小说"指"无情节""无人物""无主题"的带有实验性的作品，常常和意识流小说形态相关。而今天，这类"三无小说"显然没有发展成主流，更多的小说还是充满现实主义精神的"三有"之作；这种充满主观情绪的小说出现了，也不会再有人大惊失色去指责。这说明小说观念已经从单一的定于一尊的某种小说模式走向了多元的开放的小说价值观。当然，这种价值观的形成也是经过了反反复复的过程。

"欲新一国之民，不可不先新一国之小说。"梁启超提出的小说观使小说的地位得到跃升。改革开放后，与小说观流变相伴的是小说地位的不断变化。1978 年 12 月改革开放拉开大幕，伤痕文学、反思文学以人道主义反抗"极左"思想，小说获得极强轰动效应。1984 年之后，在"文本自身建设"的小说观下，先锋小说大量涌现，疏离、解构传统叙事模式。小说观出现分化：伤痕、反思、改革小说创作和政治关系紧密，寻根、先锋、新写实小说等则指向文化和审美。前者注重意识形态导向及社会效应，后者强调文学的审美、拥抱个性、自由。1988 年，王蒙发表了《文学：失去轰动效应之后》，文章揭示了在社会开放、作家分化、"严肃文学"或"纯文学"被边缘化等大趋势面前文学界的反思和期望。经历"文本自身建设"的"先锋"浪潮后，在冷寂中中国作家的小说观继续完善。20 世纪 90 年代后期，先锋作家开始回归现实主义传统，新写实小说家持续开疆辟土，各种流派的小说观多元并存。21 世纪，在商业社会背景下，"主旨在娱"的小说观与互联网新传媒联姻，网络小说大行其道；一种将生存法则、行业潜规则植入小说的类型小说，受到大众的热捧。纯文学与网络文学、类型小说的分野，是精英与草根的小说观的分野，也是一次回归或是小说观念的再度更新。

小说观念的变革来自国门的打开。纵观中国改革开放的历史，最早"开放"的是文学艺术。20 世纪 70 年代末期，大量西方现代主义文学就陆陆续续翻译出版，这是现代主义在中国的第二次登陆（20 世纪 20 年代，新文学诞生之后不久，"现代主义"就登陆中国，但之后随着历史风云的变化，启蒙和救亡的双重奏，"现代主义"渐渐消隐，甚至成了资产阶级文艺"颓废派"的别名）。改革开放后，西方小说观念重新成为小说家创作的理论资源，1978 年朱虹在《世界文学》的第 2 期上发表了《荒诞派戏剧述评》。从 1979 年初开始，袁可嘉、陈焜、柳鸣九、赵毅衡、高行健、孙坤荣、陈光孚等人就相继发表文章介绍现代派文学的状况，1980 年袁可嘉、郑克鲁等编选《外国现代派文学作品选》（八卷本）出版。这一系列的动作为高行健《现代小说技巧初探》（1981 年由花城出版社出版）的到来积攒下了人气。

1979 年至 20 世纪 80 年代初，王蒙的《春之声》等一系列小说，茹志鹃的《剪辑错了的故事》，宗璞的《我是谁》等都不约而同地显示出"意识流"的痕迹。1982 年，冯骥才、李陀、刘心武、王蒙四人所写的信，被称为"四只小风筝"。冯骥才大声疾呼"中国文学需要'现代派'"。据洪子诚先生统计，1978 年到 1982 年短短五年间，全国主要报刊登载的译介、评述、讨论现代派文学的文章，约有四百余篇。1984 年和 1985 年"走向未来丛书"和"面向世界丛书""现代西方学术文库"等译作蜂拥而至。1987 年《收获》第五期"先锋作品专号"，余华、苏童、格非、马原、孙甘露等"先锋作家"集体登场。90 年代后，作家"文本意识"普遍增强，不少声名显赫的中国小说家，身后是一个或一批外国小说大师的影子。痛定思痛，小说家开始反思。这种回流场景出现在 1985 年，当时一些年轻的作家在受到拉美魔幻现实主义的冲击之后，有意避开西方文学的路径。路径依赖，是当代小说家创作的一个瓶颈。每个成功的小说家背后，都站着一个西方的大师。

寻根文学的初衷是为了及早地摆脱西方文学现代派的路径，但是由于自身文化的限制，寻根变成了理论的探索而不是小说的探索。"根"最后被一些作家简单地理解为生命的蛮荒和生理的本能，或者理解为文化的原初的形态，一些民俗和伪民俗被当作小说的本质充斥到小说里。脱离现实，逃避人生，一味追求小说的异域风光和蛮荒景观。寻根文学最后景观化的展示，经历了短暂的热闹之后很快退潮。"新写实"小说的兴起，在否定之否定之后，1988 年《文学评论》和《钟山》联合召开的"新写实与先锋派"的会议，现在看来是一次转折。重新认识现实主义，当然也重新认识现代派，影响深远。

中国小说家接受全球文学潮流的冲击和影响，小说观念获得前所未有的变异和发展，格局从封闭走向开放，从单一走向多样。小说"开放"随着"改革"深入，最终产生一种"文化回流"，世界文学潮流冲击中国，也增强了我们的文化自信。接受"现代主义"而保有中国本色的小说家汪曾祺，其价值因此而被重估。独特的中国文化令《红高粱》《白鹿原》《长恨歌》《尘埃落定》等现实主义为主要创作方法的长篇巨制大放异彩，中国作家的文化自信得以迅速增强，这是对文化寻根的一次否定之否定，"开放"之后中国小说回归到民族本土。

硕果：小说探索的深化与优化

人物的塑造。改革开放40年的文学创作，硕果累累，尤其在小说创作方面，塑造了一大批我们耳熟能详的典型人物，如陈奂生、香雪、高加林、巧珍、乔光朴、李向南、倪吾诚、章永璘、许三观、福贵、张大民等，还有王朔笔下的顽主、姜戎笔下的"狼"，都与五四新文学的阿Q、祥林嫂、吴荪莆、老通宝、骆驼祥子以及红色经典里的小二黑、老忠、林道静、梁三老汉等成为新文学人物画廊中的标志性人物。这些人物的生命力旺盛，至今还常被人们提及。

这一时期的小说摆脱之前的"高大全"模式，写出了人物性格的丰富性和多样性。改革开放之前的小说曾大量出现福斯特所说的"扁形人物"，这类人物是漫画性的，人物某一方面的特点被突出甚至被夸张，形象变得特别简单粗糙。而我们上述说到的人物，不再是简单的概念化的人物，而是透露着生活地气的"圆形人物"，人物性格具有成长性和复杂性。他们都堪称典型环境中的典型人物。

另外，由于小说观念的嬗变，人物也不再是衡量小说成败的唯一标准。改革开放后，在新的小说观的影响下，人物和故事不再是两张皮，而是产生融合，二者不可分，互为表里。一部分小说家的小说变得尤为注重审美意趣、文化意蕴，他们重返五四时期"现代主义"所开创的小说传统，返回以意境营造为核心的叙事传统，一些小说家淡化了故事情节也消减了人物形象塑造，成为一种被称之为"散文化的小说"。王蒙一方面塑造了鲜活的人物，另一方面则着力于意境、意象这些非人物塑造的尝试，《春之声》《夜的眼》《风筝飘带》《杂色》蔚然领风气之先。近些年来，王安忆发表的小说《闪灵》等短篇小说非常像随笔作品，而迟子建发表的小说《候鸟的勇敢》在人物形象塑造上也表现得漫不经心，这或许是中国作家对法国新小说"去人物化"写作的某种尝试性呼应。

叙述的创新。小说作为叙述的艺术，经历了说书人模式到现代小说叙述模式的巨大转变。以叙事学的角度考察叙事模式的更新，可以通过叙事时间（故事发生的时间和讲述故事的时间）、叙事视角（限制视角、全知视角、纯客观视角）、叙事组织（人物关系、事件关系、语义关系）来进行。改革开放以来，小说最大的变化在于叙述形态的多样化，之前的小说叙事基本限于全知全能模式和第一人称"我"的叙述模式，前者如梁斌的《红旗谱》，后者如杨沫的《青春之歌》，《青春之歌》用林道静的视角来叙述故事，实际是潜在的第一人称。而王蒙的《杂色》以马的视角来叙述，莫言的《红高粱》采用"我爷爷"这样超时空的叙述人视角，方方《风景》采用亡婴的视角，都是改革开放之后才有可能出现的"机智叙述"。这些叙述的尝试也成为后来小说的模板，为更多的后来者所采用或借鉴。

成功的小说叙事来自富有个性的叙述语言。在 19 世纪和 20 世纪之交，西方发生了"语言论转向"，波及整个人文学科，"人开始在语言中思考"，并开始对人的理性和人的经验的可靠性产生质疑。程光炜说道："一定程度也可以说，80 年代知识转型的整个过程都构成了一种重写'语言'的思潮。"在 80 年代中期以前的中国当代小说中，书写社会、生活、人生是焦点，语言只是作为"形式"，一种表达的工具。随着西方形式批评理论的引进，中国小说也开始走向对文学本体的探索，开始关注语言、叙事及文体的存在，语言的独立性和重要性开始凸显。王蒙的作品先于西方理论资源而显现出政治性话语向个人心理话语的转移。高行健在谈到王蒙的《杂色》时说："新词、新的句法自然而然地从他笔下流泻出来，明快、流畅，而又新鲜。"高行健较早认识到了语言的重要性，1981 年他在《现代小说技巧初探》专门谈语言："在小说创作中，作者自然把更多的注意力放在寻找一种能取得读者信任的叙述语言上。这就是在现代小说中为什么那样注意讲究叙述语言的缘故。正因为如此，也才出现一种极端的说法：风格即语言。"汪曾祺的《受戒》《大淖纪事》等作品在当时是非常独特的，虽然与当时的现实语境和流行话语有些隔膜，但汪曾祺通过独特的具有古典韵味与民间文化情怀的语言呈现出具有自己风格的文学作品。重要的是，他的风韵引领了一种关注语言的风尚。当然，汪曾祺也同样具有理论上的自觉意识，比如他在 1983 年也明确地说道："写小说就是写语言。" 1985 年青年批评家黄子平提出"得意莫忘言"的说法，他呼吁"不要到语言'后面'去寻找本来就存在于语言之中的线索"；希望能还语言以本体的位置，把它从工具论中解放出来。80 年代中期，《你别无选择》《透明的红萝卜》《小鲍庄》《冈底斯的诱惑》等大量充满陌生气息的作品登场，小说创作出现了大面积的异动现象。新的理论和王蒙、汪曾祺、莫言们的创作实践，让中国作家对小说叙述有了新认识，促成了小说叙述的丰富和更新。从 20 世纪 80 年代持续到 21 世纪初，作家考虑从"写什么"内容到"怎么写"的转移，生动见证了小说形式所受到的重视，也改变了语言的工具论地位与"风格学"的范畴，使之上升为叙述的本体。

写实的优化。虽然 40 年小说五彩缤纷，创新频频，但取得成就最高的还是写实主义的小说。虽然 40 年间那些名目繁多的形式创新让写实主义的小说显得有些苍老，但繁华落尽，沉淀下来的好作品依然是那些具有强烈写实精神的作品。《小说选刊》最近和中国小说学会联合举办的"改革开放 40 年 40 部最有影响力的小说"评选活动中，入选的 40 部作品几乎全是《白鹿原》《长恨歌》这样的写实性作品，连余华、苏童、格非这样标签明显的"先锋派"入选的《活着》《妻妾成群》和《望春风》也是写实性的作品，而不是实验性强的《在细雨中呼喊》《1934 年的逃亡》和《青黄》。先锋作家的转型，也再次证明了写实主义持久的生命力，形式主义是有限的，而写实主义是无限的。

但今天的写实小说和之前的现实主义有着巨大的变化，那就是融进了现代主义甚至后现代主义的很多元素，尤其在叙述主体方面显得更为"写实"。陈平原在《中国小说叙事模式的转变》中肯定了五四时期现代主义作家对叙事时间的自如运用，但他在考察叙事视角的运用时，发现只有鲁迅和凌淑华曾以纯客观叙事写过小说。1953 年，罗兰·巴特发表了一篇文章《写作的零度》，"零度写作"指作者在文章中不掺杂任何个人的想法，完全是机械地陈述或描述，也就是零度叙事。改革开放后，作家们迅速系统掌握了这项叙事技术，余华的处女作《十八岁出门远行》以细致的描写替代了故事的讲述，像摄像机一样记录一个少年的远行，读者几乎是通过他以文学描述出来的画面、人物动作，观看了一个故事。笔者曾在《近期小说的后现实主义倾向》一文中将"新写实"的特色概括为"还原生活、零度写作、与读者对话"等。纯客观叙事随着时间的推移，越来越受到作家们青睐。如果从叙事组织来考察，不难发现两种极端，人物关系、事件关系在改革开放之后变得要么更为疏离，要么更为紧密。一部小说的组织模式可以分为两个层面：显性的组织，隐含的价值。人物关系、事件关系的疏离处理，可以带来更强的审美效果——小说在审美层面，是作家与读者展开的一场隐秘的对话，疏离产生更强烈的审美张力，这是对隐含的价值的追求；人物关系、事件关系的紧密处理，常常表现为人物身份的立体化，立体身份产生立体的人物关系，它们合力产生强劲的推动力，使小说显性的组织富有质感，让人物和事件产生复杂而丰富的意义。如果谈论语义关系，我们不能忽视语言自身的生殖能力。语言依靠逻辑、语感，可以自行在文本中生长，中国的诗人精于此道，诗人通过语言自身的繁殖，确保文本的自足性。

这里不得不说风靡文坛多年的"新写实小说"。20 世纪 80 年代末至 90 年代初，方方的《风景》，池莉的《烦恼人生》，王安忆的《小鲍庄》，李锐的《厚土》，刘恒的《伏羲伏羲》，余华的《河边的错误》《现实一种》，刘震云的《塔铺》，朱苏进的《第三只眼》等小说超越了现实主义和现代主义的既有范畴，既体现出了对西方文学流派的借鉴，同时也显现出了对中国小说传统的继承和回归，被命名为新写实小说。

新写实小说在今天来看，是现实主义在中国踏出的坚实脚印，它为先锋文学的落地和转向提供了强有力的支撑。1985 年前后，先锋文学如火如荼，马原、余华、苏童、叶兆言登上文坛，以独特的话语方式进行小说文体形式的实验。毋庸置疑，先锋文学是中国当代文学进程中一个重要的文学现象。从肇始之初的"先锋实验小说"到后来的"返璞归真"，先锋派的作家们走出了一条饶有意味的文学创作之路。《米》《妻妾成群》《活着》《许三观卖血记》等小说的发表，意味着先锋作家减弱了形式实验和文本游戏，开始关注人物命运，并以较为平实的语言对人类的生存和灵魂进行感悟，现实深度和人性关注又重归文本。

先锋的转型反过来又影响到原先比较写实的作家，像陈忠实、刘恒、刘震云、阎连科等原本是非常写实的叙述，之后融进了一些新的叙述理念，用一种客观的、没有任何主观意向的叙述语调，将生活原生态进行了还原，因而，小说没有价值观的导向，没有爱憎，人物既不崇高，也不卑贱，他们只是本色地活着，存在着。新写实小说不按照某种理想来选取生活现象，也就无须突出什么、回避什么、掩饰什么，正是这种客观还原和零度叙述，使得小说具有了作者和读者"对话"的可能。

"新写实"之后被放大，被泛化，不论是 90 年代出现的刘恒的《贫嘴张大民的幸福生活》、刘震云的《一地鸡毛》还是今天马金莲的《长河》、石一枫的《世间已无陈金芳》，无论是 90 年代的《长恨歌》还是今天的《繁花》，我们可以看出作者叙述语调的平和和冷静，可以看出小说叙述者叙述态度的一脉相承。

或许这正是一种中国特色的现实主义写作，既不同于福楼拜的自然主义倾向的现实主义，也有别于巴尔扎克的批判现实主义，同时也区别于苏联的革命现实主义，更不是法国"新小说派"物化的现实主义，而是融合中国现实精神和传统文化内蕴的新写实精神。同时又是开放的现实主义，对外来的小说精华大胆地拿来。这是开放的小说硕果。

2018 年 11 月 1 日定稿

目录

附录

活动变人形

王　蒙

　　《活动变人形》在广阔的时空背景中，通过个人成长的深度心灵体验及其家族历史，挖掘与追问近代以来中国知识分子精神命运。小说以个人的心理体验为叙事焦点，将大跨度的时空背景中个性鲜活的人物群像、亦庄亦谐的故事叙述、丰富精微的细节描写，——结构在变形的叙事里，文笔老辣，深潜忧思，显示了作者对世界独特的感知与把握方式，以及对小说文体的艺术拓展。它是二十世纪中国知识分子心灵历程的缩影，也是一部继《围城》之后现代中国知识分子的"变形记"，具有思想史、文化史与文学史等多重意义。

《收获》1985 年 5 期
人民文学出版社 1987 年 3 月出版

长恨歌

王安忆

二十世纪中国文学的历史长廊中，城市文学的兴起改变了文学审美的基本面貌，由乡土至都市，由静逸优美的田园生活至喧嚣怪异的都市空间，文学的转向让很多新的人物粉墨登场。王安忆的《长恨歌》以长篇小说的形式，聚焦于二十世纪四十至八十年代上海一位女性的日常生活。历史情境与文学想象的精妙结合，大历史与小空间的穿插切割，呈现出斑驳陆离的城市文学景观。如果说要挑选一部最有代表性的二十世纪末的中国城市小说，非《长恨歌》莫属。

杨扬

《钟山》1995年2期至4期连载
作家出版社1996年2月出版

务虚笔记

史铁生

《务虚笔记》是史铁生居住在自己的内心，用独一无二的"写作之夜"开启的对生与死、残缺与爱情、苦难与信仰等重大精神问题的探究。这部半自传式的作品叙述了二十世纪五十年代以来的社会嬗变带给残疾人C、画家Z等一代人的影响。隔着咫尺的空间与浩瀚的时间，史铁生带领读者凝望生命的哀怨与无常，体味历史的丰饶与短暂。他用实的残缺的身体书写出最丰满的虚的生命笔记，呈现了心魂的起点和去向，这样的写作令人欣喜，更让人敬重。

宴静

《收获》1996 年 1 期、2 期连载
上海文艺出版社 1996 年 4 月出版

芙蓉镇

古 华

古华的《芙蓉镇》将对大历史的回顾置于乡村的人情冷暖和日常风俗之中，写尽政治风云动荡，及其对中国人生活、命运的打击和扭曲。他通过重启小说与俗世文化之间的关系，开辟了文学书写政治生活的特殊场域，将南国的柔美与政治的粗粝相碰撞，从中透视人性在魔幻命运面前，所展示出的美好与暗疾，细说世道人心和历史的沉浮起落。这部小说唤醒了一代人对于常识的尊重，以及对正常生活秩序的向往，是不应被忘记的文学碑石。

林建法

《当代》1981 年 1 期
人民文学出版社 1981 年 11 月出版

白鹿原

陈忠实

　　《白鹿原》把强势的社会政治从前台推向了后台，将笔墨重心放在最具中国历史文化传统意义的家族及宗法观念这一视点上，为家族争斗打上了中国政治斗争的特殊烙印。作品以儒家文化及其实践为正宗，扣住了儒家文化的精髓"仁义"，透过一个个鲜活的生命，既展现出人物"宽厚、温雅、刚强、正直"的社会人格，还在对儒家文化高度尊重的基础上，给予了隐秘的批判。陈忠实以史诗般的笔触和火热的情怀，不仅书写出了中华文明里的生活的家，还状写出了中华文明精神的家和灵魂的家。

吴秉杰

《当代》1992 年 6 期、1993 年 1 期连载
人民文学出版社 1993 年 6 月出版

白鹿原

羊的门

李佩甫

《羊的门》立足于广袤丰厚的中原大地，通过对乡村与城市、官场与情场、民生与民性的宏观把握和细致描绘，写出了权力与人的牢固扭结，是一篇深入到民族文化深层结构，探寻其内在灵魂的文化寓言。呼家堡四十年不倒的当家人呼天成，是李佩甫贡献给当代文学画廊的一个独特而深邃的人物形象，在他身上凝结着某种隐秘而强大的民族文化"暗物质"。《羊的门》是"一部重新发现民族灵魂的精湛之作"，以其冷峻而灼热的现实批判和文化反思，启发我们探寻国民性及其衍变，并唤起我们变革精神现状的决心。

《中国作家》1999 年 4 期
华夏出版社 1999 年 7 月出版

尘埃落定

阿来

　　《尘埃落定》探索出了在同一种空间演绎多种故事的可能，以优美的文字、丰富的情节表现了康巴藏族的历史。小说具有丰厚的藏族文化意蕴，神秘、神奇的魔幻色彩，在达成了历史与人性的探求后，展示出作家阿来高超的写作能力和烛照历史的卓越才华。它轻巧而富有魅力的语言，充满灵动的诗意，对普遍意义上的民族文化、历史、自然、人性所进行的完美呈现，使作品具有了独特的审美价值和思想深度。《尘埃落定》不但是藏族作家的巅峰之作，也是改革开放四十年最伟大的长篇小说之一。

臧永清

《当代》1998 年 2 期
人民文学出版社 1998 年 3 月出版

沉重的翅膀

张 洁

张洁的《沉重的翅膀》是新时期以来第一部正面书写工业改革的长篇小说，是一首献给改革者、献给伟大时代的激越慷慨的乐曲。在对现代化的热切期盼中，张洁自觉秉承时代赋予的使命，以过人胆识、诚挚之心握如椽之笔，描绘了围绕改革所展开的尖锐复杂的矛盾斗争，刻画了义无返顾、披荆斩棘的改革者形象，并将改革引向更为深广的表现领域。《沉重的翅膀》中所展现的工业腾飞、民族振兴的愿景令人向往，感染着一代代读者的心灵，激励着他们开拓进取创造辉煌。

卢 翎

《十月》1981 年 4 期、5 期连载
人民文学出版社 1984 年 7 月出版

古船

张炜

《古船》正面描写改革"巨雷"最初在中国土地上带来的沸动，以惊人雄心回溯此前半个世纪的改革"前史"，自问世之初，便被评价为具有史诗品格的集大成之作，也开启了以家族史与地方志透视大时代变革的叙事模式。历史河道中不息的奔流和作者自身不断扩展的文学版图，都为后来者的解读提供了新的参照系。张炜在而立之年创作《古船》时那种"奔涌的热情"与"执拗的勇力"，已凝固在时间中，成为中国新时期文学宝贵经验的一部分。

徐晨亮

《当代》1986 年 5 期
人民文学出版 1987 年 8 月出版

繁 花

金宇澄

《繁花》不仅关乎南方人文，还关乎小说传统，它证实了吴方言进入小说的可能性，填补了当代南方城市小说的空白。它从地域出发，又突破了南北方的阅读障碍。《繁花》建立了一座与南方有关、与城市有关的人情世态的博物馆。徜徉在这座博物馆，你可以观赏到拥有鲜明时代特征的种种日常生活和社交活动，比如出游、饭局、看电影、谈生意，等等。若干年以后，人们要了解二十世纪的上海，就会去读《繁花》，就像我们会从巴尔扎克的小说中感受当年的巴黎一样。

程永新

《收获》（长篇专号）2012 年秋冬卷
上海文艺出版社 2013 年 3 月出版

生死疲劳

莫 言

《生死疲劳》是书写二十世纪上半叶中国乡村社会的闹腾史及农民命运的扛鼎之作。小说让一个被消灭在"新社会"门槛之外的悲剧主人公,通过"六道轮回"的方式,进入被替换了的历史现场,充当演员、观众和讲述者等多重角色,对高密东北乡的历史做了惊心动魄的艺术呈现。作为土地主人的西门闹以灵魂之旅的方式走过当代乡村史,是历史对主角缺席之演出的戏谑与嘲弄。别出心裁的叙述结构,是以文学形式对新中国历史的重写,从而在高密东北乡的文学地理上竖起了又一座丰碑。

毕光明

《十月·长篇小说》2006 年 1 期
作家出版社 2006 年 1 月出版

笨花

铁凝

铁凝的《笨花》于华北大平原乡野生活中萃取历史理性和美学意蕴，饱含对人情、世俗与日常的同情，勘探中国文明之现代蝉蜕的历史现场，在凡夫俗子的日用常行中，以对历史的生活性叙事方式，展现了生生不息的民族精神和道德秩序。小说所塑造的人物形象，揭示的历史之"常"与"变"，蕴藉的"道"在"笨"及"日用"的智慧，以及"拙重"格局与"轻盈"笔触间的美学张力，超越启蒙而重返中国经验，展示出二十一世纪中国小说写作的新时代气象。

张未民

《当代》2006 年 1 期
人民文学出版社 2006 年 1 月出版

春尽江南

格 非

　　格非的长篇小说"江南三部曲"曾经荣获第九届茅盾文学奖。《春尽江南》既是"江南三部曲"的收官之作，也是三部中思想艺术成就最高的一部。通过对端午、庞家玉等一系列人物形象丰富复杂精神内涵的深度挖掘，格非在批判性地反思表现当下时代污浊不堪实质的同时，更把批判反思的矛头指向了知识分子群体。知识分子在当下这个精神彻底沦落的污浊时代究竟何为，乃是格非在《春尽江南》中提出来的一个极其重要的核心问题。

《作家》2011 年 9 期
上海文艺出版社 2011 年 8 月出版

浮躁

贾平凹

　　《浮躁》以农村青年金狗与小水的情感、命运为主线，描绘出改革初期社会生活的复杂性，及其对人的心灵、情感、道德的考验。在贾平凹的笔下，文学故乡商州的大河充满活力，正如那个冰河解冻般的时代。但解冻后的州河并非清澈如镜，而是泥沙俱下，充满浮躁。州河是那一时代的生动象征：改革开放的浪潮滚滚而来，势不可当，既蕴含着生机、变化，也生成着问题、困惑。小说既深刻地表现了现实，对未来寄予了厚望，又在灵动奇异的描写中超越了现实，闪射着人性的光芒。

《收获》1987 年 1 期
作家出版社 1987 年 9 月出版

平凡的世界

路遥

《平凡的世界》里，既有着恢宏壮阔的社会生活，也有着沉重艰难的历史行程，更有着高扬的人性理想和强大的精神力量。它是路遥以圣徒一般的坚忍卓绝，以夸父逐日一般的悲壮，向着他心目中的艺术高峰所发出的生命冲刺。《平凡的世界》是一座真正敬献给那些"地之子"，那些普通劳动者的纪念碑。在它的上面，路遥深情地细致地刻画下他们素朴的形象和厚重的人生——他们的热泪和渴盼，他们的坚毅和柔情，他们的尊严和荣光。

《花城》1986 年 6 期
中国文联出版社 1986 年 12 月出版

附录 1

改革开放 40 年小说论坛答记者问

王　干

1. 为什么举办这次活动？反映改革开放 40 周年的佳作如云，确定取舍、入选作品的标准为何？

答：改革开放 40 年来，我们国家在经济、社会、文化等方方面面都取得了很大的发展，文学更是取得了非常大的成就。文学与改革开放是一起呐喊、一起前进，成为改革开放文化的一部分。我们《小说选刊》和中国小说学会及人民日报海外网联合举办改革开放 40 年小说论坛暨最有影响力的 40 部小说评选活动，就是想通过对这 40 年小说的回顾、梳理，同时也是对改革开放的重新理解、重新认识，从而对小说创作所呈现出来的风貌与改革开放的关系进行一个学术性研究和历史性回顾。

改革开放跟小说创作的关系是非常有意思的。首先，文学呼唤改革开放。1978 年以来，中国的文学家、小说家"春江水暖鸭先知"，率先感受到时代春风的来临。同时，文学也反映人民的心声，能够及时地传达老百姓对社会变革、对社会进步的诉求。我们从两个方面就能看出改革开放跟小说的关系，一个是作家通过写作品来呼唤时代变革，呼唤社会进步，呼唤我们对旧有的陋习、旧有的陈规进行变革性的改造，比如高晓声的《陈奂生上城》、刘心武的《班主任》、王蒙的《春之声》。《春之声》这部作品就可以概括为"春江水暖鸭先知"，它首先感应到春天来临的消息。这是感知、呼唤改革。第二个就是小说呈现改革的进程、改革的艰难。比如直接描写改革的小说《乔厂长上任记》，成为中国改革小说的先驱。同时还有其他一些作家，也对中国改革进行了正面的描写，张洁的《沉重的翅膀》则是对改革现实的书写，张贤亮、周梅森等都有描写改革进程的长篇小说。

我们通过这次 40 年的回顾，可以看到我们中国社会在改革开放中取得的成果，同时也能够看到中国社会向前前进的艰难。这个活动是出于这样一个动机，就是用小说来展现改革开放 40 年的进程，同时也是把我们的小说放在一个大的历史背景、时代背景里来考察。另一个方面就是小说在艺术创作上，这 40 年中国小说的变化也是非常大的，经过了一个浪潮又一个浪潮，受到西方文学的影响之后，也慢慢产生了中国特色的现实主义小说，比如新写实小说就是改革开放之后诞生的一种比较成熟的小说流派、小说美学。

这次入选的作品从内容上、形式上都能够看出小说在这些年的进步和发展。当然，这些年我们的文学也是经过了伤痕文学、反思文学、改革文学、寻根文学、先锋文学、新写实小说以及后来的各种各样文学的变化。改革开放 40 年，我们在经济上取得了跨越式发展，在文学上我们也是高速地走过了西方近一百年的文学历程，小说更是明显。这 40 年我们几乎把西方的各种流派、各种主张在中国操练了一遍，并在操练的过程中，慢慢形成了中国特色的小说，比如中国特色的现实主义"新写实小说"。我们举办这个论坛的目的就是，在对过去的历史进行梳理的同时，找出过去的不足，找出今后我们发展的方向，从而更好地促进小说的发展与进步。

2. 这个活动为何会选择在青岛举办？

改革开放以来，中国社会从一个比较封闭、缺少现代意识和现代文明的时空进入到一个新的时空，这个新的时空的一个特征就是当时沿海开放了 14 个港口城市，青岛是其中之一。作为最早开放的城市，青岛始终站在改革开放风气之先，为中国的改革开放提供了很多经验，做出了许多贡献，南方的深圳、北方的青岛，都是改革开放最前沿的城市。这次活动放在青岛，也是让改革开放的城市和我们改革开放的小说、文学能够有机结合起来。

同时，青岛这些年来也产生了像尤凤伟这样的在改革开放中成长起来的优秀作家，他不仅是山东文学的重要组成部分，更是中国改革开放小说版图上不可缺少的一块。

3. 之前中国小说学会在青岛举行年会，您也来过青岛，您对青岛二十世纪三四十年代的文学渊源有何见解？

这也是这次论坛选在青岛举办的一个原因。青岛是一个文学的城市。二十世纪有大量的文学家在青岛留下他们的足迹，也留下他们的作品。老舍在青岛期间创作了长篇小说《骆驼祥子》和两部散文集。沈从文 1931—1933 年在青岛任国立青岛大学讲师，这期间完成了几十部中短篇小说和散文，有《自传》《八骏图》《月下小景》等。梁实秋 1930—1934 年在国立青岛大学任外文系主任兼图书馆馆长，在青岛期间开始翻译影响广泛的《莎士比亚全集》。闻一多任国立青岛大学文学院院长时著有《奇迹》等诗。除此之外还有很多，青岛一直与文学有着千丝万缕的密切联系。改革开放这些年来，王蒙先生在青岛的海洋大学担任文学院院长，也是延续了青岛作为文学城的传统。所以这次活动选在青岛，既是与改革开放现实的对接，也是文学传统的延续。

4. 此次论坛专家委员会的构成有什么特点？

这次活动不是评奖，也不是写文学史，这是一次带有主题的评选，我们评选的是最有影响力的 40 小说。影响力主要从三个方面讲：第一，当时的社会影响。就是当时在社会上产生的影响，在读者中激起的波澜。第二，它和文学史的遴选不一样，文学史注重全貌和整体，我们这次注重的是最具有改革开放精神的作品。第三，也注重在小说发展史的地位和影响。入选作品在小说艺术创新上的成就，比如它延续了什么、有没有影响其他人的写作、有没有影响时代风潮的变化等。

由于这次评选注重影响力，不是学院派的评选，我们注重社会影响和社会思潮，从社会学和文学史的双重角度来考察作品。一部作品当时的社会影响力是怎样，回过头看，它对我们今天的社会产生了什么作用，这是我们关注的。所以我们的专家委员会构成既邀请了一些专家学者，比如中国小说学会的一些专家，部分高校的教授，也邀请了一些接地气、现场感强的编辑家和评论家。评委主要由三方面构成：第一是在文学现场、文学生产第一线的编辑家；第二是始终在文学创作现场的评论家，就是这些年来一直在跟踪、研究、描述当下小说创作的评论家；第三是在作协系统相关部门工作的专家和学者。我们的专家委员会除了专业性以外，还考虑到方方面面的代表性。

所以我们这次的评选是有广泛的社会性和广泛的群众基础的。专家构成比较全面，不是某一种类型的，或者学院派的专家团队，而是各种类型、方方面面的，有社会各方面代表性的专家团队。

5. 这次的评选方式是怎样的?

我们这次的评选方式比较有意思,是通过通讯投票的方式。评委和评委之间是背靠背的,是真正意义上的票选,有点类似民主选举。我们提供了 120 部备选作品,40 部长篇,40 部中篇,40 部短篇,由 40 位专家投票选出 15 部长篇、15 部中篇、10 部短篇,一共选 40 部最有影响力的小说。入选作品严格按票数多少来确定,得票靠前当然入选。入选的作品自然是众望所归,但长篇、中篇、短篇作为备选的 40 部作品,都是有影响力的小说,每一部落选都是很遗憾的,我们尊重专家委员会的选择,也感谢那些入选和没有入选的作家,因为他们的伟大创作,才让我们的评选充满了惊叹和遗憾,惊叹他们的创作至今仍有价值,遗憾一些好作家好作品的落选。

(原载《青岛日报》)

附录 2

改革开放 40 年小说论坛暨最有影响力小说评选

专家委员会

    主 任 阎晶明 吴义勤

    副主任 王 干 赵利民

    委 员（以姓氏笔画顺序）

王 干	王 山	王春林	文 欢	卢 翎	老 藤	毕光明
刘玉栋	杜学文	李一鸣	李国平	李晓东	李披平	杨 扬
吴义勤	吴克敬	何子英	何向阳	汪 政	张未民	张颐武
张燕玲	林 霆	欧阳黔森		周明全	郑建华	宗仁发
胡 平	赵利民	段守新	施战军	徐晨亮	高建刚	郭宝亮
黄发有	阎晶明	梁鸿鹰	程永新	路英勇	臧永清	

主办单位

    中国作家协会《小说选刊》杂志社

    中国小说学会

    人民日报海外网

承办单位

    青岛市作家协会

论坛办公室主任

    王 干

    赵利民

论坛办公室副主任

    李晓东

    徐 蕾

    高建刚

附录 3

改革开放 40 年最有影响力小说入选篇目

（以作家姓氏笔画为序）

长篇小说（15 部）

活动变人形 ……………………………………… 王　蒙
长恨歌 …………………………………………… 王安忆
务虚笔记 ………………………………………… 史铁生
芙蓉镇 …………………………………………… 古　华
白鹿原 …………………………………………… 陈忠实
羊的门 …………………………………………… 李佩甫
尘埃落定 ………………………………………… 阿　来
沉重的翅膀 ……………………………………… 张　洁
古船 ……………………………………………… 张　炜
繁花 ……………………………………………… 金宇澄
生死疲劳 ………………………………………… 莫　言
笨花 ……………………………………………… 铁　凝
春尽江南 ………………………………………… 格　非
浮躁 ……………………………………………… 贾平凹
平凡的世界 ……………………………………… 路　遥

中篇小说（15 部）

黄金时代 ………………………………………… 王小波
风景 ……………………………………………… 方　方
你别无选择 ……………………………………… 刘索拉
玉米 ……………………………………………… 毕飞宇
高山下的花环 …………………………………… 李存葆
绿化树 …………………………………………… 张贤亮
美食家 …………………………………………… 陆文夫

短篇小说（10 部）

1978—2018

改革开放40年
最有影响力的40部小说

论坛论文集

《小说选刊》杂志社　选编

王干　主编

中国言实出版社

图书在版编目（CIP）数据

改革开放 40 年最有影响力的 40 部小说 . 论坛论文集 /
王干主编；《小说选刊》杂志社选编 . -- 北京：中国言实出版社，
2019.5

　　ISBN 978-7-5171-3124-3

　　Ⅰ.①改… 　Ⅱ.①王… ②小… 　Ⅲ.①小说评论-中国-
当代-文集 　Ⅳ.① I247

中国版本图书馆 CIP 数据核字（2019）第 071902 号

出 版 人：王昕朋
总 监 制：朱艳华
责任编辑：肖　彭
　　　　　张　朕
出版统筹：冯素丽
责任印制：佟贵兆
封面设计：淡晓库

出版发行　**中国言实出版社**
　　　地　　址：北京市朝阳区北苑路 180 号加利大厦 5 号楼 105 室
　　　邮　　编：100101
　　　编辑部：北京市海淀区北太平庄路甲 1 号
　　　邮　　编：100088
　　　电　　话：64924853（总编室）　64924716（发行部）
　　　网　　址：www.zgyscbs.cn
　　　E-mail：zgyscbs@263.net
经　　销　新华书店
印　　刷　北京温林源印刷有限公司
版　　次　2019 年 6 月第 1 版　　2019 年 6 月第 1 次印刷
规　　格　710 毫米 ×1000 毫米　1/16　13 印张
字　　数　213 千字
定　　价　56.00 元　ISBN 978-7-5171-3124-3

总　序

改革的呼唤　小说的开放

——论中国改革开放 40 年的小说

王　干

改革开放 40 年（1978—2018）的小说无疑是当代文学史最浓墨重彩的部分，今天我们来探讨这样一个历史时段的文学，既是近距离，又是远距离。远距离是时间已经过去 40 年，从 1978 年开始的新时期文学，已然成为历史。而正在发展变化的文学过程，刚刚过去，又是超近的距离。我在这里重点阐发改革开放这样一个伟大的历史时期对小说的外部和内部产生的巨大影响，它催发出的小说思潮和小说变革成为五四新文学诞生以来的又一个高光时刻。在恰逢改革开放 40 年之际，本文将 40 年改革开放与文学创作之间的互动从社会背景、写作理念、叙事、语言、美学以及阅读主体构成的变化等多方面纳入一个整体中来予以系统考察，多维度地呈现出改革开放后文学创作的生长性面貌和特有的历史节奏感，以推动改革开放文学经典化的研究继续走向深化。

"兴废"：改革策动与小说回应

"文变染乎世情，兴废系乎时序"，刘勰在《文心雕龙》里的这句话用来描述改革开放与文学创作的关系是非常确切的。改革开放 40 年来，我们国家在经济、社会、文化等方方面面都取得了历史性的变革、历史性的发展、历史性的成就，文学与改革开放是一起呐喊、一起前进的，成为改革开放文化中的重要组成部分，因为"文变染乎世情"。中国社会的变革与转型在 1978 年被推至一个临界点，这一时期既意味着巨大的机遇，也意味着一个持续的"乍暖还寒"的险境。1977 年《班主任》的发表也是呼应了时代，1978 年党的十一届三中全会的召开，奠定了从封闭保守、强调意识形态领域的斗争到认同现代化大趋势的对内改革、对外开放的大势。

1978 年底，《文艺报》和《文学评论》两家刊物联合在新侨饭店礼堂召开了 140 余人参加的"作家作品落实政策座谈会"。以这次会议为新起点，文艺界才开始"落实政策"，恢复大批作家的名誉和自由。平反政策的落实让从事文艺创作和评论的工作者在心理上找到了认可和慰藉，逐步获得了相对合法的身份，也就是说改革开放为文艺创作提供良好的社会环境。1979 年第 4 期的《上海文学》推出了李子云和周介人的文章《为文艺正名——驳"文艺是阶级斗争的工具"说》，并提供专栏展开讨论。这是文学对政治过度介入的一次公开的反拨，也是一次对文学艺术审美本质的呼唤。这次"为文艺正名"的讨论具有一种历史性开端的意义。

现在的文学史把"伤痕文学""反思文学""改革文学"作为历时性的三股文学思潮，好像是不断进化的一个文学的过程，而今天我们重新来阅读这些作品，发现这个过程不是直线的进程，三者有时候是相互交叉的，在批判揭露"极左"思潮的错误的同时自然会反思历史伤痕形成的原因，在如何摆脱历史困境寻找未来出路时，当然会发出变革社会的呼声。伤痕文学、反思文学作为短暂的文学潮流在一定程度上释放了大众对于民族灾难和个体创伤的哀怨，接下来需要重新面对新的生活，因此改革文学代替伤痕文学、反思文学的主潮也是时代所需，具有历史的必然性。"春江水暖鸭先知"，中国的作家先感受到时代春风的来临。同时，文学也反映出人民的心声，能够及时地传达老百姓对社会变革、对社会进步的诉求。作家通过写作品来呼唤时代变革，呼唤社会进步，呼唤我们对旧有的陈规陋习进行变革性的改造，比如王蒙的《说客盈门》、高晓声的《陈奂生上城》、刘心武的《班主任》、何士光的《乡场上》、张抗抗的《夏》都隐隐地昭示着现实的变通的诉求，《说客盈门》带有"问题小说"的直白和真切，它首先感到现实的困局，期待时代的变革，是改革的潜在的呼唤。

1979 年 7 月，蒋子龙的《乔厂长上任记》问世，改革文学就此开启，与

"伤痕文学"和"反思文学"共时发展。改革是中国社会的伟大变革，作家自然成了马前卒，文学也吹响号角。改革文学借助于改革之风点燃激情，记录下万物生长的历史瞬间。改革文学是一种对中国当代现实的发展变化做出直接回应的文学，不仅客观记录了改革的进程和艰难，也呈现出现实的种种弊端。可以说，改革文学全景式地展现了转型与改革的社会场景，并深刻地书写出中国人对于现代化的期待与渴望，以及对于纠缠于新旧之间的改革的忧与思。如果说改革是一场大戏，那么改革文学则是这场戏剧的生动的脚本，里面记录了民族心理的脉动。《乔厂长上任记》《三千万》《沉重的翅膀》《鲁班的子孙》《花园街五号》《祸起萧墙》《改革者》《燕赵悲歌》《鸡窝洼的人家》《新星》《开拓者》《彩虹坪》等都是这一时期涌现出来的优秀的改革文学作品。

改革文学带有某种倡导性和探索性，引起强烈反响的同时，也引起了争论。改革文学的开山之作《乔厂长上任记》刚发表的时候，遭到当时的天津市委的批判，是中宣部和中国作协给予了直接的干预，肯定了蒋子龙以及小说的意义。《人民日报》也登载了对《乔厂长上任记》《燕赵悲歌》等作品的肯定性评价，因此，改革文学反过来又促进了改革开放的步伐，对社会转型起到了很好的建设性作用，也有很强的介入现实生活的功能。而且，这种介入是全方位的，比如《乔厂长上任记》倡导的是工厂人事和技术革新，《沉重的翅膀》是对改革现实的书写，《彩虹坪》呼唤的是家庭联产承包责任制，《新星》关注的则是基层政治生态的改进。

改革文学之所以受到欢迎和关注，也是因为这种文学真实地展现了民族变革的热望并承载了大众的梦想，作品中改革者的形象为民族提供了可以参照甚至膜拜的偶像，契合了大众对英雄的期待心理。时代造就了英雄，也呼唤着书写英雄的文学，许多作家被时代改革的氛围所感染，陆文夫在创作《围墙》时就说他的目的就是支持改革者。也就是说改革文学的创作者与时代的步伐是休戚相关的，迎合了时代审美的"胃口"。《乔厂长上任记》中的乔光朴、《新星》中的李向南、《沉重的翅膀》中的郑子云等都是改革文学浪潮中的英雄，作家通过文本建构出一个个有魅力、能产生正向价值影响的改革者形象，这些形象受到了热烈的追捧，反过来也激励着现实改革中的类似形象的现身，因为民族的新生需要偶像的重构。

改革文学热潮四起，但那个时候的作品基本模式还是改革与保守的二元对立。随着改革进入深水区，20 世纪 90 年代初期，河北的"三驾马车"谈歌、何申、关仁山分别写下了《大厂》《信访办主任》《大雪无乡》，这些作品是以广阔的农村和国有大中型企业为主战场，书写改革进程中的社会阵痛和突围。《大厂》是这一时期改革文学的代表作之一，此时的改革矛盾不再是简单的二元对立，而是涉及形形色色的人物，也不再是依靠个别英雄来完成改革的图景。这一时期的小说呈现出更为复杂更为交错的原生态。

20 世纪 90 年代后期，中国的改革不断推进，改革中出现的矛盾冲突加剧，官场出现了腐败现象，改革与反腐在作家的笔下产生了一种新的联系。原先的改革派和保守派之间的冲突往往还是观念上的差异，到了 20 世纪 90 年代后，利益的冲突成为改革文学的新的焦点。柳建伟的"时代三部曲"——《北方城郭》《突出重围》《英雄时代》（1997—2000）、周梅森的"改革三部曲"——《人间正道》《天下财富》《中国制造》（1997—2001）、张平的《抉择》与《天网》（2001）、陆天明的《苍天在上》（2002）。以获得第五届茅盾文学奖的《英雄时代》为例，小说选取的是党的十五大关于国企改革、发展民营经济、政府机关机构改革等一系列政策实施之后，中国在向社会主义市场经济体制转型过程中的艰难历程以及同期人们的生存境遇。小说的选材更为广阔，人物上至省委市委，下至平凡的摊主，重点探讨了价值标准多元无序等现实问题对中国当代人命运的全方位影响。这些作品继承了改革文学的精神，又写出了改革的复杂性。到 2017 年出版的周梅森新作《人民的名义》，形成了新的高潮。这部小说随着同名的电视连续剧播出，成为一个热点话题。可见，反腐文学的生命力依然很旺盛，因为作品触及了改革深处的方方面面，对当下的现实场景有着深刻的描写和真实的呈现。

改革开放促进了社会的发展变化，也带来生活的急剧动荡，中国现代化的进程改变了中国社会的面貌，各个社会层面都发生了程度不同的变化，而小说家敏锐地捕捉到这些剧烈或细微的生活差异，构成了新的文学板块。

21 世纪初，打工文学的出现，意味着改革开放对文学的影响从时代的层面转向对新的社会群体的关注。"打工"是改革开放以后农民进城的一个特定的方式，也是沿海地区最为常见的生存状态。"打工文学"这个定义虽然缺少严密的界定，也经历了一个从模糊到清晰、从边缘到中心的过程。在后来"窄化"的过程中界定为"主要创作者和题材内容集中在打工者中"，也就是说打工文学主要是打工者写的文学，同时也是写打工者的文学。打工文学拓展了文学的题材写作领域，也打破了传统的文学生产模式，是一种典型的"我写，写我，我看"的模式，门槛低，互动性强，而且是真正的接地气。打工者最早出现于广东省部分地区与长江三角洲一带，他们除了物质生活上的要求之外，还有着强烈的对城市生活方式的渴望，以及对精神生活的追求。后来随着年轻作家王十月、诗人郑小琼等人的作品的问世，打工文学在艺术上逐渐成熟，得到了更多的认可。王十月的《无碑》《烦躁不安》《31区》等长篇都具有强烈的批判意识和命运之痛，是打工文学中的代表作品。

比之打工文学，更有历史感和生命力的是都市文学的兴起，也是改革开放之后才出现的。1994年6月，《钟山》杂志和德国歌德学院北京分院在南京召开了城市文学研讨会，这是迄今为止第一次大规模的关于城市文学的研讨。这个研讨会非常有意味——对中国城市文学的热情研讨却是由外国的一个文化传播机构参与，意味着中国的城市化进程已经引起了世界的关注。在20世纪30年代中国文学曾经出现过写城市的风潮，当时有新感觉派的"生与色"的书写，有茅盾的社会剖析的《子夜》书写；40年代则有张爱玲的传奇式书写。改革开放以来，城市的书写逐渐显现出来，到了90年代则有王安忆的《长恨歌》，前几年还有金宇澄的《繁花》，这些都是描写都市的经典作品。现在年青一代对于城市的书写，已经从城市外在的变化的描写转向了对中产阶级或准中产阶级焦虑的表达。之前对题材的分类，比如"工业题材""农业题材""军事题材"，则显得苍白无力。

这些新的小说板块的出现，打破原先乡土小说一统天下的格局，另外乡土小说在近年来也出现"再书写"的转机。"再书写"的一个特征体现在对农民精神家园失落的描写，写回不去的无归宿的苦楚。在20世纪70年代末期，高晓声的一篇《陈奂生上城》，拉开农民进城的序幕。这序幕是进城小说的序幕，也是生活中中国农民进城的序幕。进入21世纪之后，农村城镇化的推进，加深了乡村文明的变迁和动荡。乡村文明的挽歌在作家的笔下缓缓地流了出来。"再书写"的另一个特征就是对家园的告别之后的回望，回望之后的回不去的喟叹。莫言小说中的"恋乡"和"怨乡"，曾打动无数读者。近些年来，大量的小说以"故乡""还乡"为书写的主题，和20世纪八九十年代的那场"进城"（打工潮）遥相呼应，这从另一个维度表达了改革开放之后人们心灵的波澜。

"文变"：小说观念的开放与更新

今天我们看待各种各样的小说形态，并不会诧异，但是当初文学界曾经为"三无小说"产生一番不小的争论。"三无小说"指"无情节""无人物""无主题"的带有实验性的作品，常常和意识流小说形态相关。而今天，这类"三无小说"显然没有发展成主流，更多的小说还是充满现实主义精神的"三有"之作；这种充满主观情绪的小说出现了，也不会再有人大惊失色去指责。这说明小说观念已经从单一的定于一尊的某种小说模式走向了多元的开放的小说价值观。当然，这种价值观的形成也是经过了反反复复的过程。

"欲新一国之民，不可不先新一国之小说。"梁启超提出的小说观使小说的地位得到跃升。改革开放后，与小说观流变相伴的是小说地位的不断变化。1978 年 12 月改革开放拉开大幕，伤痕文学、反思文学以人道主义反抗"极左"思想，小说获得极强轰动效应。1984 年之后，在"文本自身建设"的小说观下，先锋小说大量涌现，疏离、解构传统叙事模式。小说观出现分化：伤痕、反思、改革小说创作和政治关系紧密，寻根、先锋、新写实小说等则指向文化和审美。前者注重意识形态导向及社会效应，后者强调文学的审美、拥抱个性、自由。1988 年，王蒙发表了《文学：失去轰动效应之后》，文章揭示了在社会开放、作家分化、"严肃文学"或"纯文学"被边缘化等大趋势面前文学界的反思和期望。经历"文本自身建设"的"先锋"浪潮后，在冷寂中中国作家的小说观继续完善。20 世纪 90 年代后期，先锋作家开始回归现实主义传统，新写实小说家持续开疆辟土，各种流派的小说观多元并存。21 世纪，在商业社会背景下，"主旨在娱"的小说观与互联网新传媒联姻，网络小说大行其道；一种将生存法则、行业潜规则植入小说的类型小说，受到大众的热捧。纯文学与网络文学、类型小说的分野，是精英与草根的小说观的分野，也是一次回归或是小说观念的再度更新。

小说观念的变革来自国门的打开。纵观中国改革开放的历史，最早"开放"的是文学艺术。20 世纪 70 年代末期，大量西方现代主义文学就陆陆续续翻译出版，这是现代主义在中国的第二次登陆（20 世纪 20 年代，新文学诞生之后不久，"现代主义"就登陆中国，但之后随着历史风云的变化，启蒙和救亡的双重奏，"现代主义"渐渐消隐，甚至成了资产阶级文艺"颓废派"的别名）。改革开放后，西方小说观念重新成为小说家创作的理论资源，1978年朱虹在《世界文学》的第2期上发表了《荒诞派戏剧述评》。从1979年初开始，袁可嘉、陈焜、柳鸣九、赵毅衡、高行健、孙坤荣、陈光孚等人就相继发表文章介绍现代派文学的状况，1980年袁可嘉、郑克鲁等编选《外国现代派文学作品选》（八卷本）出版。这一系列的动作为高行健《现代小说技巧初探》（1981年由花城出版社出版）的到来积攒下了人气。

1979年至20世纪80年代初，王蒙的《春之声》等一系列小说，茹志鹃的《剪辑错了的故事》，宗璞的《我是谁》等都不约而同地显示出"意识流"的痕迹。1982年，冯骥才、李陀、刘心武、王蒙四人所写的信，被称为"四只小风筝"。冯骥才大声疾呼"中国文学需要'现代派'"。据洪子诚先生统计，1978年到1982年短短五年间，全国主要报刊登载的译介、评述、讨论现代派文学的文章，约有四百余篇。1984年和1985年"走向未来丛书"和"面向世界丛书""现代西方学术文库"等译作蜂拥而至。1987年《收获》第五期"先锋作品专号"，余华、苏童、格非、马原、孙甘露等"先锋作家"集体登场。90年代后，作家"文本意识"普遍增强，不少声名显赫的中国小说家，身后是一个或一批外国小说大师的影子。痛定思痛，小说家开始反思。这种回流场景出现在1985年，当时一些年轻的作家在受到拉美魔幻现实主义的冲击之后，有意避开西方文学的路径。路径依赖，是当代小说家创作的一个瓶颈。每个成功的小说家背后，都站着一个西方的大师。

寻根文学的初衷是为了及早地摆脱西方文学现代派的路径，但是由于自身文化的限制，寻根变成了理论的探索而不是小说的探索。"根"最后被一些作家简单地理解为生命的蛮荒和生理的本能，或者理解为文化的原初的形态，一些民俗和伪民俗被当作小说的本质充斥到小说里。脱离现实，逃避人生，一味追求小说的异域风光和蛮荒景观。寻根文学最后景观化的展示，经历了短暂的热闹之后很快退潮。"新写实"小说的兴起，在否定之否定之后，1988年《文学评论》和《钟山》联合召开的"新写实与先锋派"的会议，现在看来是一次转折。重新认识现实主义，当然也重新认识现代派，影响深远。

中国小说家接受全球文学潮流的冲击和影响，小说观念获得前所未有的变异和发展，格局从封闭走向开放，从单一走向多样。小说"开放"随着"改革"深入，最终产生一种"文化回流"，世界文学潮流冲击中国，也增强了我们的文化自信。接受"现代主义"而保有中国本色的小说家汪曾祺,其价值因此而被重估。独特的中国文化令《红高粱》《白鹿原》《长恨歌》《尘埃落定》等现实主义为主要创作方法的长篇巨制大放异彩,中国作家的文化自信得以迅速增强,这是对文化寻根的一次否定之否定,"开放"之后中国小说回归到民族本土。

硕果:小说探索的深化与优化

人物的塑造。 改革开放 40 年的文学创作,硕果累累,尤其在小说创作方面,塑造了一大批我们耳熟能详的典型人物,如陈奂生、香雪、高加林、巧珍、乔光朴、李向南、倪吾诚、章永璘、许三观、福贵、张大民等,还有王朔笔下的顽主、姜戎笔下的"狼",都与五四新文学的阿 Q、祥林嫂、吴荪甫、老通宝、骆驼祥子以及红色经典里的小二黑、老忠、林道静、梁三老汉等成为新文学人物画廊中的标志性人物。这些人物的生命力旺盛,至今还常被人们提及。

这一时期的小说摆脱之前的"高大全"模式,写出了人物性格的丰富性和多样性。改革开放之前的小说曾大量出现福斯特所说的"扁形人物",这类人物是漫画性的,人物某一方面的特点被突出甚至被夸张,形象变得特别简单粗糙。而我们上述说到的人物,不再是简单的概念化的人物,而是透露着生活地气的"圆形人物",人物性格具有成长性和复杂性。他们都堪称典型环境中的典型人物。

另外,由于小说观念的嬗变,人物也不再是衡量小说成败的唯一标准。改革开放后,在新的小说观的影响下,人物和故事不再是两张皮,而是产生融合,二者不可分,互为表里。一部分小说家的小说变得尤为注重审美意趣、文化意蕴,他们重返五四时期"现代主义"所开创的小说传统,返回以意境营造为核心的叙事传统,一些小说家淡化了故事情节也消减了人物形象塑造,成为一种被称之为"散文化的小说"。王蒙一方面塑造了鲜活的人物,另一方面则着力于意境、意象这些非人物塑造的尝试,《春之声》《夜的眼》《风筝飘带》《杂色》蔚然领风气之先。近些年来,王安忆发表的小说《闪灵》等短篇小说非常像随笔作品,而迟子建发表的小说《候鸟的勇敢》在人物形象塑造上也表现得漫不经心，这或许是中国作家对法国新小说"去人物化"写作的某种尝试性呼应。

叙述的创新。小说作为叙述的艺术，经历了说书人模式到现代小说叙述模式的巨大转变。以叙事学的角度考察叙事模式的更新，可以通过叙事时间（故事发生的时间和讲述故事的时间）、叙事视角（限制视角、全知视角、纯客观视角）、叙事组织（人物关系、事件关系、语义关系）来进行。改革开放以来，小说最大的变化在于叙述形态的多样化，之前的小说叙事基本限于全知全能模式和第一人称"我"的叙述模式，前者如梁斌的《红旗谱》，后者如杨沫的《青春之歌》，《青春之歌》用林道静的视角来叙述故事，实际是潜在的第一人称。而王蒙的《杂色》以马的视角来叙述，莫言的《红高粱》采用"我爷爷"这样超时空的叙述人视角，方方《风景》采用亡婴的视角，都是改革开放之后才有可能出现的"机智叙述"。这些叙述的尝试也成为后来小说的模板，为更多的后来者所采用或借鉴。

成功的小说叙事来自富有个性的叙述语言。在 19 世纪和 20 世纪之交，西方发生了"语言论转向"，波及整个人文学科，"人开始在语言中思考"，并开始对人的理性和人的经验的可靠性产生质疑。程光炜说道："一定程度也可以说，80 年代知识转型的整个过程都构成了一种重写'语言'的思潮。"在 80 年代中期以前的中国当代小说中，书写社会、生活、人生是焦点，语言只是作为"形式"，一种表达的工具。随着西方形式批评理论的引进，中国小说也开始走向对文学本体的探索，开始关注语言、叙事及文体的存在，语言的独立性和重要性开始凸显。王蒙的作品先于西方理论资源而显现出政治性话语向个人心理话语的转移。高行健在谈到王蒙的《杂色》时说："新词、新的句法自然而然地从他笔下流泻出来，明快、流畅，而又新鲜。"高行健较早认识到了语言的重要性，1981 年他在《现代小说技巧初探》专门谈语言："在小说创作中，作者自然把更多的注意力放在寻找一种能取得读者信任的叙述语言上。这就是在现代小说中为什么那样注意讲究叙述语言的缘故。正因为如此，也才出现一种极端的说法：风格即语言。"汪曾祺的《受戒》《大淖纪事》等作品在当时是非常独特的，虽然与当时的现实语境和流行话语有些隔膜，但汪曾祺通过独特的具有古典韵味与民间文化情怀的语言呈现出具有自己风格的文学作品。重要的是，他的风韵引领了一种关注语言的风尚。当然，汪曾祺也同样具有理论上的自觉意识，比如他在 1983 年也明确地说道："写小说就是写语言。"1985 年青年批评家黄子平提出"得意莫忘言"的说法，他呼吁"不要到语言'后面'去寻找本来就存在于语言之中的线索"；希望能还语言以本体的位置，把它从工具论中解放出来。80 年代中期，《你别无选择》《透明的红萝卜》《小鲍庄》《冈底斯的诱惑》等大量充满陌生气息的作品登场，小说创作出现了大面积的异动现象。新的理论和王蒙、汪曾祺、莫言们的创作实践，让中国作家对小说叙述有了新认识，促成了小说叙述的丰富和更新。从 20 世纪 80 年代持续到 21 世纪初，作家考虑从"写什么"内容到"怎么写"的转移，生动见证了小说形式所受到的重视，也改变了语言的工具论地位与"风格学"的范畴，使之上升为叙述的本体。

写实的优化。虽然 40 年小说五彩缤纷，创新频频，但取得成就最高的还是写实主义的小说。虽然 40 年间那些名目繁多的形式创新让写实主义的小说显得有些苍老，但繁华落尽，沉淀下来的好作品依然是那些具有强烈写实精神的作品。《小说选刊》最近和中国小说学会联合举办的"改革开放 40 年 40 部最有影响力的小说"评选活动中，入选的 40 部作品几乎全是《白鹿原》《长恨歌》这样的写实性作品，连余华、苏童、格非这样标签明显的"先锋派"入选的《活着》《妻妾成群》和《望春风》也是写实性的作品，而不是实验性强的《在细雨中呼喊》《1934 年的逃亡》和《青黄》。先锋作家的转型，也再次证明了写实主义持久的生命力，形式主义是有限的，而写实主义是无限的。

但今天的写实小说和之前的现实主义有着巨大的变化，那就是融进了现代主义甚至后现代主义的很多元素，尤其在叙述主体方面显得更为"写实"。陈平原在《中国小说叙事模式的转变》中肯定了五四时期现代主义作家对叙事时间的自如运用，但他在考察叙事视角的运用时，发现只有鲁迅和凌淑华曾以纯客观叙事写过小说。1953 年，罗兰·巴特发表了一篇文章《写作的零度》，"零度写作"指作者在文章中不掺杂任何个人的想法，完全是机械地陈述或描述，也就是零度叙事。改革开放后，作家们迅速系统掌握了这项叙事技术，余华的处女作《十八岁出门远行》以细致的描写替代了故事的讲述，像摄像机一样记录一个少年的远行，读者几乎是通过他以文学描述出来的画面、人物动作，观看了一个故事。笔者曾在《近期小说的后现实主义倾向》一文中将"新写实"的特色概括为"还原生活、零度写作、与读者对话"等。纯客观叙事随着时间的推移，越来越受到作家们青睐。如果从叙事组织来考察，不难发现两种极端，人物关系、事件关系在改革开放之后变得要么更为疏离，要么更为紧密。一部小说的组织模式可以分为两个层面：显性的组织，隐含的价值。人物关系、事件关系的疏离处理，可以带来更强的审美效果——小说在审美层面，是作家与读者展开的一场隐秘的对话，疏离产生更强烈的审美张力，这是对隐含的价值的追求；人物关系、事件关系的紧密处理，常常表现为人物身份的立体化，立体身份产生立体的人物关系，它们合力产生强劲的推动力，使小说显性的组织富有质感，让人物和事件产生复杂而丰富的意义。如果谈论语义关系，我们不能忽视语言自身的生殖能力。语言依靠逻辑、语感，可以自行在文本中生长，中国的诗人精于此道，诗人通过语言自身的繁殖，确保文本的自足性。

这里不得不说风靡文坛多年的"新写实小说"。20 世纪 80 年代末至 90 年代初，方方的《风景》，池莉的《烦恼人生》，王安忆的《小鲍庄》，李锐的《厚土》，刘恒的《伏羲伏羲》，余华的《河边的错误》《现实一种》，刘震云的《塔铺》，朱苏进的《第三只眼》等小说超越了现实主义和现代主义的既有范畴，既体现出了对西方文学流派的借鉴，同时也显现出了对中国小说传统的继承和回归，被命名为新写实小说。

新写实小说在今天来看，是现实主义在中国踏出的坚实脚印，它为先锋文学的落地和转向提供了强有力的支撑。1985 年前后，先锋文学如火如荼，马原、余华、苏童、叶兆言登上文坛，以独特的话语方式进行小说文体形式的实验。毋庸置疑，先锋文学是中国当代文学进程中一个重要的文学现象。从肇始之初的"先锋实验小说"到后来的"返璞归真"，先锋派的作家们走出了一条饶有意味的文学创作之路。《米》《妻妾成群》《活着》《许三观卖血记》等小说的发表，意味着先锋作家减弱了形式实验和文本游戏，开始关注人物命运，并以较为平实的语言对人类的生存和灵魂进行感悟，现实深度和人性关注又重归文本。

先锋的转型反过来又影响到原先比较写实的作家，像陈忠实、刘恒、刘震云、阎连科等原本是非常写实的叙述，之后融进了一些新的叙述理念，用一种客观的、没有任何主观意向的叙述语调，将生活原生态进行了还原，因而，小说没有价值观的导向，没有爱憎，人物既不崇高，也不卑贱，他们只是本色地活着，存在着。新写实小说不按照某种理想来选取生活现象，也就无须突出什么、回避什么、掩饰什么，正是这种客观还原和零度叙述，使得小说具有了作者和读者"对话"的可能。

"新写实"之后被放大，被泛化，不论是 90 年代出现的刘恒的《贫嘴张大民的幸福生活》、刘震云的《一地鸡毛》还是今天马金莲的《长河》、石一枫的《世间已无陈金芳》，无论是 90 年代的《长恨歌》还是今天的《繁花》，我们可以看出作者叙述语调的平和和冷静，可以看出小说叙述者叙述态度的一脉相承。

或许这正是一种中国特色的现实主义写作，既不同于福楼拜的自然主义倾向的现实主义，也有别于巴尔扎克的批判现实主义，同时也区别于苏联的革命现实主义，更不是法国"新小说派"物化的现实主义，而是融合中国现实精神和传统文化内蕴的新写实精神。同时又是开放的现实主义，对外来的小说精华大胆地拿来。这是开放的小说硕果。

2018 年 11 月 1 日定稿

目录

40年，铸就文学的时代品格

——改革开放40年中国文学发展成就与经验

钱小芊

中华民族伟大复兴的光辉历程，当代中国震古烁今的历史巨变，为广大作家提供比以往任何时候都要新鲜、复杂、丰沛的生活经验。作家们从时代馈赠中汲取创作养料和灵感，同时也自觉以文学方式反映并回应时代的丰富与阔大。

40年来，广大作家以昂扬激情投入火热生活，以强烈社会责任感和历史使命感，记录时代变迁，反映人民心声，在人民的伟大创造中进行着艺术的杰出创造，贡献自己的思想智慧和语言才华，托举起新时期文学高原，引起世界对中国文学的瞩目。

改革开放40年来，中国文学始终坚持与社会共进步，与人民同呼吸，具有鲜明的人民性、时代性和创新性，涌现出大量反映时代变革和人民群众主体地位的优秀作品。广大作家以强烈的文化自信与文化担当观照人民生活，记录当代中国正在发生的史诗般变化，文学事业呈现百花竞放、蓬勃发展的繁荣景象。改革开放40年来的文学发展，铸就了我国文学鲜明的时代品格。

文学生态巨变

改革开放以来，党的文艺路线和文艺方针为文学艺术发展提供良好环境，为文学事业繁荣发展创造良好条件，塑就改革开放40年文学以人民为中心、与时代同行的品格底色。

改革开放40年，是中国文学重新出发的40年。我们党在总结历史经验教训基础上，形成新时期党的文艺路线，实事求是、解放思想，坚持为人民服务、为社会主义服务的方向和百花齐放、百家争鸣方针，紧紧依靠广大文学工作者，尊重艺术发展规律，为文学艺术发展繁荣打下坚实基础，开辟广阔空间。

改革开放 40 年，是中国作家空前团结、和谐奋进、昂扬向上的 40 年。40 年来，广大作家以昂扬激情投入火热生活，关注社会进步和时代发展，始终保有对改革开放中国的热情讴歌和改革开放建设者的深情礼赞，他们视野开阔，思想活跃，并以强烈社会责任感和历史使命感，记录时代变迁，反映人民心声，在人民的伟大创造中进行艺术的杰出创造，贡献自己的思想智慧和语言才华，托举起新时期文学高原，引起世界对中国文学的瞩目。

改革开放 40 年，是当代文学加快自我更新和发展脚步的 40 年。中国作家置身全球化背景和现代化进程，在外来文艺思潮此起彼伏、文学观念不断更迭中大胆"拿来"，勇于探索，在不断创新、汲取营养中又能够始终立足本土站稳脚跟。广大作家在吸收借鉴外来文学思潮和文学流派精华的基础上，充分结合本土经验和中国文学自身发展规律，创造了改革开放时代新时期文学的兴盛。伤痕文学、反思文学、知青文学、寻根文学、改革文学、先锋文学等文学现象不断涌现，成就文学创作累累硕果；网络文学异军突起，理论评论及时跟进，共同筑就中国文学兼容并包、开放多元的文学生态，拓展转型时期的社会覆盖。

改革开放 40 年，是文学环境日益向好，不断扩充新生力量的 40 年。改革开放后，文学报刊陆续复刊、创刊，扩版、扩刊，全国各级各类文学报刊总数至今已多达 3000 种。与此同时，各地陆续恢复或创建文艺类出版社约 50 家，每年出版各类文学作品超万种。以 2017 年计，出版长篇小说就多达 9000 部。网络文学经过 20 年蓬勃发展，目前全国各层次文学写作者超过 1300 万人，其中相对稳定的签约作者达 68 万人，主要文学网站日均更新量超过 2 亿字，网络文学读者约 4 亿人。文学生态的巨大变化，使当代文学焕发勃勃生机。

党的十八大以来，我国文艺事业迈入新天地。习近平同志关于文艺的系列重要讲话，为新时代中国特色社会主义文艺的发展指明了方向。广大作家正积极回应时代和人民的召唤，坚持以人民为中心的创作导向，摒弃浮躁、潜心创造，作家们深入深化改革最前沿，深入最广大人民生产生活中，以多姿多彩的写作实践，传递中华儿女对于美好生活的向往和梦想。一批又一批书写时代进步、书写人民心声的文学作品正在涌现，并在新时代拓展文学疆域，创造文学高峰。

精品力作纷呈

改革开放的伟大实践，为文学事业发展提供取之不尽、用之不竭的创作资源。广大作家与时代同行，与人民同心，在人民创造历史的进程中进行艺术创造，生动表现中华民族的精神风貌。文学在弘扬社会主义核心价值观，提升大众思想文化道德素质和审美水平，鼓舞人民斗志，凝聚民族力量，引领社会风尚，培育社会主义新人等方面，发挥着越来越重要的作用。

改革开放初期有一种说法，当一个时代处于转型阶段，旧的理论体系不再适用，新的理论话语还没有形成，在思想界、理论界都还来不及转变的时候，最能够把这个时代提前说出来的，就是文学。面对生活，关切现实，书写蕴含人类共通情感的中国故事，是中国当代文学重要表征，也是改革开放以来，中国当代文学新气象、新面貌集中体现。中华民族伟大复兴的光辉历程，当代中国震古烁今的历史巨变，为广大作家提供比以往任何时候都要新鲜、复杂、丰沛的生活经验。作家们从时代馈赠中汲取创作养料和灵感，同时也自觉以文学方式反映并回应时代的丰富与阔大。

回顾改革开放40年来的文学成就，讲述中国故事、弘扬中国精神成为越来越多作家的自觉追求。作家们关注现实、直面当下，以强烈责任心和使命感，饱含深情描绘波澜壮阔历史进程，书写人民奋斗拼搏、喜乐悲欢。从历史转型中的乡镇到大都市的现代生活，从普通人的情感生活到反腐倡廉、扶贫攻坚等国家大事，"三农"题材、城镇化进程、当代工人生活、少数民族生活、知识分子心路历程、时代楷模的精神风貌，都在作家笔下得到有力体现，文学的现实主义道路更加广阔，文学歌颂真善美、鞭挞假恶丑的价值引领作用更加凸显。改革开放以来，以《平凡的世界》为代表的大量优秀文学作品，不仅拥有众多文学读者，而且经由文学作品改编成电影电视剧等艺术形式，继续发挥着影响人、感染人、塑造人的作用。

广大作家在对时代现实报以热切关注的同时，坚持精益求精，崇德尚艺，把社会价值和社会效益放在首位，以更加执着、更加沉静的心态向着文学艺术高峰迈进。改革开放 40 年来，文学观念、题材、主题、风格多姿多彩，体裁、门类、形式、技法百花竞放。小说创作精品迭出，以宏大深远的眼光表现民族历史与现实生活，不懈探索新的思想艺术空间。报告文学和纪实文学紧扣时代脉搏，许多贴近现实生活、关注国计民生的作品引起广泛反响。新诗、旧体诗词和散文杂文焕发新的生机，与人民精神生活的联系更加紧密。网络文学、儿童文学、影视文学、科幻文学等与时俱进、蓬勃发展，逐渐成为中国文学新的生长点，为文学事业发展注入新鲜血液与活力。在党和政府的高度重视下，在开放、多元、包容的良好氛围中，中国当代文学思想活力迸射，创作激情奔涌，极大丰富和满足了人民群众日益多样的精神文化需求。繁荣，已成为中国当代文学重要的关键词。

改革开放以来，茅盾文学奖、鲁迅文学奖、全国优秀儿童文学奖、少数民族文学创作"骏马奖"相继设立，持续推出大批优秀作品。国家级文学奖的设立，有力推动改革开放时期文学发展繁荣，起到引领风尚的作用，有力促进当代文学经典化。其中，茅盾文学奖迄今已评选九届，共计 43 部作品获奖；鲁迅文学奖评选七届，共计 264 部作品获奖；全国少数民族文学创作"骏马奖"评选十一届，共计 709 部作品获奖；全国优秀儿童文学奖评选十届，共计 214 部作品获奖。历届获奖者连同他们的获奖作品，构成了中国特色社会主义文学的绚烂景观。四大奖项不断改革评奖机制，完善评奖程序，得到文学界和广大读者推崇，成为具有深远影响的国家级文学奖项，同时也成为中国文学由"高原"迈向"高峰"的有力见证。

队伍日益壮大

与文学创作蓬勃发展相对应，改革开放 40 年来作家队伍日益壮大。随着中国现代化建设快速发展，中国作家创作热情和创作才华得到进一步激发。在文学创作一线，活跃着来自不同代际、不同年龄的作家们的身影。他们当中，既有德高望重的文学前辈，也有被称为"90后"甚至"00后"的新生力量。老一代作家笔耕不辍、佳作不断，中青年作家已成为文坛的中坚力量，新生代作家迅速成长，展现旺盛创造活力，作家队伍呈现"四世同堂"的可喜局面。以文学反映生活、书写时代的信念，将作家们紧密地联系在一起，大家相互学习，充分交流，潜心创作，锐意创新，不同创作群体之间和谐融洽，作家与作家、作家与社会、作家与读者间形成健康向上、充满活力的互动氛围。

为团结引领、联络协调广大作家，建设作家和文学工作者的温馨家园，中国作家协会认真贯彻落实党中央精神，持续深化改革，进一步加强工作的政治性、先进性、权威性，在全国范围内吸纳文学新生力量。据统计，中国作协会员已从改革开放初期的1347名增加到目前的1.1万多名，省级会员现有8万多名。青年作家、网络作家、自由撰稿人等新的文学群体发展强劲。各地网络文学周、网络作家村活动的开展显示了网络文学的活力。新文学群体在作协的有效组织下开始走向广阔天地，感受时代脉搏，汲取生活营养，发挥着文学创作体现时代风貌、引领时代风气的重要作用。

改革开放以来，少数民族文学事业迎来繁荣发展新阶段。少数民族文学发展工程持续推进，少数民族作家队伍建设和培训取得重大进展，文学创作得到充分鼓励，民族文学作品和汉语文学的互译工作进一步加强，少数民族文学对外译介和传播不断取得新成果。对此，中国作家协会鲁迅文学院多次以少数民族作家培训班形式团结少数民族作家队伍，《民族文学》杂志在促动少数民族作家创作方面积极有为。目前，我国55个少数民族都拥有自己的书面文学作家，各民族文学交流日益活跃，中华多民族文学交融共进的良好态势正在形成。

国际影响力显著提升

习近平同志在中国文联十大、中国作协九大开幕式讲话中指出，中国人民不仅将为人类贡献新的发展模式、发展道路，而且将把自己在文化创新创造中取得的成果奉献给世界。这是中国特色社会主义文艺在新的时代条件下坚定文化自信、振奋民族精神的集中体现。改革开放40年来，随着中国国际地位和影响力迅速提升，中国对外开放力度不断增强，作家们从改革开放宏伟实践和中国社会飞速发展中汲取丰厚力量，同时也拓展了视野，收获了自信。世界渴望进一步了解中国，中国有意愿也有能力把自己的经验和情感传递给世界。如今，持续不断的中国文学"走出去"已经看到了成效，取得成果，收获不同形式的认可，各国人民更加愿意同中国作家交流、听取中国作家声音，中外文学交流日益深化，中国文学、中国作家与世界对话的自觉、自信和能力不断增强，代表中华民族精神的中国文学尤其是中国当代文学正越来越深刻地参与到世界文学建构之中。

相当数量的翻译家、汉学家、评论家、学者对中国文学产生浓厚兴趣，陆续翻译介绍大量当代作品。目前仅国家图书馆收藏的英、法、德、荷、意、西等欧洲语种和日语的改革开放 40 年文学外译图书就超过 1000 种，中国有作品被译介到国外的当代作家近 300 位。莫言 2012 年获诺贝尔文学奖，曹文轩 2016 年获国际安徒生奖，刘慈欣 2015 年获雨果奖，这些都有力证明中国文学正在成为世界文学越来越重要的创造性力量。

改革开放 40 年来，各层次中外文学交流日益频繁，交流形式更加多样。近年来，中国作家协会不断加强文学交流的机制建设，积极参与国际性品牌文学活动，积极与外事部门和对外文化机构合作，拓宽作家出访渠道，充分发挥作家在文化交流中的独特作用。在法兰克福书展、伦敦国际书展、中欧国际文学节等一系列具有国际知名度的出版和文学盛事中，中国当代文学作品获得广泛好评，中国作家成为知名国际书展中十分活跃的角色。在刚刚结束的第二十三届阿尔及利亚国际书展上，还有外国文学爱好者主动来到中国出版社展位前，希望能够志愿帮助翻译作品，向更多外国读者推介中国文学。每年一度的北京国际图书博览会、上海书展—上海国际文学周等图书与文学的活动中，中国文学作品一直是各国出版机构关注的重要对象。

改革开放 40 年来，中国当代文学海外传播力度不断增强。中国当代作品翻译工程、中国当代文学精品译介工程、中国当代少数民族文学作品对外翻译工程等陆续实施，为中国当代优秀作品海外传播提供强大支撑。2013 年开始的短短 5 年间，中国作家协会上述三项工程共资助 227 个项目，覆盖英、法、德、意、阿、希伯来语等 29 个语种。文学翻译国际研讨会、多边文学论坛、中外文学翻译研修班、文学翻译家工作坊和国际写作营等，密切了中国文学与各国翻译家、汉学家的联系与合作，不断扩大当代优秀文学作品国际影响。《人民文学》杂志相继推出英、意、法、德、俄、日、韩、阿、西等外文版及中法双语版和中英双语版，成为对外推介中国文学的重要窗口。这些成果，既是我国综合国力在文化、文学方面发展进步的体现，也是改革开放 40 年中国文学在探索创新中不断开拓新局面的最好例证。

改革开放 40 年来，中国作家始终与中国人民一道坚定不移地走在实现中华民族伟大复兴的新征程上，中国文学正处在全面发展、快速上升时期，作家们充满创新的热情、需求和动力。中国当代文学一直以开放胸襟汲取外来文化的精华，文学观念与创作方法不断创新。与此同时，中国作家也越来越深刻认识到文学本土特色的重要性，中国古典文学传统和中国古代文学理论资源正在获得越来越多的重视和开掘。我们要以宽阔的胸襟，站在民族历史和人类历史的高度，悉心描绘中国经验崇高壮阔的品格，认真把握时代发展的内在规律和方向，深刻体认中国人民的精神追求对人类命运共同体的巨大贡献和重大意义。只有这样，才能锻造出更多有筋骨、有道德、有温度的优秀作品，才能更好地传递中国价值、传达中国声音、呈现中国魅力。

改革开放 40 年的今天，中国作家正以前所未有的饱满热情关注着中国社会的进步和中国人民的奋斗，并正以积累了 40 年的丰富思想经验与大胆艺术创新更热切地投入到新时代的文学创作中，假以时日，有信仰、有情怀、有担当的中国作家必定能以不辜负时代和人民的艺术创造，谱写出中华民族的新史诗。

文学还能否 "高于生活"

阎晶明

2018 年是改革开放 40 周年，中国新时期文学也走过了同样的历史，而且它的起点甚至更早。新时期文学以最新的证据证明，在社会时代转型期，文学总是可以领风气之先。改革开放 40 年，中国经济政治科技文化全方位发展，巨大的变革，迅猛的发展，开放的姿态，从最初的努力融入，到后来的全力追赶，到现在的全面超越，我们都是参与者，也是见证者，更是书写者。但我们现在越来越感到，文学与现实之间，内容更加丰富，情形也更加复杂，人们又重新开始思考现实主义以及与之相关的问题。

社会主要矛盾和文学创作的反映

党的十九大报告，对我国社会主要矛盾做了新的表述。"我国社会主要矛盾已经转化为人民日益增长的美好生活需要和不平衡不充分的发展之间的矛盾。"这是判断我国社会发展阶段的重要依据，是中国社会主义进入新时代的重要特征。

1956 年，党的八大明确提出："我们国内的主要矛盾，已经是人民对建立先进的工业国的要求同落后的农业国的现实之间的矛盾，已经是人民对经济文化迅速发展的需要同当前经济文化不能满足人民需要的状况之间的矛盾。"

1981 年，党的十一届六中全会通过的《关于建国以来党的若干历史问题的决议》，对社会主要矛盾做了又一次概括："社会主义改造基本完成以后，我国所要解决的主要矛盾，是人民日益增长的物质文化需要同落后的社会生产之间的矛盾。"

如果我们说，我国社会主要矛盾的变化是我们看待当代中国发展进程的一个重要依据，如果我们同时又认为优秀文艺创造是作家艺术家对自己时代的真实反映，是时代生活的一面镜子，那么，借用这样的概括去回看当代文学的发展，也可得出一些认识上的结论。

我个人以为，新中国成立初期的社会主要矛盾概括中反映的中国现实，在同时代的文学作品中得到了印证。如 20 世纪 50 年代，新中国成立初期，百废待兴。人们很快产生了迅速改变现实的要求，即把一个落后的农业国迅速改变为先进的工业国。"楼上楼下，电灯电话"成了人们的理想。而这些，在当时的文学作品中也都得到了充分的表现和反映。如马烽的《我们村里的年轻人》（1953 年）、赵树理的《三里湾》（1955 年），直到 1959 年，柳青的《创业史》问世，达到了集大成地步。同时期其他代表作家的作品，都是表现当代中国农民特别是优秀农村青年，如何带领大家建设新农村，标志就是传统农村能够出现工业化的因素，等等。

可以说，柳青、赵树理等作家的创作形象生动地诠释了新中国成立之初我国社会主要矛盾，反映人民群众对国家现状的认识和对未来前景的展望。这是现实主义创作方法的集中体现。但我们同时还应看到，柳青、赵树理小说之所以成为经典，这些作品的生命力之所以在今天还依然葆有，还在于，他们创作的作品并非只是简单地图解政策。他们真实反映社会矛盾，反映人们观念上存在的偏差以及因此引起的斗争，反映个人的爱情婚姻在新的社会环境中发生的悲喜剧。这就是现实主义精神的体现。

改革开放新时期，社会主要矛盾发生了变化，开放成了一个时代的新主题。简单的工业化已经不是目标，"物质＋文化"的需要是方向和潮流。于是，描写这种社会发展趋势，表现人们因此在观念上、情感上发生的变化成了新的文学潮流。应该说，新时期文学从开始到后来很长时间，都是朝着这个目标努力的。不是说作家按照《决议》创作，而是说文学创作表现出来的主题和形象，与社会主要矛盾发生的变化，在基本面上，在根本处发生了呼应。

今天回过头来看，新时期文学为我们留下了很多弥足珍贵的作品，也留下了很多值得继续讨论的文学话题。在异常活跃、日新月异的文学思潮中，现实主义这个概念引来不少讨论。种种思潮中，也有作家把目光盯在了国家发展与人民命运的"重大主题"上，路遥就是其中一位。

关于路遥创作的成就，他的作品价值，我个人以为将来还会讨论下去。他在西北小城，思考着远不属于他的认知范围的问题。而他思考的问题，又与个人及其周围世界密切关联。1980 年，在给自己的老师曹谷溪的信中，路遥为自己弟弟参加招工担忧而写道："国家现在对农村的政策有严重的两重性，有经济上扶助，在文化上抑制（广义的文化即精神文明）。最起码可以说顾不得关切农村户口对于目前更高文明的追求。这造成了千百万苦恼的年轻人，从长远的观点看，这构成了国家潜在的危险。这些苦恼的人，同时也是愤愤不平的人。大量有文化的人将限制在土地上，这是不平衡中的最大不平衡。"（厚夫《路遥传》）此后不久，路遥就在《收获》杂志上发表了中篇小说《人生》。我以为路遥信中的自述，就是小说最好的评论。当然更可以说，路遥的小说就是他对现实人生的思考结果，就是他对个人与国家，个人命运与时代发展之间关系的文学表达。他写了一个与自己、与自己的弟弟命运相似的人，同时也写出了当时的"千百万"中国农村青年的命运。《平凡的世界》是一部更大的创造，他写得很真切，就是努力走出去与现实却走不出去，走不出去也要抗争的主题。这个问题从今天的现实看来应该说早就"过时"了，高考、打工、参军，农村青年想走出去已不是本质问题，农村空心化倒是问题。但《平凡的世界》里的文学形象，却不会因时事改变而淡化。

路遥的创作，特别是《人生》和《平凡的世界》，在一定程度上回应了当时即改革开放初期社会主要矛盾的变化。即"人民日益增长的物质文化需要同落后的社会生产之间的矛盾"。路遥把"文化"广义地定义为"精神文明"，是一种准确的把握。无论是高加林还是孙少平兄弟，不正是"物质"之上还要"文化"，文化则意味着走向更大世界的现实诉求么。柳青、赵树理小说里的青年把理想放在了沿着合作化道路前行，乐于在土地上奋斗，到了改革开放新时期，农村青年已不能满足于此。孙少平是留在土地上的青年，但他的内心还有更高的理想和奢求。

今天，我们面对新的社会主要矛盾，它们其实就发生在我们周围，产生在我们自己的现实生活中。面对一个更加复杂的中国，我们的文学做了什么？这是一个一个的真问题，同时也是创作者面临的文学问题。我们今天强调现实主义，面临的复杂性和可能性，面对的考验（创作时）和检验（问世后），比以往要大得多，复杂得多，难以"服众"得多。任何一个时代的文学，其代表性作家作品的地位和价值，可能都需要一定的历史间隔期来验证，就像柳青、路遥的作品在今天焕发生机，赵树理的创作成为文学史家愿意反复讨论的问题一样，后来的影响仿佛比当时还大，或者说专业的人们开始为他们正名。我们对今天作家作品的判断一样有一个同时代眼光受限制的问题吧。但我们至少可以说，中国文学在繁荣发展的大格局中，亟待出现大作品，出现可以全景式展现一个时代的生活画卷，反映一个时代的发展趋势，书写一个时代人们的情感、观念变迁的大作品。我们也同样需要从文学作品中读出足以感动"千百万"人的文学形象。至少，在文学形象的塑造上，在足以代表一个时代的人物画廊上，今天的文学还是很不够的，不解渴的。

我不会去制造一种结论，认为今天的文学比不上从前。历史的条件，文学的环境、生态，甚至连发表出版的渠道都根本改变。不过，如果说前两个历史时期的社会主要矛盾，我们都可以找到足以体现它们的作家作品，甚至可以举出其中代表性文学形象，那么今天，至少在我们要寻找时还存在一定困难，还不能举出大家共同认知的文学形象。在对社会主要矛盾的认识上，在对时代精神的把握上，在对现实题材的理解、融化和鲜活人物形象的塑造上，总体上似乎并没有体现出时代优势。

没有文化上的优势就无法实现"高于生活"的目标

我们今天所处的时代，气象万千，包罗万象。创作的题材无比丰富，无论是一条大江还是一条小溪甚至一滴水，都可以是作家表现的对象，无论是哪一种题材，都能找到一定范围的读者。关键的问题是，作家还能不能在文化上代表一个时代的高度，在思想上能不能体现出特殊的深度，在观察上能不能表现出职业的敏锐，在艺术上能否展现出专业的魅力？创作所表达出的观念、思想，抒发出的情感，对于"千百万"读者，这些已经在专业上自有一套，审美上严重分化的"千百万"，如何产生集中，或者说更广泛的吸引力？当我们用"分众化"来概括今天的审美潮流的时候，似乎也为我们的作品影响力受限找到了一点可慰藉甚至心安理得的理由。

我以为，今天，我们仍然需要强调生活对作家创作的重要性，同时还要强调作家对生活的认识能力，把握能力，概括能力，表现能力。

随着经济社会的巨大变革，改革开放的不断深入，国民素质的整体提高，社会公众国际往来的见多识广，人们对文化生活的多方面要求，人们审美观念、审美要求的分化，同时，也伴随着科学技术的迅猛发展，人口流动的日益频繁，网络通信的日新月异，专业分工的不断细化，各个社会生产和生活领域的专业化程度急速提高，作家了解、认识生活，把握生活，表现生活遇到了前所未有的挑战和太多的难题。没有文化的充分准备，想要表现出某一领域的生活，都会变成一个难题。2018 年是纪念徐迟报告文学《哥德巴赫猜想》发表 40 周年，我们纪念这部作品，更应该从中寻找启示。新时期之初，"知识就是力量"是全社会认知的口号。当一个作家去写一个数学家的时候，集中去写他在学术上苦苦追求，把生命奉献给自己的事业，印合了一种时代的呼声。历史发展到今天，如果我再去写一个科学家，想要在自己的作品中写比新闻报道更丰富、更具吸引力、感染力的内容，单纯的道义歌赞已不能满足读者的要求，如果一个作家可以理解到专业领域的深层次内涵，可以把科学精神贯注其中，甚至可以用专业的口吻去讨论专业的问题，又能使深奥的专业知识因此大众化，社会化，文学化，那可能才可以写出具有当代气魄的作品来。

我们对一个时代社会生活的认识，同样需要通过学习、理解、掌握政治的、经济的、文化的种种理论。我们提倡向柳青、赵树理、路遥学习，学习他们深入生活的坚持和诚意，其实，他们都是自己时代时事政治的学习者，最后也成了生动的解释者，而且还具有超越时事的能力，从中更体现一个作家的自觉担当。根据厚夫的《路遥传》里的记述，路遥为创作长篇小说的阅读准备几乎是"学术"式的。为了掌握长篇小说的创作规律和艺术特点，他集中阅读了上百部中外长篇小说，分析它们的主题，研究它们的结构，其中《红楼梦》读了三遍，《创业史》读了七遍。通过集中阅读，他明白了长篇小说是结构的艺术，真切体会到创作长篇小说"要求作家既敢恣意汪洋又能绵针密线，以使作品最终借助一砖一瓦而造成磅礴之势"。为了让笔下描写的生活能够入情入理，他同时阅读了大量社科著作，甚至包括工农商科、林牧财税等领域书籍。为了让自己塑造的小人物能够真正融入大时代，体现时代精神，他找来近十年内从中央到省到地区一级的报纸合订本，逐年逐月逐日逐页地翻阅。最终，这种"非文学"的阅读让他达到了"任何时候，我都能很快查找到某日某月世界、中国、一个省、一个地区发生了什么"。正是这种从中外小说到百科读物再到各类时事报纸的阅读，为他做一个时代"记录官"的创作理想打下了文学的、文化的、知识的坚实基础。

现实题材不是题材越大越好，关键是小中能不能见大，大中能不能保持鲜活。源于生活本身就很难做到，高于生活更难做好。如何实现，如何突破，这是我们共同的责任，需要我们在理论上深入思考，更需要在实践中不断地去做出精彩回答。

原载于《中国政协》2018 年第 8 期

吴义勤谈新时代文学

吴义勤

党的十九大是在中国共产党历史和中华民族历史上一次里程碑式的重要会议。习近平总书记在大会上所作的报告，站在历史和时代的高度，宣告中国特色社会主义进入了新时代，深刻回答了进入新时代坚持和发展中国特色社会主义的一系列重大理论和实践问题。新时代呼唤新文学，新文学反映新时代。中国作家需要回应时代的呼唤，创造无愧于时代的新文学，承担更为神圣和重大的历史使命和责任。如何"无愧于时代"，是需要整个中国文学界认真思考、共同回答的时代命题。

一、新时代文学应是忠实践行习近平文艺思想的文学。党的十八大以来，习近平总书记高度重视文艺工作。2014 年 10 月，习近平总书记主持召开文艺工作座谈会并发表重要讲话，提出了一系列新思想、新观点、新论断、新要求，指明了中国特色社会主义文艺的前进方向。2016 年 11 月，习近平总书记在中国文联十大、中国作协九大开幕式上发表重要讲话，勉励广大文艺工作者牢记使命、牢记职责，不忘初心、继续前进。在党的十九大报告中，习近平总书记又专门论述了当前文艺工作的主要任务和发展方向。习近平总书记的三次重要讲话一脉相承，环环相扣，形成了完整的文艺思想体系，标志着习近平文艺思想的诞生。

习近平文艺思想既是在我国文艺长期发展的历史实践中形成的，又是与新时代相呼应、经过新时代文艺发展的实践检验了的真理，它科学回答了新时代文艺面临的各种重大命题，博大精深，是新时代文艺繁荣发展的根本保证，必将有力指引文艺工作的前进方向。在新时代，广大文艺工作者只有深刻学习领会习近平文艺思想的深刻精髓和博大内涵，以习近平文艺思想武装自己的头脑，才能创作出符合新时代要求的中国特色社会主义新文学。

二、新时代文学应是呈现新时代面貌、弘扬新时代精神的文学。伟大的作品都具有强烈的时代性，都与时代生活交融在一起。中国特色社会主义新时代，是实现中华民族伟大复兴中国梦、全面建成社会主义现代化强国的史诗性时代。新时代呈现出无穷的可能和无比广阔的远景，为文学提供了源源不断的题材、故事、资源和想象的空间。新时代文学应该能对新时代新的生活和社会景观进行迅捷的表现，应该能大手笔地描绘新时代波澜壮阔的历史进程和美好蓝图。新时代文学应该有与新时代相匹配、相呼应的品格、气度和境界，应该有新的文学观念、审美品格和艺术追求，应该是新时代的晴雨表和百科全书，是新时代形象的塑造者和新时代精神的承载者、阐释者。

三、新时代文学应是能够创造新时代的英雄和典型的文学。文学是人学，文学成就的高低与人物形象的成功与否有着密不可分的关系。世界文学史某种意义上就是文学典型的形象史，文学的经典性有时也就是指文学形象的经典性。习近平总书记在中国文联十大、中国作协九大开幕式上的重要讲话也对塑造典型形象提出了明确的要求。新时代是一个伟大的时代，伟大的时代必然会产生伟大的时代英雄，新时代的文学有责任也应该有能力去发现、感受、塑造新时代英雄的典型形象，为中国当代文学乃至世界文学的人物画廊做出新的贡献。

四、新时代文学应是人民的主体性得到极大彰显的文学。人民是新时代文学永恒的主体，人民性是新时代文学最鲜明的艺术属性。人民既是文学最重要的表现对象，也是文学最终的裁判者、评判者。新时代文学必须最大限度立足人民的主体性、书写人民的主体性、彰显人民的主体性。新时代文学必须是扎根人民、表现人民、满足人民美好生活向往的文学，是从人民中来，又回到人民中去的文学。在新时代，广大作家要重建与人民群众和百姓生活的血肉联系，切身感受时代生活的强烈脉动，亲自聆听人民大众的肺腑之声，自觉与人民同呼吸、共命运、心连心，欢乐人民的欢乐，忧患人民的忧患，做人民的代言人。

五、新时代文学应是能够重塑世界文学秩序并真正参与世界文学价值建构的文学。十九大报告将"文化自信"提升到了一个新的高度。中国文学走出去不能仅仅停留在输出作家、作品的层次，而是要增强与西方文学平等对话的自信和勇气，还应该在世界文学秩序和世界文学价值的同步建构中发挥主体作用，为"人类命运共同体"的建构贡献文学方面的"中国智慧"和"中国方案"。我们要输出我们对文学的认识、判断、理解和价值，我们的价值观和文学观也应成为世界的文学观和价值观。在文学领域，我们不仅要走向世界，还要影响世界、重建世界。同时，文化自信也不能仅仅停留在5000年传统文化的自信层面上，还应立足于当代创造的自信。这才是新时代文学面对世界文学所应具有的气度与品质。

六、新时代文学应是从"高原"走向"高峰"的文学。从"高原"走向"高峰"不仅是新时代对文学的期待和要求，也应该是文学工作者自觉承担的责任与使命。有习近平文艺思想的指引，有中国特色社会主义新时代精神的激励，只要我们始终坚持"二为方向"和"百花齐放，百家争鸣"的方针，不断增强原创性，牢牢扎根生活扎根人民，新时代的新文学必然会从"高原"走向"高峰"。从"高原"走向"高峰"的新时代文学，应该是社会主义核心价值观、中国价值和文学魅力大放光彩的文学；是尊重艺术规律，文学的原创力、想象力、创造力极大解放的文学；是传统与现代融合，"创造性转化，创新性发展"的文学；是雅俗共赏，呈现人民美好生活图景的文学。习近平总书记强调，中国共产党人的初心和使命，就是为中国人民谋幸福，为中华民族谋复兴。新时代的新文学在从"高原"走向"高峰"的过程中，也要永远牢记这个共同的奋斗目标，让新时代文学真正成为中国人民美好生活的不可分割的一部分，成为实现中华民族伟大复兴中国梦的重要力量。

时代为我们提供了这样的契机。在强起来的时代展现强起来的文学，正当其时。

我们与当代小说 40 年来的阅读缘分

梁鸿鹰

　　小说往往是人们文学阅读的第一个亲人，从接触文学的时候起，人们心目中可能就只有小说，小说就是文学，文学就是小说，有人物，有或匪夷所思，或惊天动地的故事，有美好的、学不来的语言。所有于 20 世纪 70 年代最初接触小说的人们，都碰上了"十年动乱"，小说是稀缺品，有时候还是违禁品，需要抄小道才能得到，是改革开放把小说完完全全地交到我们手里，让我们尽情缠绵于其中，与其发生不解之缘。我们与 40 年波澜壮阔的社会生活同行，在 40 年的大浪淘沙中，共同见证小说的梦想与辉煌。在这片广袤的国土上，小说未曾脱离人们的现实生活，她在人们的阅读中吐故纳新不断前行。

　　40 年这段不算太长的时代发展进程，也许只是历史的长河中短暂的一瞬，但对中国文化，对中国文学却值得长久铭记。40 年来的当代小说发展历程中，一些作品被人们反复阅读成为经典，另一些虽一时蔚为风潮，但转瞬成为过眼云烟，在时代不同阶段，不同社会条件，不同文化环境中，小说一次次被筛选、定义与重估，而每一机缘，都为我们认识文学和时代提供了极好依据。

一

　　在改革开放 40 年中，小说这个亲人最为全社会普遍关注，最让人们痴迷，而且出现第一次"洛阳纸贵"的时间段，是 20 世纪 70 年代末到 80 年代初，这是解放思想、拨乱反正风起云涌时代氛围所直接导致的。《伤痕》《班主任》《爱情的位置》《乔厂长上任记》《灵与肉》《北方的河》《乡场上》《许茂和他的女儿们》《芙蓉镇》，与舒婷、北岛、杨炼的诗歌，徐迟、理由、黄宗英的报告文学等一起，都生动诠释着文学重新回到自己位置上的新定义，小说摆脱了瞒与骗，摒弃了假大空的束缚与毒害之后，重新回到人们的怀抱，回到与时代与生活真正密切的联系之中。她们是岩浆，是大海，是暴风，是高山，倾诉着民族的愿望，昂扬着时代的心声，浇灌着焦渴的心灵。

小说为没有说话机会和权利的人代言，道出了人们想说而说不出来的心里话，描绘着社会生活千姿百态的样貌，为共和国的美好未来呐喊，为奋斗者的开路助威。不少小说是那样的质朴无华，但却与千百万人的理想、事业、生活和爱情水乳交融，小说猛烈控诉专制蒙昧主义对人性造成的戕害，对国家民族造成的伤害，呼应着人们内心的质疑、反省和思考，对改革开放、对民族历史文化传统和国民性格、人性问题，进行了一次次极富热情的探究。《犯人李铜钟的故事》《李顺大造屋》，以及《蝴蝶》《剪辑错了的故事》等富于哲学思考介入的"反思小说"，对"文革"、十七年以至更早的历史事实进行思考，从而在意识形态、国民性等方面挖掘现实问题的根源，思索"人"的价值，深化了"伤痕文学"。《花园街五号》《陈奂生上城》《沉重的翅膀》《鸡窝洼人家》以及柯云路《新星》等"改革小说"，虽然思维方式是陈旧的，但其寄寓的"希望"却是新鲜和大胆的。被冠以"寻根小说"的有韩少功的《爸爸爸》与他的小说集《诱惑》，阿城的《棋王》《树王》，李杭育的小说集《最后一个渔佬儿》，郑万隆的《异乡异闻录》系列，等等，小说家们希望能立足于自己的民族土壤中，挖掘分析国民性，发扬文化传统中的优秀成分，从文化背景来把握民族的思想方式和价值标准，努力创造出有民族风格民族气派的文学。

在1985年前后小说创作的万马奔腾中，先锋小说崛起，作家们在叙事革命、语言实验、生存状态等层面上进行写作实验，格非的《褐色鸟群》，马原的《冈底斯的诱惑》，莫言的《透明的红萝卜》《红高粱》，残雪的《山上的小屋》，稍后孙甘露的《信使之函》，余华的《四月三日事件》《现实一种》等，蔚为代表，主要艺术特征表现为反传统文化，刻意违反约定俗成的创作原则及欣赏习惯，也确乎存在片面追求艺术形式和风格上的新奇，注重发掘内心世界，细腻描绘梦境和神秘抽象的瞬间世界，广泛采用暗示、隐喻、象征、联想、意象、通感和知觉化以挖掘人物内心奥秘，不相干的事件组成齐头并进的多层次结构等特点。此后，则有方方的《风景》，池莉的《烦恼人生》，刘恒的《伏羲伏羲》，刘震云的《新兵连》《单位》，叶兆言的《枣树下的故事》等所谓

"新写实小说"，以普通人为主要描写对象，善从司空见惯的、平平淡淡的凡人琐事中汲取诗情，"永不休止的口角和活命的奔波"，理想主义隐遁，为活命而奋斗的哲学上场。这些不同追求的小说创作，一波未平又来一波，轮番上阵，所营造的景观令人眼花缭乱，能让人异常沉迷。

似乎从没有哪个时候像那时期那样，作家手中滚滚而出的虚构文字，书中的人物、事件、悲欢，能够与时代、与生活、与人的解放所需要的一切，发生那样直接而深刻的血肉联系，小说家们受以西方现代主义等为代表的文学思潮影响，多种创作风格如此百花竞放，小说在寻找民族文化的根脉、挖掘传统资源、探寻中国人灵魂的自我方面，取得如此前所未有的丰硕实绩，小说所绽放出来的新风姿、新风格、新异面貌彻底征服了大众，小说在那个时候之所以"洛阳纸贵"，是小说本身艺术能量所致，是人们可以从中找到自己的影子，找到自己想说的话，人们对小说的阅读与接受，尚没有受到市场、出版方、作者个人推荐等要素的左右，大众完全是自觉的自愿的，甚至是自发地投入小说的阅读接受。

二

进入 20 世纪 90 年代，改革开放 40 年来的当代小说第二次受到举国关注，是"陕军东征"。适逢邓小平南方谈话发表，市场经济勃兴，一方面是文学创作上理想主义旗帜高扬，精神信仰、价值秩序、道德传统的重建日益凸显，小说作品勇于警醒世道人心、匡正社会流弊，表现出浓重的理想主义和浪漫主义勇气，虚构这个文学武器，与世道人心短兵相接，能量充沛依然蓄势待发，社会大众普遍期待更加新异的小说。彼时，市场机制已经开始左右出版，同时影响大众的阅读。在 90 年代第三个炎热的夏季，来自西北的一批小说火遍大江南北，包括陈忠实《白鹿原》，贾平凹《废都》，高建群《最后一个匈奴》，京夫《八里情仇》，程海《热爱命运》在内的几部长篇小说成为万众瞩目的对象。

其中首当其冲、引起巨大反响的是《白鹿原》，普通读者争相购买、一睹为快，在商场的柜台上，在公务员的办公桌上，都能够看到这本书，在一个个家庭里，《白鹿原》成为饭桌上议论的话题。文学界的各种场合，学者纷纷表达自己的感想，专家更是好评如潮，冯牧评价《白鹿原》"达到了一个时期以来长篇小说所未达到的高度"，有人感叹说，这是一部激动人心的作品，"怎么评价都不过分"，大家认为，无论是从民族精神的重铸，还是从中华文化的重新认识看，都相信它必将载入中国、世界文学史册，但尖锐的历史政治观点及大胆的性爱描述，依然引起了不小的争议，有学者也认为小说对封建帝制覆亡前后小农田园经济那一抹夕阳余晖、古老村族的最后宁静的描述未免温情脉脉，但这些终究瑕不掩瑜。当然，《白鹿原》"秘史"中所布满的消费性奇观，或许正反映了商业性社会到来之后的一种必然。

而在贾平凹的《废都》那里，性描写更达到了"石破天惊"的程度，知识分子的百无聊赖，生活的放荡不羁，折映着作家的一些思考，诚如作者所说，"社会发展到今日，巨大的变化，巨大的希望和空前的物质主义的罪孽并存，物质主义的致愚和腐蚀，严重地影响着人的灵魂，这是与艺术精神格格不入的，我们得要做出文学的反抗，得要发现人的弱点和罪行。"可以说，贾平凹所讲的"物质主义的罪孽"和他要发现的"人的弱点和罪行"，在中国步入商业社会以来，最突出的，是表现为人欲望的膨胀和失控，人们的商品意识在不断深化。商业原则的出台似乎与人文基础的动摇相辅相成，价值体系前所未有的倾斜甚至是断裂，商品意识的日甚一日，猛烈驱动着当代小说开始与商品化大潮联系起来，日益显示出商品化的特征，作家的创作也不再纯粹，而是开始有意迎合大众的口味。有意思的是，小说编辑编排上采取方块空格的形式，同样成为小说受关注的因素，但毕竟作品对生活的独特深入思考，是引起关注的最大原因。

此外，高建群的《最后一个匈奴》对边地民风的奇幻化描写，《八里情仇》的粗犷，《热爱命运》的理想主义，只是它们非常出色的内涵品相的一些侧面，而造成它们"洛阳纸贵"还有一些附属因素，比如，此前小说界的先锋探索为现实主义革新提供的有益启示，令"陕军东征"的作家们在解决可读性问题方面进行了一些有意识的努力，而且，这些作品大多热情追寻地域文化、传统文化，将故乡、西部、风土人情展示得淋漓尽致，浓烈的传统文化情怀迎合了当时的"传统文化热"，大量的性描写又对普通读者的猎奇心理造成强烈吸引，加之出版方、书商、媒体合谋，调动各种手段推波助澜，这波"陕军东征"不仅仅是市场和文学共谋的结果，亦非出版单位和作者联合运作的结果，可以说，是作品本身优秀品质，作家对读者趣味的准确把握，对时代审美特点的认识，以及生产机制等周边因素直接间接的影响，共同推动"陕军东征"作品获得极大成功。文学生产机制，文学"经济场"因素，对90年代读者的文学接受产生重要影响，作者、媒体和书商共同牵引着阅读，从而构成与80年代读者自发自觉地接受文学完全不同的景观。

三

激荡人心的社会正义，大气磅礴的国家叙事，特别是作家强烈的现实主义担当，以及小说与影视互动形成的阅读热，同样是40年以来的当代文学接受中值得重视的方面。回顾过去40年的小说创作与阅读的关系，我们会看到，一大批以深广现实生活为主要描写题材的小说持续得到广泛关注，张平的《抉择》《国家干部》（以及新近的《重新生活》），陆天明的《省委书记》《苍天在上》《大雪无痕》，张宏森的《大法官》，周梅森的《人间正道》《中国制造》《国家公诉》直至2017年的《人民的名义》，均深刻介入当下社会和现实人生，深入描绘社会发展、改革开放以及反腐倡廉的图景，热情体现小说创作面向现实、推动改革的使命担当，大胆暴露各种错综复杂的社会矛盾。这些小说围绕权力和财富、正义与邪恶展开的各种较量，揭示当代社会生活冲突及其背后成因，创作者自觉以表达民众愿望、传达民众心声为使命，力图通过作品显示正义和道德的力量，在揭示问题和矛盾的同时，注意解剖复杂的人性，在针砭时弊的同时，更注意寻求问题的根源，解剖盘根错节的矛盾，拟纪实的写作方法，引人入胜的情节，激情充沛的感情宣泄，使之大多成为影视改编的宠儿，而借助影视传媒的推动，这些小说很快产生了轰动效应。

中国人向来对政治、对权力的运作不乏兴趣，不管是的哥还是商海中人，不管是退休大爷还是白领中坚，关于人的宦海沉浮，关于人在官场中的荣辱，总是能够引起谈论的兴趣和极大的阅读热情，刘震云的《单位》《一地鸡毛》，王跃文的《国画》《梅次故事》，阎真的《沧浪之水》，都曾经是我和许多人读得爱不释手的作品，人们从这些以权力机关中小人物的悲欢为主要内容的小说中，看到了人的命运，看到个人的挣扎和精神突围。同时，从小说里人们也是要看门道的。不知道是谁说的，这些小说把人们在日常生活中有所察觉却又朦胧莫辨的某些东西给挑明了，把一些讳莫如深却又一直有人在暗中操练并受益匪浅的诀窍给洞穿了，这怎不令人豁然复骇然？所谓的权谋，所谓的那些"讳莫如深"的东西，怎么能不引起人们的热情探究的兴趣呢？不管是不是自己的遭际，都没有什么关系，大家在文学之外看个热闹。而就行内人看来，这些作品的文学品格也是非常超群的，受到业界普遍认可，与后来网络上那些粗糙而低级的所谓"官场小说"作品，界限是很分明的。

四

小说阅读品质提升及范围的不断扩大，几乎伴随着这翻天覆地的 40 年，比如，中国人的精神生活中还经历了对沈从文、钱锺书、张爱玲、萧红等作家价值的重新估量及引发的重新阅读。以金庸、古龙、萧逸为代表的武侠小说热，以琼瑶、三毛、梁凤仪为代表的言情小说热，对王小波、王朔那些写法和意识都有所不同的小说的热烈追捧，反映了文化解放的深化，以及人们在阅读趣味上众口难调的现实。

不能忘记的是，与《围城》《边城》以及汪曾祺小说同样稳定长销的，还有每年印量均上百万的路遥三卷本小说《平凡的世界》。这部作品最初问世的时候，文学界评价并不高，被认为写法老套，过于实、过于沉重，等等，但小说对人的力量的肯定，对坚韧、勤劳、善良等正面价值的张扬，对自我奋斗的礼赞，还是感动了无数读者。小说所反映出来的改革开放的摧枯拉朽力量，人的自觉自强意识的崛起与现实突围，强烈的现实主义担当和理想主义情怀，成为这部作品经受得住时间锤炼的重要原因。

而随着 21 世纪以来的国学热、历史通俗化，黄仁宇、南怀瑾炙手可热，易中天、王立群、阎崇年、刘心武登陆百家讲坛，众多历史读物热销，特别是网络写作兴起，带动了网络写作与阅读的勃兴。长篇历史小说《明朝那些事儿》适应人们对轻松、随意和闲适文字的喜好，作品以作者自己的观点讲述历史，借用历史事件折射现实问题，将那些既定历史人物形象以新的语言重新进行激活，夹叙夹议、借古论今，并且深入分析臧否历史人物，对人物心理活动进行天马行空的"虚构"，造成一时洛阳纸贵。从《明朝那些事儿》得到热捧，到《藏地密码》《盗墓笔记》《杜拉拉升职记》等热销，同样反映了网络兴起、民间叙事旺盛、草根文化与精英文化博弈，体现了改革开放条件之下的文化民主。比较遗憾的是，好多网络文学大神们的作品，人们只是通过影视改编得以了解，至今没有踏踏实实地阅读过。

一个时代有一个时代的阅读风尚，我们40年一路走来的文学阅读，无论是沉迷还是稍有远离，无不折射着文化的进步、思想的解放，是整个社会进步一个极具说服力的侧影。

四十年长篇小说素描

汪 政

一

文体的本质就是表达的方式，人们出于不同的表达目的，根据不同的表达对象、接受对象与语境，给自己的表达行为约定俗成地设计了一定的规矩与格式，这便是文体的内涵。文体不仅仅是一个形式问题，它与许多因素相关，与社会的精神氛围、消费行为和社会意识形态的权力紧密相连。所以，文体是不平衡的，一些文体诞生了，一些文体消亡了；一些文体流行了，一些文体寂寞了，一些文体主动或被动地改变着自己的生存策略，这本身就是一个专题文学史的简单构成。因此，我们看到汉语文学史曾经长时期由诗歌称雄，而戏剧、散文也有过短时间的繁荣；看到短篇小说潮起潮落，但一直表现出顽强的生命力；看到中篇小说作为新兴文体创造了迄今几十年的奇迹。而本文要谈到的长篇小说则一直是不同时期文学成就的标高。

所以，孤立地看待这四十年的长篇可能反而不容易看得明白，有必要对四十年之前也做一个简单的回顾。

中国汉语长篇可以划分为古典与现代两大时段和两大类型，古典时期指的是以文言或古白话为语体，以说书艺术为潜在话语结构，以章回体作为其形制特征，而自五四新文学运动以后，现代长篇开始取代古典长篇。现代长篇与古典长篇完全不同，它以白话文为语体，以书写与书面阅读为潜在的话语结构，以欧美近现代长篇为外在形制模范，《子夜》《家》《骆驼祥子》《财主的女儿》《围城》《边城》以及《太阳照在桑干河上》等可以作为其成熟的代表。也许，相对于1978年之后的四十年，那一个前四十年更具有背景式的意义。非常有趣的是，那也是一个长篇显得非常多的四十年，已经有文学史家指出：长篇小说的崛起和大面积繁荣，构成了 1949 年以后小说文体发展的令人惊叹的景观。从解放区走来的作家成为主体，创作了大量我们现在还耳熟能详的长篇，《三千里江山》《平原烈火》《铁道游击队》《三里湾》《林海雪原》《红旗谱》《苦菜花》《野火春风斗古城》《小城春秋》《青春之歌》《三家巷》《红岩》《李自成》等，许多作品日后被称为"红色经典"。前四十年为什么长篇繁荣？原因很多，从客观上说，新中国刚刚经过长时期的战争与社会大动荡大变革，这样的历史内容迫切需要记录、留存与表达，而这种类型的社会生活又特别需要和适合长篇这种文体去表达；从主观上看，刚刚进入新时代的人们有一种不能自已的激动、昂扬与豪情，充满了大声呼告与宣示胜利的强烈欲望，这从当时长篇小说的主题与题材上也可以看得出来，浪漫主义、战争英雄主义成为主流。这样的激情持续了相当长的时间，因为新中国成立之后，当人们还沉浸在对战争岁月的怀想中时，社会主义建设就如浪潮一样一波接一波地涌来，土地改革、公私合营、大跃进、人民公社，这些对共和国社会、经济与政治生活产生了重大影响的运动依然催动着作家以长篇小说的方式进行史诗性的书写，《山乡巨变》《创业史》《上海的早晨》《艳阳天》等构成了新一轮长篇小说的热潮，直到"文革"开始，中国当代长篇创作才告一段落。所以，在讨论中国当代文学时会有许多分期的意见，上述长篇的高潮，大都发生在 1949 年以后的十七年，也就是到"文革"发生时的 1966 年，"文革"对十七年文学基本是否定的，对这一段文学包括长篇小说成就的肯定是到"文革"结束和思想解放运动之后。但是，有趣的是，改革开放后四十年来的长篇小说并没有接续这一传统，因为我们知道，十七年的长篇大致有以下的特点：一是基本围绕主流意识形态，服务于当时的政治话语；二是延续延安时期民族化、大众化的文艺策略，对五四长篇略有偏移，热衷于长篇的民族性，话本、章回体成为许多长篇的通俗化叙述体制，相应地，对国外长篇艺术的发展基本没有交流，所以，新时期对十七年长篇实际上只是抽象地肯定，而在具体的发展上可以说是反十七年的。这里面的原因很多，当然最重要的是思想解放运动与改革开放，从对文学工具论的反思到人道主义思潮的兴起，从对外文化交流接受西方现代主义文学到向内转对文学本体的强调，都从主题、题材、审美方式等方面开启了中国新一轮长篇的历史进程。

二

　　文学史的分期总是相对的，中间大都存在着一定时段的过渡期。近四十年长篇小说的变化也是这样，可以从对首届茅盾文学奖的简单分析看出，不论是从评奖的指导思想，还是从最后获奖作品来看，都反映出这种二重性的过渡性的色彩。事实上，六部作品有些就是写于"文革"时期。魏巍的《东方》是革命历史题材传统的延续，姚雪垠的《李自成》写作跨度几十年，可以明显地看出不同时期的印记。而古华的《芙蓉镇》、莫应丰的《将军吟》、周克芹的《许茂和他的女儿们》，其新元素要多得多，它们本身就是从对"文革"的反思展开叙述的，所以，不管是从题材上、人物上，还是从主题与情感态度上，它们已经不可能再走十七年的长篇之路了。

　　这几部作品连同当时许多作品，渐渐构成了中国新时期长篇小说的主流。也就是以写实为主体，以回归欧洲十九世纪和中国五四时期现实主义为长篇小说的美学指向。这可以从历史与现实两个维度来描述。长篇小说与历史有不解之缘，中国自古又有修史的传统，中国古典长篇大部分是重述历史的，所以，即使现代长篇的叙事体式变了，这一文化传统也仍然在延续。四十年来长篇的历史叙事反映了中国作家历史观上的一些变化和不同历史观的共存与碰撞，部分作家将兴趣放在历史场景的重现上，更迫于传统的历史小说，如刘斯奋的《白门柳》、徐兴业的《金瓯缺》、熊召政的《张居正》、唐浩明的《曾国藩》等，这些作品亦史亦文，作品人物与历史事件也大致有考，其历史观在追求历史真实的基础上主要放在对对象的重新理解上，而价值观则大致不出主流意识形态的阐释框架。而到了九十年代，随着西方现代历史哲学的影响与中国新人文思潮的又一轮兴起，以及小说叙事通过实验小说的努力，历史小说内部发生了裂变，后来被称为"新历史小说"的创作成为主潮，代表性作家有格非、李洱、苏童、叶兆言等人，格非的《敌人》、苏童的《我的帝王生涯》、叶兆言的《一九三七年的爱情》、李洱的《花腔》等都是这一思潮重要的作品，一直延续到新世纪的神话叙事如苏童的《碧奴》、叶兆言的《后羿》等。这些作品并不遵循实录历史的定律，而更多的是解构历史，重叙历史，想象与虚构历史，作家们看重的是历史的时空因素与氛围，历史是一种材料，在其中，写作者去发现可资创造的艺术与人文元素。常识告诉人们，历史总是具体时空的人物与事件，但在这些作品中，不同时空中的元素可以聚积到同一时空下，苏童称之为"勾兑"。最后，则是介于两者之间，它们既不想给人们复现历史的场景，演义英雄与重大事件，也不满足于自我对历史的游戏与解构，警惕可能导致的历史的虚无，而是努力通过写实性的历史可能性的虚构，正面提出作家对历史的解释，并试图将这种解释上升到思想史的高度，如张炜的《古船》、铁凝的《笨花》、陈忠实的《白鹿原》、阎连科的《日光流年》、刘震云的《故乡天下黄花》、张洁的《无字》、刘醒龙的《圣天门口》等。《古船》借助于东方古典哲学、伦理学，从人的本体论出发，以忏悔的意识对中国乡村现当代史进行了反思，并将对人性和历史意志的批判与对当代的忧患结合在一起。这样的写作伦理与思想趣味一直贯穿在张炜的写作中，成为他风格中重要的思想元素。《白鹿原》的历史厚重性与内容的丰繁性使它几乎取得了当代经典的地位，它改变了中国家族小说的叙述模式，以近现代重大历史变故为背景，以家族冲突为线索，将宏观的社会沧桑与微观的个体命运结合起来，调动实证、虚构、想象、隐喻与象征等手法，对已成结论的历史视角与历史结论提出了批判，以强大的叙事张力引而不发地将人们推向丰富的思想空间。刘醒龙百万字的三卷本《圣天门口》，第一次突破了历史叙事连续时间的常见门槛，从近现代一直写到"文革"以后，表现出直面历史的勇气与重归史诗的艺术野心，作品对中国城乡阶层进行了可以进行社会学论证的考察，对革命发生的背景与动因进行了鞭辟入里的分析，作者通过人物关系的设置一直对革命进行同步的审视与拷问，在呈现中国现代民族国家进程的同时，一直在质疑、反问与假设，从而超越了简单的历史实录而熔铸了深刻的历史哲学精神，它在业已形成权威的历史知识谱系之外进行了大规模的知识重建工程，并以肯定的方式否定了自红色经典以来的革命叙事美学，并且映衬出自先锋小说之后新历史小说的轻薄与懦弱。毫无疑问，这样的历史叙事必须要突破旧有的视域寻找新的历史资源，比如民间、宗教，等等，在这些方面，刘醒龙做了大量的前期的文案工作，使得作品新鲜、丰满而又扎实。

三

现实也可以简单地从几个方面来观察，四十年中国长篇的现实叙事是从对

"文革"的批判、对现实的改革与反思开始的。如张洁的《沉重的翅膀》是较为突出的作品，它避免了简单化的思维，也没有将希望寄托在所谓清官与改革家身上，作品将中国国情作为意义图式，写到部级干部的矛盾，因而较为广泛而深入地触及了社会的矛盾，并且对中国的改革发展模式提出了自己的思考，清醒地意识到了困难与阻力，在当时的社会背景下确实有较大反响。柯云路的《新星》及其姊妹篇《夜与昼》反响更为热烈，但从理念上似乎不及《沉重的翅膀》，它骨子里仍然是《乔厂长上任记》的模式，未能摆脱古典政治学中人物中心的理念，因而也就不可能在制度、观念与文化层面对改革做出深刻的思考。这些小说后来被称为主旋律作品，代表作还有张平的《抉择》《国家干部》、张宏生的《车间主任》、范小青的《百日阳光》、柳建伟的《英雄时代》、周梅森的《绝对权力》《国家公诉》《人民的名义》、许春樵的《放下武器》、尤凤伟的《泥鳅》，这部分作品还衍化出反腐与底层写作等分支，这些作品在相当程度上真实地记叙了中国改革的进程，并且把焦点集中到一些棘手而敏感的问题，如体制改革，等等，这些话题具有明显的时间性与中国特征。因此，从长篇小说艺术上看，关键在于其是否具有超越性，即作者的视角是否具有现代意识，是否能超越现实表象的纠缠与操作层面的书生论道而上升到对制度、观念的反思。另外，有没有将叙述植入到本土的文化中，并将人物的塑造放在重要地位，也都成为这些作品是否能在现实话语之外获得进一层的精神与美学空间的结点。

四

在四十年的长篇小说写实中，乡村与都市是两个重要的题材，中国都市小说与中国城市在内在文化品格上保持着同一性。从城市发生学来看，东西方城市是大不相同的，西方城市比较单纯，而中国城市则比较复杂。当近现代文化成为西方城市主要特色时，中国城市依然处在传统的文化核心地位。因此，中国城市固然有现代化的一面，但是它同时还拥有根深蒂固的与乡村文化相默契的传统文化，这就是中国城市文化的二重性。所以，我们一方面看到王朔、邱华栋、李大卫、卫慧、棉棉、盛可以、徐坤、冯唐等一大批作家以及后来引起众议的八零后作家，以敏感的笔触写出了中国城市新鲜、急速的变化，给读者现代生活方式以感性的展示，他们中的不少人从现代消费文化着眼，突出了城市对人的身体与欲望的开发与释放，并且在西方后现代思潮的推动下，尖锐地揭示出城市对人的性格的改变，人与人关系的重塑，陌生、冷漠、匿名、异化、堕落，这些现代人的焦虑与无助作为城市现代化的伴生物，已经作为一种整体象征成为当代社会的集体精神症候。另一方面，则有不少作家从传统文化出发，以向后看的姿态看出了中国城市的另一种面貌与性格，比如贾平凹的《废都》和王安忆的《长恨歌》。《废都》是写西安的，这座城市在他的笔下，是古老的城墙和角楼，是旧时皇城的依稀模样，是发音高亢的地方戏曲，是餐馆里的大海碗，是大街小巷的社火、高跷，是写意的水墨，是镶嵌着古文雅言的乡音俚语，是随处可见的历朝古董和大隐隐于市的平头百姓中身怀异术的高人……贾平凹曾经这样说西安，"没有必要夸耀曾经是十三个王朝国都的历史，也不自得八水环绕的地理风水，承认中国的政治、经济、文化的中心已不在了这里，对于显赫的汉唐，它只能称为'废都'，但可爱的是，时至今日，气派不倒的，风范依存的，在全世界的范围内最具古城魅力的，也只有西安了"，"整个西安城，充溢着的是中国历史的古意，表现的是一种东方的神秘，囫囵囵是一个旧的文物"。(《答〈出版纵横〉杂志记者问》)而王安忆的《长恨歌》则通过一个女人写出了上海都市文化的传承。在王安忆的作品中，女人是众多纷飞飘荡中的城市意象的一种，它们可以替换为旗袍、咖啡、香水、首饰、霓虹灯、影院、相馆、广告、流行报刊、点心小吃、闪着路灯的甬道和轻飏在人们耳边嘴旁的飞短流长……女性的命运实际上就是城市的命运，城市的变化也就是妇女的变化，它们互为镜像，《长恨歌》里的王琦瑶是上海弄堂里走出来的典型的上海小姐，她似乎被动地被上海所塑造、所接纳，自然而然地、按部就班地走着上海女性走过的或期望走过的路，而在这漫长的路上，她领略并保存着这城市的精华，她的存在是一个城市的存在，她时时提醒人们回望日益阑珊的旧时灯火，即使当王琦瑶飘零为一个街道护士时，她依然能复活人们的城市记忆。城市的生活方式一边是新鲜的俗气的时尚，一边是陈旧却典雅的传统，前者需要积淀与过滤，后者需要承续与保养，王琦瑶本身就是这两者的集合，她本身就是一部城市生活的风俗史。其后金宇澄的《繁花》又一次对上海进行了别样的书写。

乡土叙事一直是中国长篇小说的重要构成。周克芹的《许茂和他的女儿们》、路遥的《平凡的世界》、李一清的《农民》、范小青的《赤脚医生万泉和》、孙惠芬的《上塘书》、毕飞宇的《平原》、李洱的《石榴树上结樱桃》、严歌苓的《第九个寡妇》、周大新的《湖光山色》、莫言的《生死疲劳》、贾平凹的《秦腔》、冯积岐的《村子》、李师江的《福寿春》、格非的《望春风》、刘醒龙的《黄冈秘卷》等都是各个时期值得关注的作品，虽然其叙述方向与语义模式不尽相同。纵观四十年来中国乡土长篇的成就主要有这样几个方面，首先是中国几十年来的乡村生活得到了真实的描绘。《赤脚医生万泉和》从"文革"一直写到改革开放，作品力图再现中国乡土本真的生活状况。作品的知识性十分扎实，称得上是中国乡土医学的百科全书。关仁山的《白纸门》从现实切入，但笔触却伸向中国乡土内在的许多潜隐的文化传承，从而将现实的矛盾冲突放在现代与传统的复杂矛盾中去予以解释。而李一清的《农民》、李洱的《石榴树上结樱桃》、周大新的《湖光山色》、赵本夫的《无土时代》等则将"三农"问题、中国乡村政治制度的变革与城乡冲突作为表现内容。《第九个寡妇》采取了严格的写实主义风格，这使得中国乡村几十年的政治与历史不可回避地出现在作品中，以另一种方式表达作家对中国现当代乡村变迁的认识。《生死疲劳》依托土改、大跃进、"文革"和改革开放的历史链条，对一时段的乡土中国，以戏谑的方式进行了有别于既定观念的思考。这些作家的努力确实使中国的乡土小说在扎扎实实地向前推进，但是如何使自五四以来的中国乡土小说发生新的跃升确确实实需要认真探讨，特别是中国作家要明确自己的文化立场，有学者指出，中国的乡土小说从发生起就反映出创作精神上一个显著的共同点，那就是作家们所特有的都是审视者的立场，是站在乡村之外看待和描述乡村的，他们或者去赞美乡土的纯朴与诗意，挖掘乡土中国传统的力量、智慧与生命力，或者揭示他们悲惨的命运，但这些都不是农民或乡土自身的视角，这些价值的赋予也是出于作家别一种文化价值体系，是他们启蒙的一种姿态。而另一种姿态则是自鲁迅开始就定型的批判，也就是对落后的生活方式、价值观的剖析，应该说批判与启蒙是必要的，但是从文学来说，这样的姿态，这种思想的先导性和意图的工具性，使创作者们难以真正进入乡村生活和乡村文化的深处去体味乡村，也影响了他们客观地去表现乡村。

五

　　值得提出来的是写实作品对日常生活的书写。中国作家有文以载道的传统，又喜欢宏大叙事，常常遗忘日常生活，其实，日常生活是最具本体意味的。它是物质的、"此岸"的和身体的，因为它承担着人们"活着"的功能；它是连续的，因为日常生活的中断将意味着社会或个体重大的变故，甚至危机；它是细节化的，因为真正的日常生活是由所有获取生活资料的动作与这些动作的对象所组成的；它是个体的，因为不可能有抽象类的日常生活，它必定因人而异；但同时，又由于人类物质生活的相似性等其他可以想象的原因，它在具有私人性的同时又具有普泛性，它是公众化与非公众化、特殊性与平均化的矛盾体，因此，它总是针对着一定社会的最大多数的民众；日常生活是风格化和多样化的，因为它在最细节化的层面上反映了特定时期、特定地域和特定人群的生活方式，所以，日常生活总是人们最真实、最丰富的生活。自新写实以后，日常生活终于进入了中国作家的视野。这种日常生活，类似于文化人类学家们所讲的"小传统"，它们是以普通人日常的生活方式为中心形成的相对稳定的物质与精神生活的总和，它们可能因为战争、重大政治运动的来临而改变节律，但却不可能中断。不是前者，恰恰是日常生活，具有强大的自我修复与销蚀它者的力量。同样是表现抗日战争，朱辉的《白驹》着力表达的就是战争中的日常生活，战争被从日常生活的视角重新进行了表述。毕飞宇的《平原》从题材上看也可以算是描写"文革"的，但他的着力点是"文革"中的日常乡村。"文革"对中国乡村的影响确实巨大，但是不是唯一力量？它的改造与渗透程度如何？又是如何改造与渗透的？在"文革"这种政治程度、组织程度相当高的时代，中国乡村人们的生活所依赖的路径是不是唯一的，如果不是，那又是什么？毕飞宇的"乡土中国"的知识考古为我们展示了一个民间的社会生态，从语言形式、宗教生活到乡规民俗，它们才是维系乡村生活的真正权力。王安忆的《启蒙时代》也是写"文革"的，但它的着眼点是"文革"政治生活的背面，它探讨的是一代人的精神成长史。书中对人物的启蒙路径从历史、革命、语言、性爱与日常生活作了划分与演绎，对许多概念作了反思，重点对城市的根基，对日常生活的意义进行了深度阐发。小说中年轻人在不同的启蒙路径上的遭遇、感触与体悟并不一致，各种资源、线索、意念处在相互渗透、对话与搏击中，大潮来临，青年们柔嫩脆弱的心智似醒非醒，说清还浊，但它们连同那个时代将伴随着他们融入未来的岁月。作品一如既往地在进行着王安忆的哲学沉思，"革命"背后的东西是什么，什么才是生活的本质，那就是尘埃落定后的日子，是天不变道亦不变的恒常的累积。迟子建的《额尔古纳河右岸》也写了战争，写了政治，但展示的主体是鄂温克人的民俗和日常生活方式，完全是黑格尔美学中史诗意义上的百科全书样的追求与笔法。阿来在《空山》中对此也有自觉的意识，他对那时生活进行了仔细的爬梳与打捞，他发现，空山并不空，传统依然隐藏在人们的日常生活之中："在人们意识深处，起作用的还是那些蒙昧时代流传下来的东西。文明本是无往不胜的。但在机村这里，自以为是的文明如洪水一样，从生活的表面滔滔流淌，底下的东西仍然在底下，规定着下层的水流。生活就这样继续着，表面气势很大地喧哗，下面却沉默着自行其是。"

六

在长期的实践中，长篇小说以其独特的体量与能力逐步参与到人类思想史的进程中。当代中国的长篇也是如此，近四十年长篇小说的演进与中国思想精神之旅可以说同步合辙。早在思想解放之初，礼平的《晚霞消失的时候》、戴厚英的《人啊，人》就将人道主义等思想引进到创作中，改变了中国当代长篇的思想资源库，紧接着是更为激烈的先锋文学，它将西方现代与后现代的人文思想引进中国，广泛而深入地开启了中国当代长篇对人的精神世界的深度探索。刘恒的《虚证》通过心理分析的手法深入到人的潜意识领域，残雪的《突围表演》、孙甘露的《呼吸》、余华的《在细雨中呼喊》、吕新的《抚摸》、洪峰的《东八时区》、潘军的《独白与手势》、东西的《耳光响亮》等作为先锋长篇的代表作，以前卫的姿态将萌芽于中国当代精神领域的荒诞、孤独、恐惧等负面情感予以放大，通过超现实场景的设置，奇特的人与人关系的模拟和象征、隐喻等小说修辞，揭示出现代人与这个世界的紧张关系。

而几乎与此同时的是文化寻根，它是思想向另一极的突围。从宏观上，它是在中国思想与世界接轨后，在现代精神遭遇困境后，通过人类学途径对传统思想资源的求助，也是民族与国家在遇到全球化压力后寻找立足之地的自卫。同时，它也可以看作是一次文化的启蒙，在这个启蒙中，人与自然、人与历史、人与生命等关系得到了新的认识，传统的文化性状与多样性，自然的先在性得到确认。在贾平凹的《商州》中，我们看到了现代从传统走来的清晰印记，而在韩少功的《马桥词典》中，我们文化多样性正在消失的现实状况触目惊心。这场运动到现在影响依然存在，许多生态长篇小说如《藏獒》等其源头都可上溯于此。而北村、张承志、马丽华、阿来、范伟、迟子建等作家宗教题材长篇小说的写作也可视作它的延续与深化，客观上也体现了四十年来中国思想界的宽容。北村着眼于现代人的精神状况，从西方宗教思想中获取资源，在忏悔与救赎之中寻找出路，而马丽华、阿来与范伟则采取较为客观而写实的手法寻绎佛教、东巴教、天主教等在特定地区的传播与繁衍，探讨它们与各种传统文化的冲突、影响、共存与相互吸纳的过程，重新认识宗教在人类文化进程中的意义，并通过人物命运的书写与性格的塑造来凸现不同宗教的理想和它们在重建现代人价值体系中的巨大作用。

新写实前后，由于西方阐释学和虚无主义的影响，加上在社会生活中俗世主义的流行，当代长篇出现了零度写作的倾向，拒绝意义，拒绝情感的投入，成为许多作家的写作姿态，体现在具体写作中就是对深度模式的放置而停留在表象的描绘上。现在看来，这本身就构成当代长篇思想演化的一个环节，本身就是一种思想，它不但对许多人为建构的意义体系进行了解构，而且客观上对其后的意义建构确立了新的前提。

在这四十年的长篇写作中，有许多作家一直执着于当代人心灵世界的探索，站在中国思想界的前沿，延续五四启蒙的传统，自觉地履行道义的担承，不断地批判中国传统思想的糟粕，特别是不断产生的新的思想痼疾，体现出难能可贵的思想勇气、忧患意识与人文关怀，如史铁生、李锐、韩少功、张炜、阎连科等。他们的写作风格各不相同，思想方向各有选择。史铁生侧重于人的生命意义的寻绎，他的《务虚笔记》《我的丁一之旅》在彼岸世界的背景中为此岸生活确定理由；李锐穿行于现实与历史之间，其《无风之树》《银城故事》等对中国当代思想充满了诘问与批判；而批判意识更为强烈的是阎连科，《日光流年》《坚硬如水》《受活》对中国当代社会存在嘲讽可以说得上入木三分，而其《丁庄梦》则描述了一个非常态的可怕的世界，在非常态的故事中敞开的是现实与人性可能存在的黑洞，它是近年不多见的审丑的力作；韩少功以文化为依托，《马桥辞典》《暗示》着重对历史与现实的文化变异进行指认、辨析与梳理；张炜从《古船》开始，一直到《刺猬歌》，大都从传统儒、道以及民本思想出发，在对现代社会的怀疑中试图重构人的精神家园。

七

要说到中国当代长篇小说四十年的成就，重要的一点是它的文体革命与创新。这种创新从八十年代初已经显现，王蒙的《活动变人形》与刘心武的《钟鼓楼》就是标志性的作品，在复出后的第一个长篇里，王蒙一改《青春万岁》的传统写法，而将意识流运用进来，使小说的结构与人物刻画显现出新的面貌。而《钟鼓楼》的结构也给人耳目一新的感觉。其后，张抗抗、王安忆、张承志等一批知青作家也在各自的长篇中进行着探索，使中国长篇渐渐从整体上发生了改观，十七年时朴实的写作面貌基本上看不到了。

而使中国长篇文体从技术上呈现极致状态的是二十世纪八十年代中期先锋小说之后，这一时期注定要被以后的文学史家们所关注。首先是人们对文学的认识已经完成变革，因此，文学性被认识为是衡量文学作品最重要的标准，它极大地引导作家们将注意力转移到形式与语言的营构上；其次是一批青年作家成长起来，他们大都有专业文学训练的背景，富有创新精神，有着颠覆传统的强烈冲动；再次是西方现代主义文学流派，不仅是欧美，包括日本的新感觉派、拉美爆炸文学等都已经引进到中国，一些重要的文学流派如法国新小说派，连同它的基础哲学如现象学都被中国小说家所精研；另外，当时中国的思想氛围，连同文学在社会生活中的中心地位也为这场文学革命做好了环境上的准备。先锋小说首先是主题上的前卫，这已如前所述，而从长篇文体上看则主要有以下几个特点：一是推翻传统长篇环境、情节与人物的要素原则，它可以没有情节，人物也可以是破碎的，不完整的；二是在认知上采取非理性的做法，破碎、颠倒、梦幻、背离常情、错误、自我消解与歧义等造成了阅读上的陌生；三是在视角与叙事语调上更加突出有限视角，强调语调的个性特征；最后是语言，小说家们极力将语言摆上第一位和本体的高度，而不是将其作为传达故事描景绘形的工具，在结构主义语言学的支持下，先锋小说不在乎作品的所指，而在乎语言的能指，使小说在能指上自由地组合与链接，形成具有形式意味的语言建筑。马原、余华、格非、孙甘露、韩少功、北村、吕新、苏童、叶兆言、洪峰、潘军、莫言等都是运动中的骁将。马原擅长中短篇，他在八十年代早期以长篇《上下都很平坦》开了先锋长篇的先河。格非以经营小说的叙述结构见长，他的《敌人》《边缘》通过多种手法，使阅读莫辨东西，被称为叙述的迷宫。孙甘露的《呼吸》可以说是一部梦幻小说，它按照作家与人物的心理逻辑来展开，而作品最突出的心理形式便是梦幻，这又使它成为一部语言宣泄的作品，其言说的汪洋恣肆足以淹没它的人物与故事。余华的先锋性也主要是中短篇，他的第一部长篇《在细雨中呼喊》首先也是通过心理来结构小说，回忆是其主要的形式，同时，这部小说对声音的设计也很独到，并且尝试了多声部而使之具有了复调小说的意味。苏童的特点在于他对意象的经营，故事、人物固然重要，但它们都服从于另一个更高的目标，那就是作品的氛围。潘军的一些长篇突破了以文字为单一媒介的尝试，从外观上看，图文结合，作为对图像时代的呼应，体现出非线性超文本的多媒体特质。将莫言视为先锋作家似乎过于狭窄，但他确实是一位对中国当代长篇文体做出了重大贡献的重量级作家，他的《丰乳肥臀》《檀香刑》《四十一炮》《生死疲劳》都是四十年来文学值得重视的作品，《檀香刑》的复调，西方经典长篇与中国民间戏曲形式的结合，《生死疲劳》的变形手法的创造性使用，使得生死、人畜两界均被打破，极大地拓展了小说的叙述空间。还有阎连科，也是在小说形式上具有开拓性的作家，他的《坚硬如水》等是狂欢体运用得最娴熟的作品。

在中国长篇小说文学创新中，女性作家特别要单列出来予以叙述。铁凝、残雪、王安忆、迟子建、林白、斯妤、海男、陈染、懿翎、徐坤、盛可以、鲁敏等都在小说形式上做出过贡献。新时期以来的女性作家已不仅是一个性别群体，伴随着女权运动与女性写作，她们已成为一个独立的革命力量，对女性的发现，对身体的开发，以及不同于男性的另一极的视角，都使她们的作品具有不可重复与同一的人文意义而需要独特的阐释体系。这种独特性表现在文体上有时使她们的姿态甚至超过了同时期的男性作家，比如残雪、林白、陈染，她们在文体上的极端确实让男性作家难以望其项背。残雪的《突围表演》和《边疆》始终保持着非理性的特质，而林白从《一个人的战争》的心理色彩到《妇女闲聊录》的白话口语，形式的变化多端足以让人惊叹其创造力的蓬勃。

虽然自先锋小说之后中国长篇开始回归写实，但对形式的探索至今仍保持着强大的惯性。

<h1 style="text-align:center">八</h1>

如果追本溯源，长篇小说实际上是一种通俗艺术。"文革"时期，中国的长篇小说创作处于极度萧条的状态，如果说还有，那就是一些在"地下"流行的手抄本，从审美类型上说就是通俗小说。但中国是一个纯文学大国，以古代文人和近现代知识分子建立的所谓纯文学写作传统一直对大众的、通俗的文学采取歧视的态度，他们通过文学标准、文学秩序、文学生产方式与文学教育建立了一整套的文学权力机制，这实际上有相当成分的文学霸权与文学专制。这一实际情况对整个文学的影响至今没有得到人们的充分评估，当文学界在讨论权力侵害、等级制度的时候，可能没有意识到纯文学实际上是最大的权力话语，这种权力话语造成了通俗文学、大众文学的压抑与遮蔽，大众文学消费的的自卑，大众文学创作者的身份焦虑，也造成了纯文学工作者面向大众与市场时的畸形心态，造成了文学负载之重，不利于文学的多样性与文学生态的平衡，不利于纯文学的发展。当后现代社会到来后，传统的精英写作与纯文学制度受到了挑战，文学的民主化与审美趣味的多样化正在到来，由身份多样的作者群与类型多样的作品共同构成了文学生产的新格局，"作家""作品"都在变化，非专业的创作者，非经典的长篇小说形态，多媒介的作品存在方式，正越来越多地在通行的文学机制之外体外循环一样地生产着、流通着大量的文本。

二十世纪八十年代，港台武侠、言情小说在大陆开始流行，也推动了大陆这方面的创作。紧接着是影视、网络对长篇的引导和市场因素的介入以及其他消费文化的影响，现今的中国长篇传媒体制和形态基本上是"多声道"的，由手稿而成书是一种方式，由手稿经期刊登载然后再成书出版（有些则只经期刊登载）是一种方式，通过创作前的约定照影视模式先以小说形态出现而后再予以改编或干脆由影视剧本改为长篇是一种方式，先在网络上流行再以纸质文本出现或干脆在网络上存在是一种方式，由出版商经过市场调查然后进行订单式写作又是一种方式。市场化、娱乐化与产业化已经相当程度上成为长篇及长篇写作的支配性属性，长篇不但是作品，更是一种文化产品，这已经是现代社会越来越占主导性的认定。以文化产业相对发达的日本与美国而言，通俗小说的生产与出口早成气象，日本与美国的不少老牌出版商都在倾力拓展此类业务，同步打造的便是如村上春树之类的品牌通俗小说家，由此延伸的产业链前景广阔。这种趋势正在影响中国的长篇生产，它从作家形象塑造、作品写作类型以及策划与销售上引发了一系列转型。因此，特别是进入新世纪后，中国长篇出现了不少介于纯文学与通俗文学之间的"中间带"作品，如姜戎的《狼图腾》、都梁的《狼烟北平》、刘震云的《我叫刘跃进》、刘醒龙的《蟠虺》、陈行之的《当青春已成往事》、艾米的《山楂树之恋》、池莉的《所以》、洪峰的《恍若情人》以及二月河的历史小说和王海鸰的家庭伦理小说等。这些作品都暗含着严肃的主题，但读者认可的是它们时尚的元素以及电视剧的审美特点，加上作家积攒起来的品牌效应。

近年来，轻小说的概念开始得到人们的认可，日本、俄罗斯，连老牌的欧美轻小说理论与创作也开始有规模地译介到中国，极大地刺激与推动了中国轻小说的创作，所谓轻小说实际上类似于我们所说的类型小说，只不过分类更细，并且在近几年又有新的品种诞生与加盟，连同传统的言情、武侠、公案及其变体，加上玄幻、科幻、侦探推理、悬疑、青春等，现在轻小说已蔚为大观。有轻必有重，轻与重之区别主要是两个方面，一是主题严肃的、语义复杂的主题不在轻小说的表达范围，轻小说有许多主题模式，大体为至今通行的善恶、真假、虚实、丑美之辨；第二个方面是技术，轻小说也有自己的叙事模式，它不排斥叙述的模式化，正是这种模式化可以减少阅读的负担；如果有第三点区别的话，那就是轻小说十分追求娱乐性，把阅读的新奇、刺激、替代性满足作为重要的目标指数。在市场、网络和动漫的推波助澜下，轻小说已经开始拥有自己的话语权，言情、悬疑、武侠也都出炉了年度排行榜，可以说，中国长篇的二分天下已经形成。

走出泛化，走向深化

黄发有

现实主义的话题并不新鲜，但是每次讨论现实主义，文学圈的每个人似乎都有一大堆的话要说，如鲠在喉，不吐不快。究竟是现实变得太快，我们总是追不上时代的步伐，还是一些根本问题一直没有得到很好的落实，所谓的讨论只是在空中飘荡的清谈。

在改革开放已经整整四十年的今天，我们回顾当代文学走过的历程，总难免回想起现实主义重回轨道的时光。现实主义是第四次文代会的焦点话题，"保卫现实主义"和"发展现实主义"成为许多作家共同的呼声。在第四次文代会的《祝辞》中，邓小平重点阐述了"文艺与人民"的关系问题，他强调"我们的文艺属于人民"，"对人民负责的文艺工作者，要始终不渝地面向广大群众，在艺术上精益求精，力戒粗制滥造，认真严肃地考虑自己作品的社会效果，力求把最好的精神食粮贡献给人民"，"要给人民以营养，必须自己先吸收营养。由谁来教育文艺工作者，给他们以营养呢？马克思主义的回答只能是：人民。人民是文艺工作者的母亲。一切进步文艺工作者的艺术生命，就在于他们同人民之间的血肉联系。忘记、忽略或是割断这种联系，艺术生命就会枯竭。人民需要艺术，艺术更需要人民"（《邓小平文选》第二卷，人民出版社 1994 年版，第 210—211 页）。现实主义文学应当具有一种紧贴大地、扎根生活的"人民性"，与人民声息相通，及时地传达并回应民众的重大关切。另一方面，现实主义文学应当有艺术的美感，不应当是粗糙的速成品。作家要准确地把握现实，应当深入到人民中间，从中汲取鲜活的营养，不断提高自己的素养和境界，而不是凌空蹈虚，故作高深地糊弄读者。韩少功在《为人民说话—— 在中国作家协会第三次会员代表大会的发言》中认为："关键，要是好说好，是坏说坏，相信自己的眼睛，相信自己的耳朵，正视现实，独立思考，不被一些权威的教条吓唬住。只有这样，才能耳聪目明，具备了解人民的一个基本条件。"也就是说，直面现实是现实主义的写作伦理和美学原则。

从伤痕文学、反思文学到改革文学、寻根文学，新时期初期的现实主义文学与改革开放的进程相互呼应，思想解放进程激发了现实主义的活力，作家们以开阔的视野审视流动的现实，现实主义的艺术视界变得越来越开放，艺术表现手法日益多样化。从《班主任》《芙蓉镇》到《随想录》《平凡的世界》，尽管有一些评论家和读者指出这些作品在艺术上有一些粗疏之处，但是它们坚持扎根人民和实事求是的审美原则，以文字楔入现实和时代的深处，要么通过对现实的干预来推动现实的改善，要么记录了时代进程以及在现实中跃动并挣扎的灵魂。借鉴了法国自然主义与新小说手法的新写实小说，其人物塑造从典型化走向原型化，叙述模式从宏大叙事走向日常叙事，这使得现实主义在新的情景中发生了审美的变奏。至于"由外国文学抚养成人"（余华：《灵魂饭》，南海出版公司2002年版，第153页）的先锋作家，他们起步阶段的创作有着明显的翻译腔，但在90年代以后大都表现出回归写实的倾向。现实主义大河奔流，在艺术的行程上也有回澜和分流，既有主流壮阔的恢弘气势，亦有众川赴海的万千气象。

就近年的文学发展态势而言，我认为现实主义所面临的严峻挑战是没有边界的泛化，在"无边的现实主义"的幌子下，一些写作者以"底层""官场""纪实"的名义兜售各种哗众取宠的奇闻逸事，"真实"居然成了纤毫毕现的情色描写、暴力渲染的护身符。还有一些写作者认为只要在文字中拼贴一些与现实有关的元素，都可在"现实主义"的大旗下篡改、粉饰现实。这样，现实主义的核心本质就被偷梁换柱了。当管窥蠡测、道听途说成为个别作家看待现实的常规方式，作品中的现实就成了现实"变形记"。在近年的小说创作中，越来越多的新闻事件被作家转述成形态各异的小说。泛化的现实主义只是对现实进行肤浅的描摹，对各种社会问题隔靴搔痒，回避社会生活的真正矛盾。当写作者越写越快，所谓的"现实"只是那些没有经过情感浸润、思想打磨的小道消息，这样的作品凭借什么去打动读者？在近年反映进城农民工的作品中，不仅叙事框架大同小异，就连临时夫妻的生活方式、讨薪方式等细节都是惊人相似。当作品失去了情感的感染力和思想的穿透力，故事又陷入了类型化和娱乐化的俗套，这样的文字注定是缺乏艺术生命力的泡沫。

现实主义要走出泛化的沼泽，只有迎难而上，挑战写作的难度，追求审美深度，走向艺术的深化。首先，写作者必须正确地看待现实。进入文字的现实不是抽象的、外在的现实，而是作家主体生命深度嵌入的现实，也就是邓小平所言的"同人民之间的血肉联系"。现实主义不是追逐当下的即时主义，作家应该与现实保持必要的距离，必须有一种历史眼光。路遥的《平凡的世界》朴实无华，它之所以能够不断地打动不同世代的读者，是因为一方面孙少平、孙少安在现实的重压下顽强拼搏，在禁锢中没有放弃价值底线，执着追求自己的梦想；另一方面作品中的生活并不是平面的现实，而是背负着历史包袱向前推进的现实，正因如此，作品才不会随着时代的推移而失去内在的价值。其次，社会责任感是现实主义的灵魂。抽离了社会责任感的现实主义，只能是虚伪的现实主义。在商业文化的影响下，时下有个别作家将个人名利作为书写现实的目标。这种写实不仅无法介入现实，而且沦落成了匍匐于现实面前的奴仆。现实主义要具有一种内在的感召力，写作者就必须秉持一种持续的理想主义，以一种批判精神推动现实不断地完善。这种人文情怀以生命个体为原点，以将心比心、推己及人的原则平等关切所有的生命存在，用灵魂的光亮穿越种种障碍。再次，现实主义的深化离不开艺术的创新。阅读当前的现实主义作品，总让人似曾相识，面前晃动着不同时代的作家的精神面影。由于现实主义具有悠久而深厚的历史传统，写作者很容易陷入"影响的焦虑"，左冲右突依然无法突围。一方面，创作主体应当突破思维惯性和审美定势的陷阱，追求形式的内在化和内容的艺术化，自觉摸索自主创新的可能性；另一方面，现实主义的创新并不是形式的杂耍，关键是对变化中的时代和现实做出准确的理解和精当的阐释，就像巴尔扎克笔下的十九世纪的法国、托尔斯泰笔下的十九世纪的俄国和鲁迅笔下的二十世纪初期的中国，他们都生动再现了多变的社会万象，并对时代精神和现实矛盾做出了伟大的概括。

改革开放 **40** 年，小说从未缺席

老 藤

2018 年是改革开放 40 年，也是新时期文学 40 年，当代文学 70 年。40 年、70 年，时间的标识给了我们回望历史、清理来路的契机。我个人经历了这 40 年全过程，从 70 年代末到当下，几乎是伴随着阅读小说过来的。盘点 40 年当代小说流变，对全面总结改革开放有益，对探寻文学发展规律有益，对作家创作的自我修正也有益。40 年，是中国社会发生巨变的 40 年，是人们思想信仰、生活方式、审美取向发生颠覆性变化的 40 年，各种思潮相互激荡，你方唱罢我登场，充分体现了社会转型期物质和精神生活的丰富性、复杂性和多变性。

40 年改革开放，小说扮演了什么样的角色？

这个问题可以用三句话来概括：第一句话：小说得风气之先，发出社会变革与思想解放之先声。人们都知道大包干的发祥地，安徽凤阳县小岗村，1978 年末，十八个农民在幽暗的屋子里经过一番痛苦而悲壮的选择后按下手印，分了属于大队的田，小岗村由此成为农村改革的一面旗帜。而在思想领域，小说更早介入到极左思想的"禁地"。1977 年 11 月，刘心武的《班主任》发表在《人民文学》第 11 期，发出了"救救孩子"的呼声。小说触发了整整一代人对曾经深信不疑的观念、思维习惯、精神支柱的怀疑，成为新时期文学对"极左"思潮进行持久、深刻、有力批判的嚆矢，成为全民族思想解放运动的文学上的先声。之后，卢新华的《伤痕》发表在 1978 年 8 月的《文汇报》。这部小说对彻底否定"文化大革命"做出了历史性贡献，以文学的形式奏响了拨乱反正的序曲。

第二句话：小说无疑是改革开放 40 年的另一种写照。对历史的书写有多种形式，有御用正史，也有稗官野史；有庙堂话语，也有民间演绎。后者既是对前者的有效补充，也提供了别一种史观。中国文学有着深厚而悠久的史传传统，记录了跌宕起伏的历史进程，也留存了时代斑驳而杂芜的面影。当代 40 年波澜壮阔的社会实践，不同作家有不同的感受，并以小说的形式呈现了对时代的思考。德国作家施林克说："作家，就是要忠实地记录历史。"当然，这种记录不是复制和抄录，而是穿透与反思。从高晓声的《陈奂生上城》对农村问题"小心翼翼"的幽微表达，到蒋子龙的《乔厂长上任记》引发的"改革"热议；从"新写实"小说对经济生活、世俗生活的精细摹写，到"80 后"写作中都市后现代景观的赫然崛起，文学观念大相径庭，美学风尚参差呼应，但都反映了特定阶段的社会生活与思想脉搏。在小说家们的故事与人事中，40 年风云际会要比正史更加斑斓多彩。

第三句话：无论做主角还是配角，小说总是在自己的舞台上长袖善舞。40 年，小说既经历了万民热捧一呼百应的荣光，也遭遇了无人问津生存难以为继的尴尬。80 年代，一篇小说，可以让作家一夜成名，一本期刊，因为一篇名作可以洛阳纸贵。90 年代以后，随着传播方式的多元化和精神文化产品的日益丰富，小说日渐淡出舞台中央，这种无可奈何花落去的趋势是一种社会发展的必然，信息化时代的到来，大众精神需求欣赏选择的多样性，让小说不可能总是独领风骚。但不可否认，无论是主角还是配角，小说家们始终以执着顽强的姿态在艺术道路上跋涉，通过文学技艺的磨炼、历史视野的开阔、艺术修养的积累，拓展出文学表达的全新可能与空间。

公允评估 40 年小说创作成果

首先是量的积累。可以毫不夸张地说，40 年小说问世量，比以前几千年的总数还要大几倍，这是显而易见的，现在，每年仅长篇小说的出版量就数以千计，这还不包括各种文学期刊发表的中短微小说。没有人做详尽的统计，40 年小说是一个什么量的概念，但可以肯定，这种量的积累，既是质变的产生前提，同时也是文学力量的需要。

其次是质的飞越。其标志有三：一是文学回归文学的本质，越来越成为一种独立的表达。新时期伊始，伤痕文学、反思文学、改革文学等作品，还保持着与现实政治的"过密"捆绑，经历了寻根文学、先锋文学的洗礼，当代小说创作面貌陡然一新，《活着》《许三观卖血记》从形式结构层面的"操练"回到有血有肉的人，进而抵达对生命宗教般的悲悯与彻悟；《檀香刑》《一句顶一万句》《人面桃花》在中国传统文学中开辟出全新的汉语写作的美学经验；《秦腔》《万物花开》是经过了世界性文学经验的洗礼后对民族特质的重新审视与艺术表达。二是经典之作不多但也不少。不多，是相对于社会和读者的需求而言；不少，是相对于40年前的所有历史而言。经典是时间的"遗产"，经典化需要时间的"消化"与筛选。唐诗宋词经历了千年的淘洗，现代文学也有百年时间的检验。对正在行进中的当代文学，我们不妨抱有足够的信心与耐心，把言说经典的权利交给未来。三是文学生态的多样化与文学话语的多元空间。互联网时代的到来，之于文学的意义，不仅在于网络文学的蓬勃兴起、文学市场效益的极大发挥，更在于文学写作的民主自由、意志表达空间的拓展延伸。作为新媒体技术支持下的新兴文学样式，网络文学已经成为撬动传统文学生产传播机制的杠杆，在塑造新的美学空间的同时，更丰富了当代文化土壤。

再者，中国的小说已经融入世界文学的大格局之中。无论表现手法，还是关注的题材，小说开始有了国际视野、全球概念，很多小说家已经"走出去"，在国际上获得关注。2012年，莫言获得诺贝尔文学奖；2016年，曹文轩摘获儿童文学最高奖——国际安徒生文学奖；2015年刘欣慈的《三体》获得科幻文学雨果奖的长篇小说最高奖，2016年郝景芳的《北京折叠》获雨果奖的中短篇小说奖。文学奖项不是肯定一个作家或一个国家文学的唯一标准，但从一个方面折射出文学积累的厚度和深度。中国故事、中国经验，40年厚积薄发，已经成为世界文学版图上不可忽视的部分，并以其独特的美学质地与文化经验呈现出深邃的东方智慧。

40 年小说创作的启示

启示之一：向下，再向下。必须看到，出路永远不会在天上，尽管天上有星星，星空可以仰望，却无法扎根，作家的灵感和营养永远来自大地。现在，虽然有"深扎"活动，但像柳青那样真正根系土地的小说家已经十分罕见了，小说家需要把目光投向大地，投向社会的最底层，这样，写出来的作品才能接地气，才能凝聚读者。

启示之二：传播，再传播。信息时代，传播为王，没有传播，就没有影响力，再好的小说也只能印在书刊上。纯文学小说家常常耻于与网络作家为伍，但网络作家的异军突起是不争的现实，他们的作品也许不够精致，但是在互联网上却拥有海量的粉丝，这是纯文学小说家们所无法比拟的。因此，用好网络对于小说家来说是明智的选择，用好"两微一端"，或许就会改变一个小说家的命运。

启示之三：克制，再克制。面对市场经济潮流带来的浮躁，小说家们应该有一点僧侣意气，要有僧侣那种耐得住清苦寂寞、不受世俗纷扰的定力，能抵御住诱惑，潜心进行创作，怀着对文学的信仰去铸造经典之作。克制，是最好的自律，放纵，只能透支精神，经典和大师不是随随便便就能面世的，没有克制，就不会有十年磨一剑的韧性。

启示之四：吐纳，再吐纳。文坛上从来不缺热闹，40年来，小说经历过了伤痕文学、反思文学、先锋文学、新写实等发展阶段，再加上西方各种文学思想的涌入，可谓乱花渐欲迷人眼，很多小说家对此感到兴奋，甚至乐此不疲。对此，还是要有文化自信、文学自信，要练就吐纳之功，吸收有益的，扬弃落伍的，既注重传统，又占据前沿，对各种流派择善而从，对各种现象条分缕析，以千种流派、万般现象皆备于我的胸襟，提着文学这盏灯与时代同行。

时间的证明

——从长篇小说《白鹿原》说起

吴克敬

改革开放是决定当代中国命运的关键抉择，是一场伟大的革命。改革开放的意义在于解放思想、体现了思想的活力。欣逢改革开放 40 周年，各行各业都在总结和纪念改革开放，《小说选刊》在这个关键的节点上，组织专家学者，对 40 年来的中国文学进行梳理与评比，无疑是件大有意义的事情。

40 年的改革开放，我国的经济建设取得了举世瞩目的伟大成就，而文学创作也没有落后，亦取得了十分可喜的成果。我相信时间，作为精神活动的文学创作，如其他行业一样，都将不可逃避地遭遇一个问题，那就是一切的成就与成果，都将交给时间，并已交给了时间，接受时间的淘洗，要时间来做证明了。我们今天来做这件事，不能不听时间的话，因为时间是无情的，时间有它独特的立场，时间有它别样的感受，时间不会妥协人的意志，跟着人的需要，说人言不由衷的那些话。远的不说了，只说 40 年来的文学吧，那些曾经繁华热闹，甚至甚嚣尘上、不可一世的作家与作品，怎么样呢？人也许还活着，而作品已悲惨地死在了时间里。

这是因为那些作家的笔，像只流淌着唾涎的舌头，倒是非常的活泼，非常的用情，然而时间一久，舌头就会腐烂，唾涎就会变味……这可是太悲哀了。我要同情这样的作家与作品，但时间不会，因为时间历史情怀，决定他只记忆他想记忆的作家与作品，他不喜欢舌头与唾涎制造的作品。我不敢说谁是这样的作家，创作了这样的作品，但我可以说已故作家陈忠实不是这样的作家，他创作出的文学作品自然也不是这样的作品。以他的长篇小说《白鹿原》为例，我想做些自己的观察，并且愿意交给时间，让时间来作证明。

寻找属于自己的句子，也就是寻找一种叙述。陈忠实承认他是受到别人的刺激，才来创作《白鹿原》的；他像陕西籍老一代作家柳青一样，柳青也坦率地承认，他是受了别人的刺激来写《创业史》的。陕西人就是这么好玩——虽然我也是个陕西人——他们似乎不受点刺激，好像就找不到目标，而受到点刺激，反而会更清醒，会更有进取心。不过他们受了刺激，不会乱来，而是会更冷静，会更理性。譬如柳青，在刺激中离开西安城，下到长安县的黄甫村，一头扎进人民，向人民学习，深入生活，向生活汲取，十三年如一日，创作了至今为人津津乐道的长篇小说《创业史》。陈忠实视柳青为榜样，他在受到刺激后，于 20 世纪的 80 年代末，离开西安城，回到他生长生活过的故乡白鹿原，开始了一场属于他自己的寻找。他的寻找是独特的，巧妙地把强势的社会政治从生活的前台推向了后台，而将笔墨的重心，投向了最具中国历史文化传统意义的家族及宗法观念这一视点上，为家族争斗打上了中国政治斗争的特殊烙印。作品以儒家文化及其实践为正脉，扭住了"仁义"这一儒家文化的精髓，透过一个个鲜活的生命，既展现出人物的"宽厚、温雅、刚强、正直"等社会性格，还体现出在对儒家文化高度尊重的基础上，所给予的一种隐秘的批判，使人为之震惊，为之感叹。

《白鹿原》之于陈忠实，构思在 1986 年到 1987 年，这个时期的文学发展，真可谓百花齐放，百家争鸣，欧美以及拉美几乎所有流行过和正在流行的文学流派，都被引进到中国文坛上来了。正如陈忠实自己说的："尽管未必都能读得懂，未必都能进入欣赏的愉悦，却仍然兴趣十足地阅读，基本的收获是大开眼界甚为鼓舞。"陈忠实在那种阅读的基础上，感受到了愉悦，接受到了鼓舞，他的愉悦是一种获得，他的鼓舞是一种方向，他要开始自己的实践了。这是我所想要重点说的一个方面，我们人作为一种动物，从万千动物中脱颖而出，成为唯一的高级动物。这是因为什么呢？也许有非常多的条件，但阅读是最核心的一个条件。因为万千动物，唯有人是能够阅读的。人创造了文字，人借助文字抒发自己的感情与感受，极尽可能地书写出来，这便有了可以阅读的文学，如诗歌、如散文、如小说……在时间里积累，汗牛充栋的文学，让人通过阅读，不断地丰富自己的所思所想，不断地丰富自己的精神境界，然而阅读什么？怎么阅读？却实在是个严肃的问题。不会阅读，或触嗅而去，触脏而去，以至于触血腥残忍而去，触低级趣味而去，那样的结果可想而知，高级动物的他自己，因为阅读的问题，他只能一点一点地脱去高级的外衣，而滑向低级动物的群体而去！这是悲惨的，不可取的。陈忠实清楚地看到了这一点，他的阅读是高级的，是向上的，柳青的《创业史》，他翻烂了"五六个版本"；马尔克斯的《百年孤独》，漂洋过海而来，他又翻烂了几个版本……当然了，陈忠实的阅读不只我列举的这两种，他的阅读是广泛的，但他所有的阅读，都如阅读《创业史》《百年孤独》一样，必须是高拔的，必须是高标的，因此他坚守着人的高级秉性，坚守着人的高级品格，为此他的创作自然也是高秉性、高品格的。

　　一部《白鹿原》，对于陈忠实来说，是他寻找自己的句子、寻找一种叙述的具体实践。这种实践他在创作《白鹿原》前就自觉地开始了，他不能一点准备都没有就进行那种巨大的实践。用他自己的话说，短篇小说《窝囊》和《轱辘子客》，是他这种实践的开始，他尽量用"一种纯粹的叙述，而避免人物之间的直接对话，把人物间必不可少的对话，纳入情节发展过程中的行为叙述，把直接的描写调换一个角度，成为以作者为主体的叙述"。陈忠实说到做到，在我的阅读印象中，近万字的《轱辘子客》，除了结尾的几句对话，就都是以形象化的叙述语言完成的。这样的好处是在叙述过程中，能把纯属语言的趣味渗透进来，充分展示出叙述的内在张力，引发读者阅读的诱惑性以及感染力。

　　作为陕西人，我与陈忠实起初是不怎么熟悉的，在一次他主持的会议上，介绍我的时候，他一时叫不出我的名字。其实这没什么，而他会后专意找了我，自己掏钱请我喝了一场酒，用酒向我表达了他的亏欠。因此，我俩熟悉了起来，我因此还被他邀请去了他乡下的祖屋。他的祖屋里有一张矮矮的小方桌，七八年数易其稿的《白鹿原》，就是在这张小方桌上完成的。我感佩他的朴素，感佩他的耐心……他在自己的祖屋里收到了一封来自人民文学出版社的信件，出版社主办的《当代》杂志于1992年首刊了《白鹿原》，来年的6月，出版了单行本。尔后，这部沉甸甸的小说以星火燎原之势，席卷大江南北。莫言没有掩饰他初读《白鹿原》的心情，成就卓越的他，深知家族史小说在中国文学史上的地位，像曹雪芹的《红楼梦》、鲁迅的《狂人日记》，乃至同期的《平凡的世界》《妻妾成群》……《白鹿原》的阅读让他怔住了，他感慨这个来自陕西的作家，借此构筑起了自己的文学王国。在《白鹿原》中，历史是怪诞的，几无规律可言，人不会因为悲剧而避免悲剧，常常是在悲剧中轮回，相互间"巧取风水地，恶施美人计，孝子为匪，亲翁杀媳，兄弟相煎，情人反目……无法琢磨的大革命，还有日寇入侵，三年内战"，白鹿原上冤冤相报，什么时候是个头啊？

蜗居在白鹿原下的祖屋里，陈忠实放开了胆子，向诸多他所怀疑、所欲认识的旧事物，以一支笔做枪，发起了他的攻势。一个心怀欲望的小说家，就要敢于书写善与恶、好与坏，同时还要敢于书写他人不敢着笔的灰色呈现，非得还原一个个人之为"人"的本来面目不可，无论母亲、父亲，无论土匪、革命者，无论娼妇、知识分子……他们生而为人，人的复杂与矛盾，人的虚妄与真情，丰满了《白鹿原》，丰富了《白鹿原》，陈忠实娓娓道来，将关中大地百年沧桑，附着在白嘉轩、鹿子霖、白孝文、黑娃、田小娥等一个又一个典型人物的身上，让他们被各自的欲望牵引着，在时间里活出了自己的本分，活出了自己的别样。人世间的悲喜剧，由此铺陈开来，既不见陈忠实对书中人物的道德审判，也不见对他们信仰的圈定，只让他们精彩地活着，活在文学独具的时间里。

创造者是心地踏实的。1995年的时候，陈忠实说了这样一句话。在此之前，他还说，文学依然神圣。是的，文学依然神圣着，而创作者的作家，是否心底踏实？的确是个问题，《小说选刊》组织评选改革开放40年的文学，并开会进行研讨，我有幸参加其中，对我而言，是一次非常有价值的学习。听了诸位专家学者的发言，让我有了新的收获。但我依然相信，被评选上的作品也罢，未被评选上的作品也罢，是还要接受时间的证明的。

拉住时间的手，做时间的朋友。十年前，我在背对繁华，面对寂寞，开始"寻找自己的句子，寻找自己的叙述"时，就给自己默写了这句座右铭，通过参加这次活动，我更坚定了我的立场，还有我的方向。

2018年9月24日西安曲江

中国小说的现状与走向

——在"中国改革开放 40 年小说论坛暨最有影响力小说评选活动"研讨会上的发言

杜学文

20 世纪 70 年代末 80 年代初，中国的改革开放拉开序幕。伴随着这一将对民族未来产生关键性影响的历史事件，中国文学展现出强大的活力与宏阔的品格。从某种意义讲，它承担并表现出中国人思考与推动国家发展、民族进步的重任。首先引起社会广泛关注的是一批对极"左"路线进行反思与批判的作品。如《伤痕》《班主任》《犯人李铜钟的故事》《芙蓉镇》《许茂和他的女儿们》等。与之相随的是一批洞察到社会即将发生巨大变革、呼唤改革的作品。如《乔厂长上任记》《三千万》《冬天里的春天》《沉重的翅膀》《新星》《平凡的世界》等。还有一些作品则从个人细微的日常生活片段来表现正在发生变化的时代。如《哦，香雪》《没有纽扣的红衬衫》《办婚事的年轻人》等，这些作品具有强烈的社会变革意识，直面中国当下的现实。用文学来表现并推动改革，是那一时期中国变革历史的生动表现。

这一时期，活跃在中国文坛的作家主要由两部分人构成。一部分是被称为"归来者"的"老"作家。他们至少在 20 世纪 50 年代左右已经活跃在文坛，有的已经创作出了相当重要的作品。这批作家经历了中国从抗日战争到社会主义建设的历史巨变，亲历了中国从一盘散沙、备受欺凌到觉醒团结、奋起抗争并取得最后胜利的历史进程，参与了新中国的成立、建设及其一系列实现现代化转型的实践，经历过战争、动乱与饥荒，也经历了和平、独立与祖国的飞速发展。当然，也经历了建设进程中的挫折与失误。总体来看，他们有非常丰富的人生经历，对国家与未来充满理想与信心，洋溢着浓郁的英雄主义色彩。即使个人命运受到过各种冲击，仍然不能消泯其坚强的信念。另一部分作家则以知识青年为代表。他们大多有上山下乡的经历，体验过城市与乡村的反差，感受过不同的生活状态，具有极强的个人意志与接受新生事物的敏锐性。他们受前辈的影响较重，理想情结、英雄主义、社会责任感是其精神世界最主要的构成。他们几乎是在相同的时期——尽管有复出与新生的区别——创作了大量体现社会变革要求的作品。

但是，改革并非一帆风顺、一蹴而就。虽然实现社会从传统向现代的转型是不同国家的共同选择，不可回避。但是，还没有一个国家像中国这样复杂、特殊、重要。悠久的历史文化传统、庞大的人口规模、辽阔的疆域土地、复杂的发展状况，以及不同的历史机遇等等使中国的转型表现得更为艰难。这种社会特征折射在小说创作中，就是多样性的出现，特别是这样几类作品对中国小说的发展影响重大。

一方面，关注现实仍然是中国小说40年来的主潮。一直以来就有许多作家表现出强烈的直面现实的勇气与激情。他们的作品在表现社会重大事件、重大进展的同时也把笔墨更多地转移到个人的命运、价值上。如张平的《抉择》《国家干部》，以及新近出版的《重新生活》，陆天明的《苍天在上》《大雪无痕》《省委书记》，周梅森的《人间正道》《中国制造》《人民的名义》等。类似的还有如关仁山、谈歌、何申等。他们的创作表现出干预或参与社会进程的鲜明特征。但是，即使是这类作品也发生了变化。这就是在注重对客观现实生活进行描写的同时，更加注重对个人命运的表现。个人命运成为进入社会事件的重要切入点。与此同时，普通人的日常生活也受到了更多关注。一些作品并不涉及重大社会事件，而是表现普通人生活在社会变革进程中的变化——物质层面的与精神层面的。其中不乏某种个人受物质挤压的卑微、艰难，及其适应之后的转化。它们被概括为"新写实主义"小说，并引起广泛关注。如《风景》《一地鸡毛》《贫嘴张大民的幸福生活》等。这一类型的作品从社会生活与个人命运两个层面来表现中国的现实，仍然保持了比较明显的传统色彩，是新文学以来，特别是抗日战争以来小说审美表达的自然延续。尽管其表现手法也发生了变化，但并没有显现出根本性改变。它们的影响并没有随着时间的流逝而消减，一直是中国小说阵营中最重要的方面军。

另一方面，对现实急遽变革及由此而出现的新现象的不适应，也引起了人们普遍的思考。一些作家努力从更深广的层面来关注民族及其文化的问题，期望从中寻找能够对当下现实产生影响的文化资源。这些作品对现实生活有某种程度的疏离，甚至并不描写当下生活，而是虚化社会背景，或者回到历史之中。如韩少功的《爸爸爸》《马桥词典》，冯骥才的《神鞭》，李锐的《旧址》《厚土——吕梁山印象》，成一的《游戏》《白银谷》，王蒙的《活动变人形》，阿来的《尘埃落定》等。它们具有浓郁的文化意味，力图表现出超越现实生活的具有某种精神意义的文化特质。虽然并不直指现实，但并不能说这些作品对现实是无意义的。相反，它们在表面疏离的描写中折射出对现实的观照。其所具有的现实意义是隐晦的、曲折的，而不是直接的、表面的。同时，就小说的创作手法而言，它们与改革开放初期的作品已然大不相同，表现出明显的对传统的背离与反叛，形成了新的小说形态。相对于前面提到的作品，它们具有变革性的"先锋"意义。但真正被视为"先锋文学"的是另一批更年轻的作家的创作。

这些更年轻的人们与前者所接受的教育多有不同，其生活经历也大不一样。他们一进入文坛就呈现出令人刮目相看的反叛性。这些被人们称为"先锋派"的小说在文坛引起广泛关注，对中国文学影响深刻。首先是马原、莫言、残雪、洪峰、刘索拉等一批作家。其中如《冈底斯的诱惑》《透明的红萝卜》等成为其作品的代表。稍后，如余华、苏童、格非、吕新、孙甘露、扎西达娃、北村等更多的作家汇入先锋大潮。先锋文学的出现对中国小说产生了强大的冲击。大致而言，先锋小说具有重感性轻理性，重内心感觉的描写轻故事情节的叙述，重表现的形式与语言轻描写的内容与思想，重时空的多样性组合轻时空的单一性存在等等特点。他们非常明显地表现出对西方现代派及后现代派思潮的模仿借鉴。也正因为这些作品的出现，深刻地改变了中国文学。人们发现，小说还有如此之多的表现手法，还有如此之多的表现领域，还能够呈现出与过去截然不同的更为丰富的形态。

相对而言，先锋小说的创作者是一些更年轻的作家。尽管诸如王蒙、宗璞等也有许多完全可以归为先锋文学的作品出现，如《春之声》等。但他们这一代人不能说是先锋小说的主力。先锋小说的主力是一些在当时既受到传统文学观念影响，但又没有完全定型，能够在社会转型中敏锐地吸纳借鉴西方现代文艺思潮的更年轻的人们。这些作家的出现对中国文学的变化意义重大，以至于追随者甚众，被比他们年龄更小的作家所仿效。

那些比先锋作家更年轻的作家在成长过程中表现出与此前几代作家完全不同的状态。他们几乎都是在改革开放之后出生或者开始读书的，所接受的教育及受到的影响更多地来自改革开放之后引进的外来元素。他们普遍对中国改革开放之前的历史不够了解，更没有切身的体验。从其家庭条件来看，很多为独生子女。从个人成长的经历来看，基本没有经过大的社会波折，却身处中国社会变革最为剧烈的时期。这也是人们对新的社会现象极力适应而又不太适应或者很不适应，进而表现出茫然的时期。这种特殊的社会条件对他们的成长影响甚大。对自我的关注大于对社会的关注，对现实的关注大于对理想的关注，对物质的关注大于对精神的关注，自觉性弱于自足性，行动力弱于感受力。受社会变革的影响，他们表现出突出的"现代性"。从某种角度来看，与西方现代派的精神世界形成了一定程度的契合。

但是，对中国文学产生深刻影响的先锋小说并没有满足人们的审美需求，而是表现出与大众审美的疏离。首先是在先锋小说的新鲜感失去之后，人们发现先锋小说与自己习惯的审美范式存在很大的距离；其次是先锋小说自身的局限性并不能适应欣赏者希望从小说中得到所期待的精神启迪的要求；更重要的是，作家们发现如果一味地重复自己已有的创作，甚至也可以说重复那些已经在世界文学史中具有重要影响的作家的创作，并不能确立自己对审美的独特贡献。在经过了热情澎湃的先锋创作之后，那些被视为"先锋派"的作家们回过头来在本土文化中寻找资源，以突破既有的局限。从这点来看，很多人是成功的。他们从传统小说的叙事手法、结构手法、人物刻画手法，以及民间文化如民间传说、民间语言、民间戏曲等元素中寻找改变小说模式的动力。还有的作家甚至从传统艺术如绘画、诗词、歌舞等形式中发现新的表现元素。应该说，这种努力一方面是先锋小说求新求变的表现；另一方面，也是从学习借鉴外来元素向本土与传统的再回归。更重要的是，显现出中国小说向新的审美境界跨越的新努力。在这样一种源于传统——借鉴外来——回归传统的螺旋式探索进程中，中国小说可能会出现新的既适应大众审美习惯，又适应现代社会变革对审美之要求的新的小说发展态势。

在中国小说努力探索实践的进程中，一种倡导现实主义创作的呼声越来越强烈。这既是大众对小说审美的"外在"要求，更是小说自身发展变化的"内在"需要。唯有这种"内在"与"外在"的要求形成"一致性"的"重合"，才能实现当代中国小说审美范式的完成。它应该是在继承中国小说优秀传统，特别是新文学革命完成之后的传统；又积极地吸纳了外来文学元素，特别是对西方现代派创作中对个人意义、心理世界、感觉体验、叙述手法等多方面内容的借鉴，且能够对中国现实表现出针对性的多元一体的融合新生。出现这样的审美范式是完全有可能的，也是我们寄予希望的。中国小说已经发生了巨大变化，其艺术资源更为丰富多样。具体而言，至少有这样几个方面。

首先是中国小说，特别是新文学运动以来小说创作形成的传统。新文学运动的肇始是语言的现代化。但其中也保存有古代汉语中适应现代要求的内容，同时也非常明显地吸纳了民间语言中具有鲜活生命力与表现力的成分。它们将发挥积极的作用，推动当代汉语与现代要求的有机融合。除此之外，新文学中"人"的主体性得到了充分展示。那些引车卖浆者逐渐成为小说中的重要形象，并意识到了自身的价值，成为个人追求与社会变革统一起来的存在。这种关于人的认知必将对中国小说的发展产生重要影响。同时，关于社会生活的描写，也表现出创作者的主动性。这就是创作者关心并且能够表现出社会发展进步的主导力量，能够在社会变革的复杂进程中辨别并选择推动社会进步人的完善的价值体系，担负起引导社会发展与人自我完善的责任等等。

其次是外来艺术思潮的影响。新文学运动以来一百余年的时间里，中国文学经历了两次大的与外来艺术思潮的交融。在 20 世纪 20 年代前后，以西方现代派为主的艺术思潮推动中国文学完成了革命，新文学诞生。在 20 世纪 20 年代末至今，大约 40 年的时间内，中国译介了几乎所有能够译介的各种外来艺术理论、创作手法，并进行了积极的实践。虽然二者在表面上具有高度的一致性，但是后者相对于前者而言，主动性更强，更全面，更具有实践性。其意义在于完成中国小说审美的现代构建。其中，关于人的描写，更注重个人的感受、内心世界的表达；关于小说的结构，更强调以人的心理活动为中心而不是以情节发展为中心；关于叙述方式，不再注重时间与空间的有序性，而是有了更多的可能性；关于社会生活，不再进行直接的全景式描写，而是在表现人的内心感受的前提下间接地片段式地表现等等。这无疑将极大地丰富中国小说的表现力。

再次是新中国成立以来小说创作的经验。在这方面我们还少有认真精到的研究总结。但至少有这样几个方面是非常重要的。一是人民性。创作要体现人民的根本利益，人物形象塑造要有典型性，能够代表时代发展的要求。要显现人物的自主意识、创造性，以及主人公姿态等等。二是理想情怀。这种理想是关乎社会发展与人民利益的，而不是个人世俗的。不论生活中存在多少困难，遇到多少挫折，人的理想不会熄灭，为理想奋斗的努力及其献身精神不会消减。理想的光芒永远照耀着人们前行的道路。三是正义感与批判性。在大是大非面前，作品必须表现出鲜明的价值选择，对落后的、丑恶的现象要有批判精神，对积极的、向上的现象要倡导、赞美等等。这一时期中国小说的发展至为重要，出现了许多具有极强的艺术魅力、代表了社会发展必然趋势的优秀之作，是中国小说发展进步的重要阶梯。

还有一个非常重要的现象是新兴的艺术形式如网络文学的发展也将对中国小说产生重要的影响。随着互联网技术的普及，许多新的艺术形式出现，改变了艺术，包括文学的既有样式。这些艺术形式很难说已经达到了非常成熟的地步，但仍然有很多需要引起我们重视的地方。如它们更贴近大众的生活，对现实的反映更为便捷快速，具有成本低、传播广的优势等等。特别是迅猛发展的网络文学，具有多方面的优长可供传统小说借鉴。如其叙述的长度，是怎样吸引读者的；其维持相应长度的想象空间是如何构成的；人物关系的设计如何能够延续在既清晰又有相对复杂性的故事及其时空之中等等。尽管就目前而言，网络文学与传统文学基本上表现出互不交涉的特点，但网络文学与传统文学相互融合不仅成为现实，也必将成为一种趋势。一些作品可能是以网络文学的形态面世的，但出版后却被视为传统小说。一些网络作品被改编为影视作品，有了更多的欣赏人群，对小说的审美也产生了影响。还有曾经从事网络文学创作的作家转而从事传统小说的创作等等。这种相互之间的影响应该会表现得越来越密切，对中国小说的发展意义重大。

中国小说已经取得了非常重要的成就，出现许多可视之为"高峰"的作品。在将要完成其民族化的现代审美范式转换的进程中，中国小说将表现出更具魅力的艺术品格。这种艺术品格既包括表现手法的生动性，也包括思想内涵的深刻性，更包括审美范式的民族性与现代性以及与直面社会的现实针对性的有机融合。概括而言，在基于现实主义创作精神与方法之上，吸纳包括现代艺术思潮与方法、民族传统民间文化的有益成分为主体的多样性形态应该是中国小说发展的未来走向。

2018 年 9 月 24 日写毕

2018 年 9 月 29 日改定

以人民为中心与现实主义

胡　平

文学创作的现实主义是个老命题，但在不同历史条件下面临不同要求。在新时代文学框架下，首先需要明确以人民为中心与现实主义的关系。

以人民为中心的创作导向是社会主义文艺的内在要求。社会主义文艺的本质要求文艺为人民服务、为社会主义服务，这为作家的创作生涯开辟了广阔的道路。在党的十九大报告中，坚持以人民为中心的思想不仅是习近平文艺思想的一部分，也是习近平新时代中国特色社会主义思想的一部分，是管总的，因为党的根本宗旨是全心全意为人民服务。所以，作家们应该把握住这个基本面，在创作中坚持人民的主体地位，反映人民的现实生活和对美好生活的向往，才能够创造出无愧于时代的好作品。

"四个讴歌"是新现实主义的重要表征。党的十八大以来，在习近平总书记在文艺座谈会、中国文联十大、中国作协九大开幕式上的重要讲话的指引下，讴歌党、讴歌祖国、讴歌人民、讴歌英雄的创作已形成新的潮流，主旋律更加响亮，正能量更加强劲。可以注意到，著名作家撰写的反映现实的正能量作品数量明显增多。如关仁山长篇小说《金谷银山》是一部主旋律色彩鲜明又有相当艺术质量的长篇小说，作品主题符合总书记"绿水青山就是金山银山"的指示精神，但创作契机却产生于生活的暗示。来自作者一次深入生活中偶然听到的一个农民挖掘老种子金谷的故事，这个故事后来成为全书之眼。宁肯的长篇报告文学《中关村笔记》是一部关于中国硅谷和中关村精神的作品，通过对中关村几十年发展的回顾，十分深刻地展示了中国改革开放事业的历史步伐。创业者满怀理想，励精图治变革，敢于负责拍板的精神气度读来令人感怀。任林举的长篇报告文学《此念此心》书写太行之子吴金印坚持在河南基层工作四十多年的模范事迹，展现了中国共产党人全心全意为人民服务的精神，作品注重挖掘吴金印身上美好的道德品质，把个人品质放在建设社会主义核心价值观的大格局中去体现，塑造了一个时代英雄的楷模。

对现实主义的正能量要做全面的理解，要鼓励作家深入关注广大群众的喜怒哀乐和心声。习近平总书记在新年祝词里说，我了解人民群众最关心的是什么，其中包括教育、就业、养老等，老百姓听了就温暖。作家也是这样，如现在进入老龄社会了，养老是大问题，关系民生，也需要作家关注。著名作家周大新首先涉猎这一题材，他近期出版的长篇小说《天黑得很慢》，写一个退休法官面临衰老和死亡时的精神历程，获得较大社会反响，处理了一个"人人心中有，个个笔下无"的命题。可见，作家关注民众心声的创作意识是很重要的。

现实主义的创作是直面现实的，不是回避现实矛盾的。习近平总书记在中国文联十大、中国作协九大开幕式上的讲话中说："生活中不可能只有昂扬没有沉郁、只有幸福没有不幸、只有喜剧没有悲剧。生活和理想之间总是有落差的，现实生活中总是有这样那样不如人意的地方。广大文艺工作者要对生活素材进行判断，弘扬正能量，用文艺的力量温暖人、鼓舞人、启迪人，引导人们提升思想认识、文化修养、审美水准、道德水平，激励人们永葆积极向上的乐观心态和进取精神。"这也是新时代现实主义的一种基调。在这方面，铁凝的一些创作经验值得借鉴。铁凝近期出版了小说集《飞行酿酒师》，收集了她一段时间来发表的短篇小说。这些作品总是充满暖意和温馨的，即使描写底层生活，也能写出生活中美好的一面。如《春风夜》，写一个农村妇女到北京给人家做保姆，丈夫是开货车跑长途的，路过北京，两人约好在城郊小旅馆团聚。可是房间里睡了别人，他们只好在床上坐着聊天。她陪丈夫看病后再次回到旅馆，服务员却死活不允许她与男人独处，因为她没带身份证。两人好几年期盼的团圆就这样结束了。这情境与困境有关，令人同情，但读时又使人感到温暖。作品中保姆俞小荷的心也是暖的，因为丈夫细心为她的病腿盖上被子，也初次模仿时尚叫了她"宝贝儿"，她在感情上的满足并不下于一些贵妇人。作者写出了困窘中更显露的真情。铁凝的文学美学与生命的瑰丽相关，带给人们希冀和热望。这些作品对于当前创作具有某种可贵的示范作用。

网络文学创作，也要贯彻以人民为中心的导向，鼓励现实主义精神。一个长时期里，网络文学多以幻想和穿越类题材取胜，以后一段时间里，面对现实的创作有所加强。毋庸置疑，就贴近现实、反映现实而言，目前仍以传统文学创作为重镇，体现了传统文学难以替代的社会价值。对于一些庞大民众群体的日常生活，如农民群体、工人群体的日常生活，网络文学是不大反映的，不爱写村里那些事，也不爱写厂里那些事，认为这些题材缺乏读者。其实也未必，如工信部近期举办了首届中国工业文学作品大赛，历时半年，在工业战线引起广泛影响，受到热烈欢迎，大赛官网访问量超 500 万人次，网络总投票数 90 多万票，许多作品的质量可喜，超乎想象，反映了我国工业发展的艰辛历程和光辉成就，也反映了工人阶级的日常生活，体现了中国特色工业文化的时代魅力，也说明工业文学是有广泛受众的。因此，在新时代，广大网络作家也应努力适应新形势，开辟创作新领域；宣传文化部门则需要积极为他们创造深入现实生活的良好条件。何时，网络文学的现实主义也强盛了，网络文学便成熟了。

改革开放与小说思潮的演变

程永新

2018 年是改革开放四十年，我们这代人受惠于改革开放，至今记得恢复高考时的彻夜难眠，那时候我在农场，晚上高音喇叭里传出恢复高考的消息，人们奔走相告，黄海边一片沸腾。

文学也受惠于时代的变迁。改革开放四十年，也就是新时期文学四十年。发端于二十世纪七十年代末的新时期文学，伴随我们国家的思想解放运动，社会形态的巨变，尤其以小说为代表的叙事文学，历经"伤痕文学""反思文学""改革文学""寻根文学"，在那个难忘的八十年代，经过几代作家的共同努力，在叙事学领域实现了一场革命。民族的集体智慧和掩埋许久的想象力，在这场革命中磅礴喷发。它的成果就是造就了一批优秀的作家：莫言、马原、余华、苏童、王安忆、格非、史铁生、贾平凹、韩少功、阿来、王朔、阿城、张炜、阎连科、王小波、北村、李锐、迟子建等等，涌现了一大批堪称当代经典的优秀作品：《丰乳肥臀》《尘埃落定》《废都》《在细雨中呼喊》《长恨歌》《我的帝王生涯》《棋王》《人面桃花》《额尔古纳河右岸》《虚构》《我与上帝有个约》《动物凶猛》《爸爸爸》……

作家余华在《兄弟》后记中这样描述："一个西方人活四百年才能经历这样两个天壤之别的时代，一个中国人只需四十年就经历了。四百年间的动荡万变浓缩在了四十年之中，这是弥足珍贵的经历。"把余华的话概括起来说，就是西方几百年，我们几十年。有人认为，中国当代文学是从新时期八十年代开始的，文学七十年的前三十年属于现代文学史范畴。如果我们抱着一种宽容的态度去理解，会发现这个这样一个事实：中国当代文学的内在形态，到了二十世纪八十年代才发生真正的变革。

八十年代中期到九十年代下半叶，短短的十几年时间，那是文学的黄金期和收获期，一些重要的作品都诞生在这一时期。

一、网络是一个分水岭，把四十年一分为二。

进入新世纪，随着网络时代的来临，网络文学与类型文学迅猛发展，但也带来非常复杂的局面。我们面临的现状是什么呢？

价值观的凌乱。多媒体时代的来临，多元化也造成了无价值化、泛价值化，很多时候变成鸡同鸭讲。比如格非在《血隐鹭鸶》中谈到《红楼梦》与《金瓶梅》的优劣。

原因是什么呢？我的一点理解，不一定对，粗浅的看法，求教于各位专家同道。

二、几千年的历史。

君臣父子，主流是入世的儒学文化，《周易》是以天地宇宙为研究对象的，可惜最终成了占卦的工具，而没能形成哲学体系 。

现代中国因其缺乏强大的哲学传统和宗教传统，是我们无法走出现代性泥沼的深层次原因之一。中华民族的祖先并不缺乏抽象能力，《周易》也许就是猜测宇宙规律的一部大书，但以儒学为思想正宗的绵长传统中，强调的是君臣父子的位置，强调的是天人合一的秩序，并不注重从个体生命出发，去研究人与造物主的关系，研究存在和生死。老庄哲学虽说始终贯穿中华民族文明史，但它更多是以文学艺术的方式来表述，没有像西方那样系统成形而上的思想体系。晚明以后，随着程朱理学的衰微，实用主义更是占据主导地位。经过五四和"文革"的荡涤，传统文化遭受秋风扫落叶般的清洗。

三、一百年的历史。

五四新文化运动，传统文化再度受到重创。四九年以后的革命文学。十年文革。

四、七六年以后的当代文学史。

时代走到八五年，必然要发生变革，后来我们回过头去看，那其实就是一场小说革命，文学革命。当然，这场文学革命的参照物还是传统文化和世界现代主义文学资源。

中国作家的探索和实验主要是两条线索：一条是继承中国传统文化；一条是西方十九世纪批判现实主义小说传统（到十九世纪为止），以及向现代主义学习的路线。前者像汪曾祺、阿城、何立伟，后者像莫言、余华、苏童、王安忆等。今天我们的文学形态其实是现实主义与现代主义并存的面貌。我们不应该回避这个事实。以刘慈欣《三体》和郝景芳的《北京折叠》为例。

新时期文学的一个根本性的转折，就是文学找到了自身。表现人与世界、人与自然和人与内心的关系，是文学的终极任务。中国的文化传统告诉我们：想象力和幻想性是民族文化是否具有生命力的重要标志；而现代世界文明史更是告诉我们，创新精神才是现代科技和现代艺术的价值所在。文学要走向未来，中国文学要在新世纪有所作为，从内容到形式，都不可避免地在酝酿着一种变化。随着时代的飞速发展，未来文学的面貌，大概需要具备怎样一些特性和要素呢？

其一，包容性。在信息爆炸的当下社会，网络、手机短信甚至是口耳相传的段子，都体现了一种民间智慧，网络更是为民主化进程做出了巨大的贡献，文学需要融合进这些元素。一些卓有成就的作家如莫言、贾平凹、阎连科，早些年即把民间传说和民间段子改造、吸纳进他们的作品之中。《生死疲劳》就是把民间传说作为整部作品的结构框架，在《怀念狼》《秦腔》中，贾平凹大量改造、应用坊间流传的段子。网络作为一个平台，为很多有才华的年轻人提供了机会。网络文学和传统文学的分野逐渐模糊与淡化，网络和传统意义上的传媒及出版业的关系也日益紧密。未来的文学有必要、也不得不包容这些元素。

其二，多元性。多元几乎是我们这个时代的特征，在文学领域，与时代与社会有关的一切皆应成为写作的内容。底层、中层乃至高层皆是写作的对象。新时期文学从来就不缺现实主义的作品，新世纪文学的疲软和苍白也绝不是因为缺少对底层的关怀。恰恰相反，对照世界成熟的国家文明，我们既缺少知识分子写作，又没有真正的城市文学。

其三，开放性。过去我们一直有把文学分为纯文学和通俗文学的传统。在帕慕克的《我的名字叫红》中，作者套用一个凶杀故事，揭示的却是东西方文明冲突的大主题。在这位土耳其作家的其他几本著作中，如《雪》《黑书》等，都附有类型小说的外壳。在未来的写作中，玄幻、情色、侦探等各种类型小说的手段将会被大量运用。换言之，纯文学和通俗文学将不再有严格的区分。

其四，（中国）后现代性。九十年代，一些批评家热衷于讨论后现代的问题，而其时中国并无真正的后现代的文学作品。进入新世纪，随着《武林外传》《兄弟》等作品的出现，后现代性才真正摆到我们面前。文学创新的成果曾经帮助第五代电影导演走向世界，这些年，文学和电影低迷的时候，国内电视剧的质量却在迅速提高，除了体制等诸多原因外，电视剧移植嫁接了文学的成果是不容忽视的现象。宁财神的《武林外传》表面上看，像是延续了港台影视无厘头的传统，实际上是套用武侠的形式，来实现反讽和消解现实生活的用心。

其五，幻想性。在王朔为我们提供的最新长篇《和我们的女儿谈话》中，故事的时间定位在距今三十多年后的某段日子，叙述者的视角透过假想的几十年的风云变化，来审视今天和昨天的人与事。正是这种独特的构思，使小说获得了一种幻想性的氛围。迟子建的《额尔古纳河右岸》用早晨、中午、黄昏来象征一个女萨满的一生，她的亲人一个个地离去，却难以动摇她疗救族人的信念。麦家的《风声》分为上部、下部和外部三部分，上部叙述了发生在抗战时期的一个故事，下部是故事中的当事人对故事的反拨和重述，外部是采用死去的日本特高课人员的视角对上部故事进行补叙。这三部小说都通过独特的幻想性构思，来重新建构叙事和现实的关系。

在我看来，幻想性是现代小说最重要的元素，几乎可以说，幻想性就是现代主义和后现代主义的艺术生命。当下幻想性写作的缺乏是文学陷入困境的主要原因之一。幻想性和想象力不同，想象力是艺术创作的一种基本能力，在现实主义大师的作品中，想象力更多地体现在根据人物的逻辑或生活逻辑来虚构故事的走向，而幻想性是现代艺术的基本元素，它解决了理性和非理性、真实和虚假、现实和超现实等一系列与艺术创作休戚相关的命题。具有幻想性的作家艺术家，个人艺术气质势必异常突出和鲜明，对生活的昨天、今天以及明天具备一种如梦如幻般的构筑力和创造力。

改革开放与中国现实主义文学的发展

路英勇

现实主义是文学创作的一种艺术精神、创作原则与创作方法，主张创作主体将"现实"作为最重要的表现对象，以冷静、理性的视角客观观察现实，用艺术的真实性干预现实，重视对社会问题的表达与思考，努力追求历史与生活的"真"。随着文学创作实践的发展，源远流长的现实主义逐渐衍生出众多繁复的名目，挥舞着现实主义大旗的各种文学思潮、文学流派竞相喷涌、蓬勃生长，使现实主义呈现出一种"泛化"倾向，现实主义的内涵也得到了持续扩大。

改革开放以来的中国文学，已走过了 40 年的风雨历程。改革开放初期，为了拨乱反正，纠正之前的错误观念、主张给文学带来的损害，对现实主义理论的再认识、再讨论获得了重视。40 年来，在现实主义的探索道路上，"伤痕文学""反思文学""改革文学""新写实小说""现实主义冲击波"等文艺思潮、现象接连发生，表现了对改革开放、现代化建设的不同阶段特点的认识，对文艺创作方法、理念的革新与创造追求。可以说，改革开放以来文学的一大壮举便是对现实主义文学观念的重新思考、审视，进而对真正意义上的现实主义创作态度予以理性复归，并在创作实践上不断发扬了现实主义文学传统和文学精神。

20 世纪 70 年代末、80 年代初，"伤痕文学"在思想解放运动下异军突起，首先身体力行地为文学恢复和弘扬现实主义优良传统、走回健康发展的道路做出了尝试。改革开放初期，中国文学、思想还处于从相对封闭向开放、活跃状态过渡的阶段，此时"伤痕文学"对现实主义的回归主要指的是对批判现实主义的激活。这些作品着重表现知青、知识分子、干部在"文革"期间的悲惨遭遇，以中心人物的生活道路，连接当代中国的重要社会政治事件，牵动人们的喜怒哀乐，表现出现实主义的强大力量。随后问世的"反思文学"，是对"伤痕文学"在历史反思层面的进一步扩展和深化。"反思文学"笔下的"现实"，不仅描绘了普通民众所遭受的历史创伤与苦难生活，更进一步反思、挖掘这些特定历史时期的社会悲剧背后的原因，并毫不避讳地对历史做出客观严肃的是非评价与经验总结，寻找新时代里自己的位置、责任与使命。

改革时代、转型时期必然伴随着诸多复杂的社会问题，"改革文学"应运而生。它以直面现实的创作取向，揭示改革过程的艰辛，勇于指出阻碍现代化建设的重重社会、思想问题，表现改革给人们的生活带来的全方位的变化。"改革文学"更注重作品的现实意义、社会效应，因此多数作品在艺术上显得不够成熟。不过，不可否认"改革文学"天然携带的强烈的问题意识有着重要的现实意义。

随着经济建设的不断发展，时代的变迁给文学造成了重大冲击，许多文艺创作者逐渐意识到旧现实主义文学传统已经不能完全适应社会的进步、大众审美意识的需要。19 世纪 20 年代，司汤达就在《拉辛与莎士比亚》中对现实主义创作原则进行阐释与讨论，强调一切伟大的作家都应该表现自己的时代，文学的发展必须适应时代的变革。现实主义并不意味着一成不变，文艺探索应该遵循艺术发展的内在规律，对适合时代需要的内容、理念进行自然的扬弃，对现实主义的内涵进行不断深化、扩展。当意识流、表现主义、结构主义、象征主义、存在主义、荒诞派、弗洛伊德精神分析理论、符号学、接受美学、新历史主义、后现代主义等大批西方文艺思潮与文艺流派被引入，现实主义的文学创作开始借鉴、吸收现代主义的表现手法。王蒙首先在小说创作中对现实主义进行修正与改造，自觉地与过去单调的叙事模式告别。他的一系列作品，运用现代主义的表现手法，以意识的流动、时空的错乱来展现主人公内心世界的跳跃变幻，呈现出了"求新求变"的艺术追求。相比西方现代派小说的疯狂、荒诞，王蒙这一阶段的小说创作更尊重主人公行为的内在逻辑，是在现实主义基础之上的具有中国特色的融合尝试。

20 世纪 80 年代末 90 年代初，以强烈关注现实（并非重大题材、热点问题）、忠实记录"原生态"的琐碎庸常生活姿态的"新写实小说"颠覆"塑造典型环境中的典型性格"这一现实主义经典原则，通过对家庭、孩子、单位、婚姻这些凡人琐事的叙写，对普通人的烦恼、欲望、孤独加以刻画。它对现实的描写不进行理念性修饰，不附加价值提升，并吸收了现代派某些变形手法，呈现出与传统现实主义相异的艺术追求，一定程度上体现了深化与发展现实主义的探索。

进入 20 世纪 90 年代中期以后，社会大众文化兴起，现代主义或后现代主义思潮袭来，现实主义的创作原则再次受到质疑与批判甚至污名化。在这样的背景下，谈歌、刘醒龙、关仁山、何申等作家创作了一系列以"现实主义"为方法，表现当前城乡现实生活和经济生活为核心的重大社会矛盾的长篇小说。这些作品直视经济变革时期的独特社会风貌，具有强烈的责任意识和忧患意识，问世之后引发强烈的社会反响，被评论界称为"现实主义冲击波"。

追溯历史可以发现，改革开放以来中国文学在对现实主义的回归、拓展过程中经历了一次新生。事实证明，虽然现实主义在文坛的地位时起时伏，但它依旧凭借着巨大的惯性一以贯之地穿行在中国现当代文学史的发展脉络中，充盈在新时期小说创作的各个时空，顽强地肩负着"反映现实"的历史使命，不屈不挠、不遗余力地探索、深化现实主义的内涵。可以说，现实主义精神一直在生生不息地有力搏动着，与改革开放以来中国文学相伴前行、共同发展。

面对现实主义的未来路向问题，我们可以从历史的发展、时代的语境中汲取经验教训，寻找可能的答案。一方面，我们要呼唤深刻的现实主义，对民族、时代的典型精神冲突和价值追求进行深入挖掘，争取一系列优秀"改革开放史诗级"作品的早日出现。在这里，追求深刻的现实主义意味着反对对现实生活、社会问题缺乏审美价值的简单描摹，抵制对现实阴暗、怪诞、粗鄙、庸俗面的大肆渲染，警惕市面上假托现实主义精神实则价值观空洞乏味的现实主义题材化现象。另一方面，现实主义不是"限"实主义，对创作方法、文艺主张的坚守并不意味着对创新的限制，文学艺术的表现技巧必须随着社会生活的变化而变化，才能满足读者已经变化了的期待视野与审美需要，一味地故步自封只会逐渐落后于时代潮流甚至被淘汰。在改革开放 40 周年这一重要历史节点，现实主义作品应在坚持扎根现实土壤，为时代、社会、人民发出强音的同时，继续主动吸收、兼容众多现代主义的美学原则、表现技巧，积极、自觉地调整自己的文化视角，丰富、更新自身文化内涵以适应时代需要，不断勘探现实主义的新路径。

一个作家与时代的命题

李国平

改革开放 40 年 40 部最有影响力小说评选，是对改革开放 40 年来成就的扫描和盘点，陕西有三位作家（陈忠实、贾平凹、路遥）的四部作品（《白鹿原》《浮躁》《平凡的世界》《人生》）入选。这个评选，用作品榜单的方式描述了 40 年来改革开放大背景下几代中国作家所走过的道路，着眼于文学和时代的关系，强调同构和共享，讲和改革开放的关系，陕西作家有典型意义。可以以路遥为例。

关于路遥文学生涯、创作道路的研讨，我们可以给出许多命题，在改革开放 40 年大背景下，在一个民族的历程中，路遥与改革开放大时代的关系是一个具有启发性的命题。

可以在三个层面打开：

第一个层面，像在座的贾平凹一样，像全国许多作家一样，路遥的文学生涯，并不始于改革开放，有一个发蒙期，这个发蒙期和改革开放有一个裂缝，但又有着历史上的逻辑关联，朴素的创作，旧观念的束缚，视野的有限性在这一代作家身上都不同程度存在，对一个旧时代的本能的反动，生活所赋予他们的时代敏感和历史冲动，在他们身上都不同程度地发生。但是，如果我们要问，是什么给了这一代作家上升空间，是什么使路遥一代飞跃起来？是时代之变局，是改革开放的思想新变、时代新变，使他们获得了文学生命，打开了格局。路遥是改革开放时期，涌现的第一代青年作家之一，贾平凹也是。21 世纪 80 年代，有一个陕西中青年作家群体崛起，路遥、贾平凹是这个群体的代表，这个崛起是改革开放给予的，是新的时代给予的资源和启迪，给予的激情和动力。这个可以论证，这个论证一定会取得历史逻辑和理论逻辑的统一。

路遥的创作道路和改革开放的关系具有典型意义。他的创作道路，几乎和改革开放构成互文关系，他的创作成就，得改革开放之滋养，而他的思考和他的文本，是一个形象的标本，是改革开放这一时代命题的形象践行和展开。

第二个层面，应该怎样描述路遥？朴素而坚挚的文学观。今天再读他的文字，用得上两个词——大气和庄重。他的写作隐含着一个命题——向经典和前辈致敬，这是对传统遗产、人类文学经验的服膺和敬重。但是，路遥的另一面还没有充分打开。这一面，应和着改革开放的时代命题。路遥说："我并不排斥现代派作品，我十分留意现实主义以外的各种流派。许多大师的作品我十分尊敬，我的精神常如火如荼地沉浸于从陀思妥耶夫斯基和卡夫卡开始直至欧美及伟大的拉丁美洲当代文学之中，他们都极其深刻地影响了我。"路遥并不是一个保守主义者，他当时的文学阅读和文学接受一点也不亚于同时代的先锋作家。而且，路遥的文学接受较早地在中国作家中呈立体状、复活状，呈开放性，他对鲁迅、巴金以降、柳青以降的研读接续着觉醒和自立的中国文学的传统，同时他也接受时代的洗礼，热烈地拥抱时代，与时代同行。作家高建群说，一个贫困少年站在黄土高原仰望星空想象苏联宇航员加加林遨游太空的情形，是贫困给予的馈赠。这可以从心理学、想象力角度给以解读，但是他的文学态度和文学判断则是改革开放思想、思潮、氛围给予的熏陶和启迪，离开了这个时代背景，不能解释一个人思想的开放和敞开。

路遥和同代作家的阅读史、接受史，叠合着开放史，意味着中国作家精神结构的丰富和再构，意味着在什么层面看世界，然后，重新认识自己，书写生养自己的民族。

路遥说："文学形式的变革和人类生活自身一样，是经常的、不可避免的，即使某些实验的失败，也无可非议。"但是，他所期待和追求的是"在我们民族伟大历史文化的土壤上产生出真正具有我们自己特性的新文学成果"。吸收他者营养，拥抱世界资源，"反过来重新立足本土的历史文化"。这些思考，可以读出什么？开放而超越自己创作的文学观，开放而多维的方法论，实际上已深入到了价值论层面。

这个价值认知在当代的文学实践中的某些时段并不明晰，在现在，日益形成共识。如果讨论一个作家和改革开放的关系，这是一层面，改革开放塑造了路遥开放的文学胸怀，塑造了一个追求广博而具有独立思考精神的作家。

　　第三个层面，其实人们对路遥的解读愈来愈有共识：他是一个自觉地将自己的创作融入时代和时代共振共鸣的作家，他对文学的认知，甚至超越了文学的界限，急迫而恳切地呼唤时代变革，呼唤社会进步；他的作品，人物命运的主题和社会历史运动的主题相合一，展现的是当代生活全景性画卷。

　　这可以从认识论和表现论两个层面进行解读。路遥有过表达："应该把自己的生活体验，放在时代、社会的大背景和大环境中加以思考和表达，看是不是有时代意义和社会意义。"这是路遥对自己创作初心、动机和目的的自我考量，是解决认识论问题的。而他的"立交桥"论，他的"重返人民大众"论，他关于文学和时代和生活的整体论，可以看作他核心思考的展开和延伸。他的《平凡的世界》所展示的叙事空间，所表现的主题，是时代运动的图景，是改革开放的生活母题，浓烈地追求着一种新愿景。

　　我们不用"恢宏"这个词，但是越来越多的作家，还是不得不佩服路遥的格局和气度，佩服他将时代和文学进行同构共建的总体性，佩服他作品结构中冲撞着的开放的气象和精神。这个格局的发生和形成，所要解决的实际上是一个认识论和价值论问题，是文学和自我、和灵魂、和时代、和人民的关系问题。

　　路遥说，作家的劳动，绝不是取悦于当代，而更重要的是给历史一个深厚的交代。他的文学道路，践行着这样的文学观，他的文学探索，给改革开放以来的文学提供了经验，也可以说他的文学经验，是改革开放的成果。

文学要正确叙写党的革命和建设史

李晓东

近年来，在文学创作，特别是小说写作中，时隐时现地出现了一种现象，那就是，对中国共产党领导的土地改革、"文革"前十七年的社会主义改造和建设越来越大胆的丑化描写。在当前一些作家的笔下，李双双那样泼辣干练、积极参加社会主义建设的阳光女性不见了，梁生宝那样为集体经济呕心沥血的农村领导人不见了，赵树理《小二黑结婚》《三里湾》里，虽有小缺点，但性格鲜明，具有农民式的狡黠的生动形象不见了，甚至"不好不坏，亦好亦坏，中不溜的芸芸众生"的"中间人物"也很难寻觅。弥望的，是愚昧、阴险、毒辣、可笑，反人性的，以至于跌破常理的人与事。

比如，近期一篇小说，写解放军进城后，把有钱人全家杀绝，一小女孩躲入放在门楼的棺材才得幸免。其后数年，不敢离开棺材一步，终不堪忍受，割脉自尽，被仆人秘密埋在门楼之下。仆人之子，为此终身守在门楼，以死抗拒拆迁，念念不忘"门楼本来就是她的"。还有一篇，讲身怀绝技的名厨，被迫给日本人做了一顿大餐，便被新四军游击队不分青红皂白，当作汉奸，从天灵盖劈了脑袋。相比之下，日本人倒是只吃饭，不杀人，表面凶恶，内心善良的。还有一篇作品，写川东某大户，在被批斗的前一天，不愿受辱，全家上下，从老爷太太到下人仆妇，集体服毒，从容赴死。每个人都为自己掘坟，没有棺材，"软埋"于庭院之内，辉煌大宅顿成连绵坟场。老爷的阴魂数十年不散，每逢阴雨，天空雷声为其鸣冤。唯一幸存的儿媳，——埋葬亲人，因深受刺激而失忆，金枝玉叶做了别人家的保姆。而且北至山西，南至四川，都有全家被杀者，描绘和隐喻的，都是惨不忍睹。

此类小说还着力塑造"忠仆"形象，为他们大唱赞歌和挽歌。为主人守灵数十年者有之，自杀为主人殉葬者有之，不愿下嫁普通劳动者、遁入空门者有之。鲁迅说"奴在身者，其人可怜，奴在心者，其人可鄙"，"五四"新文化运动和中国新文学最核心的宗旨，就是"人的文学"，不料到了今天，却涌现出为主子尽忠尽孝、忠贞节烈的"英雄群像"。而这从里到外全是奴性的人物，连"三言二拍"里都很少见，冯梦龙、凌濛初都看不上眼的。

毛泽东同志指出，"革命不是请客吃饭，不是作文章，不是绘画绣花，不能那样雅致，那样从容不迫，文质彬彬，那样温良恭让，革命是暴动，是一个阶级推翻一个阶级的暴力的行动"。如果不触动原有的社会结构和生产关系，老爷还是老爷、太太还是太太、仆人还是仆人，日本人打进来就好吃好喝伺候着，今天会是什么样子呢？

之所以出现这种现象，主要有三方面原因：其一，人性论泛化。习近平总书记在中国文联十大、中国作协九大开幕式上的重要讲话中强调，"文运同国运相牵，文脉同国脉相连"。"文变染乎世情，兴废系乎时序"，真正优秀的文学，应该与时代同行，反映历史发展的必然要求，而不是把抽象的所谓"人性"放在至高无上的位置。新时期文学初期，"人性的复归"对于纠正"以阶级斗争为纲"的文学观念，"三突出"等机械的文学创作方法，解放文学生产力，的确发生了重要的历史作用。但是，这一趋势却逐渐偏离到了毛泽东、鲁迅等马克思主义经典作家和现代文学经典作家所批评的普遍的、抽象的人性论轨道上去，而且占据了文学创作的主要领域和文化批评的主流话语。在人性论泛化的前提下，历史的是非、正误、先进与落后等，都不构成标准，价值评判只有一个，那就是个人品德的所谓善与恶。于是，私德取代了公德，个人取代了历史，细节取代了潮流，而这些模糊甚至虚无的东西，都披上人性的外衣。文学批评，也不复有真正社会历史批评对历史前进潮流趋势的把握分析，只能在"人性的扭曲""人性的张扬"两个小旗间摇摆。

其二，没有坚持以人民为中心的创作导向。坚持以人民为中心的创作导向，是以习近平同志为核心的党中央对文学艺术界的根本要求，这句话不是只写在纸上、出现在讲话中的，是否在创作中真正落实这一方针，观察生活、选取素材、评判人物、营造氛围，是以人民为中心，以普通的劳动人民为中心，还是以其他什么人为中心，直接决定着一部作品的价值导向、人物形象、风格特色。在一些作品里，善良、慈祥、有修养的，为人所景仰的，都是老板老爷，少爷小姐，奶奶太太，甚至八国联军和日本皇军，旧时代的风花雪月，十里洋场的买办大亨，民国名媛的风情万种，被津津乐道、艳羡不已，引得读者也想化身为这些"成功人士"，浮想联翩。而工人、农民，还有共产党领导的革命和建设者们，则被作者从心底厌恶，在下层人士中，除了忠仆，都愚昧、残忍、可笑、荒唐、色情，不仅应该被鄙视，而且不配有更好的命运，至少，要在"醒悟"后终身自责，念念不忘向以前的主子"赎罪"。

其三，价值评判发生变化。毛泽东同志说"卑贱者最聪明，高贵者最愚蠢"，中国近现代革命，在价值评判上，是一个扬卑抑尊、社会阶层高低重塑的过程。新时期以来，随着经济社会的发展和阶层分化，一些人关于高低贵贱的价值评判再一次翻转，与旧时代相近似。一些作家，作为社会上的"成功人士""劳心者"，从感情上，与身处高位的人更亲近，更引为同类。一个有趣的现象是，有些作家，包括学者等热衷于"寻祖"，考据自己的上辈、上上辈或者亲戚云云，是有身世、有学问、有地位的人，错误地认为是经了共产党领导的革命和建设，才受苦受难，把自己的所谓家族打扮成落难贵族，并以此自骄于人。这种价值评判是错误的，必须加以纠正。

寻找下一个十年最有影响力的小说

徐晨亮

"改革开放 40 年最有影响力的 40 部小说"名单自公布当晚起，便引起了广泛关注。在权威媒体报道的同时，名单也成为微信朋友圈里的热点话题，文学圈中人与文学爱好者纷纷转发并分享对于入选篇目的评点，或是列出自己心目中应当入选的名单。对于具体入选篇目的讨论与争鸣，恰恰说明本次评选的意义：这一对 40 年来国内小说创作成就的梳理，有助于我们从今天的视角更为全面地了解当代小说的发展态势，从中也能发现某些具有普遍性和规律性的现象。

不妨先看看本次名单中 40 部作品的发表时间，有多少作品分别发表于 20 世纪 80 年代、90 年代，新世纪最初 10 年和 2010 年之后（为统计方便，这里把发表于 70 年代末与 80 年代的作品合并统计）：

发表年代	长篇小说	中篇小说	短篇小说	合计	百分比
1977–1989	6	11	9	26	65%
1990–1999	5	2	1	8	20%
2000–2009	2	2	0	4	10%
2010–2018	2	0	0	2	5%

可以一目了然地发现，本次评选出的"最有影响力作品"发表最集中的时段是 20 世纪 70 年代末到 80 年代，占到了近三分之二，发表于 90 年代的次之，占五分之一，发表于 2000 年后的只有铁凝《笨花》、莫言《生死疲劳》、格非《春尽江南》、金宇澄《繁花》这四部长篇和毕飞宇《玉米》、迟子建《世界上所有的夜晚》这两部中篇。

再来看看入选作家的出生年代分布：

出生年代	名单	数字	百分比
20年代	陆文夫、汪曾祺、高晓声	3	9%
30年代	王蒙（2部）、张洁（2部）、张贤亮、谌容	4	12%
40年代	古华、陈忠实、路遥（2部）、李存葆、阿城、梁晓声、尤凤伟、刘心武、蒋子龙	9	26%
50年代	王安忆、史铁生（2部）、李佩甫、阿来、张炜、金宇澄、刘恒、莫言（2部）、铁凝（2部）、贾平凹、王小波、方方、刘索拉	13	38%
60年代	格非、毕飞宇、苏童、余华、迟子建	5	15%
合计		34	

本次入选作者中，因有六位作者有两部入选，所以共有34人，其中最年长的是汪曾祺先生（1920年生），最年轻的是格非、毕飞宇、迟子建三位，同是1964年出生。34位作者中，20后、30后与40后加起来占到二分之一，50后、60后作家加起来略多于二分之一，70后、80后作家没有一位入选。

数字自身会说话，我们也自然可以对这些统计数字背后的含义做多方位的解读。然而站在一个文学期刊从业者的立场，我想探究的是，假若在十年之后，我们再来做一次"改革开放50年最有影响力50部小说"评选，那时候的名单又会呈现出怎样的阵容，整体格局是否有所改变？今天公认的经典是否会因为时间而褪色？有哪些作家和作品经过岁月淘洗后会重放光芒？现在创作力仍然旺盛的50后、60后作家是否会拿出比旧作更有分量的作品，70后、80后作家乃至更年轻的一代又将怎样证明自己的创作实力？更为重要的是，未来十年之内是否还会出现令读者念念不忘、成为社会性话题的"最有影响力小说"，如同本次评选出的这些经典作品一样？如果答案是肯定，那么"未来十年最有影响力的小说"又会呈现怎样的面貌？

我想从两个不同的场景进入今天的话题。

第一个场景来自我的童年记忆。作为生于20世纪70年代末的"改革开放"同龄人，我自然没能亲身经历那个文学的"黄金时代"，大多数当时影响广泛的作品都是后来研习当代文学史时才读到。然而我却曾通过一个侧影，"见证"了80年代的文学盛景如何"影响"千千万万普通读者。那时还是小学生的我，有段时间常到母亲工作的工厂办公室里，在大人们的喧闹中写作业。办公室里有位年轻的阿姨，每次都不加入旁人海阔天空的畅聊，只是默默低头坐在桌前。出于好奇，我偷偷留意，发现她身前的抽屉总拉开一半，原来是在一个人静静读着杂志。二十多年后，我到《小说月报》做编辑，母亲突然问我，是否记得当年她们办公室里的那个女大学生，说她常把《小说月报》等文学杂志放在抽屉里，一个人偷偷阅读。这个当年分配到工厂的女大学生后来的人生，与文学有着怎样的交集，并不重要，在成为文学杂志编辑后，我常常想起的是那个伏在抽屉前阅读的侧影。她的身上其实浓缩了无数普通读者的共同经验，文学就如拉开一半的抽屉，为他们提供了暂时离开日常生活，投入更为丰满、更为多彩的另一个世界的入口。今天我们谈论的"最有影响力小说"之所以能成为一个时代具有辐射力的话题性存在，不正是建基于千千万万个这样的阅读时刻之上吗？

在我看来，一个时代的文学史不应当只包括文学思潮和文学作品，也应该包含这样的阅读场景。未来十年最有影响力的小说在哪里？要回答这个问题，在持续关注创作动态的同时，也应投入更多精力研究若干年来阅读场景的变迁，广泛搜集文学传播过程与读者阅读行为的真实案例，并从文学社会学的角度加以汇总分析。比如说，移动互联网对于文学期刊传播的影响，网上书店、网络媒体及豆瓣等平台对于作品评价的影响等等，恐怕都不能靠简单的个人印象匆忙得出结论，而应落实于更为扎实的分析。虽然我们无法想象文学能够像20世纪80年代那样再次制造出一个又一个"轰动效应"，成为全社会关注的焦点，但全面掌握阅读场景的变化趋势，才能有针对性地重建文学与读者的鲜活关联，为"有影响力作品"的产生提供健康的外部生态。

我想提到的第二个场景，出现在"改革开放40年最有影响力的40部小说"揭晓当晚的活动现场，主办方精心设计，安排入选作家王蒙先生和一群二十岁上下的大学生共同朗诵他青年时代的作品，文字的力量宛如一场穿越时光的魔术，让年纪相差一甲子的两代人的青春岁月重叠在了一起。我和坐在台下的所有观众一样深受感染的同时，脑海中突然闪过一个画面：如果像许多科幻小说与电影中描述的那样，此时台上年逾八十的王蒙先生和某个大学生交换了灵魂，那么重返二十岁的王蒙先生又将怎样重新度过自己的第二度青春？他是否还会选择文学作为终身的事业？有没有这种可能，他会以另外一种方式，再次成为时代的弄潮儿，比如投身互联网内容创业，通过经营自媒体，融资打造出自己的品牌，就像我们这个时代的若干"网红"一样？如果他选择再次成为"青年小说家"，未来又会写出怎样的作品，会是如今我们在文学期刊上读到的"这种"小说吗？

如果说之前提到"抽屉中的阅读"这个场景，是从文学生活和阅读行为的视角出发，讨论文学的外部生态，那么"当王蒙先生重返二十岁"这个假设性的场景，则紧接着前一个话题把视野拉回文学内部。前段时间有篇微信文章在文学圈内外引起了不少关注，题目叫作"作家的病别让时代背锅"，相对而言，文学圈外的普通读者产生的共鸣更多。在此无法回应文章中的具体观点，只是想把它引发的讨论视为某种症候。很多时候，我们在讨论文学影响力衰弱的现状时，过于强调外部因素，正如这篇文章所提出的，或许不能把一切都归结为时代的影响，也应反思文学创作自身与时代关联的方式，并由此再进一步，摆脱种种关于既有成见，向更丰富的可能性开放。"假如王蒙先生重返二十岁"，会写出怎样的小说？提出这个假设性的问题，便是希望把目光投向年轻一代创作者中浮现的种种具有探索性的写作方案——也许那些看似天马行空的作品背后正"潜伏"着若干未来的王蒙先生，等待我们及时发现与关注，为他们提供更好的成长空间。

站在文学期刊从业者的立场，始终应当对与读者、与现实联结更紧密的新作品保持期待，同时也应相信，这些会在未来产生影响力的作品，并不一定是以已经熟悉的面貌出现。这就要求我们以更大的包容性和敏感性，面对当下的写作现场。文学期刊也许面临着这样或那样的困境与难题，但在前有未有的新问题面前，保持开放的心态，不断摸着石头过河，正是对改革开放内在精神的呼应与发扬。在这样一个时间点上，评选"改革开放 40 年最有影响力的 40 部小说"，不仅是回顾，更是一种展望。我期待着，这份名单能成为留给下一个十年的文学备忘录。

改革开放与小说观念变迁

刘玉栋

　　文学是一种用形象反映社会生活的社会意识形态，它必然受到社会生活中种种因素的制约和影响，具有一定的社会属性和文化特性。文学特别是小说创作，在其发展演变过程中不可避免地会受到社会现实的影响，纵观当代社会的发展历程，改革开放这一重大现实，成为影响和改变当代文学观念的重要因素。自1978年底党的十一届三中全会之后，便开始了自上而下的全国性经济体制改革。与此同时，许多作家开始把创作目光由历史拉到现实，一边关注着现实中的改革发展，一边在文学中发表自己的种种思考和设想。改革开放这一重大社会现实开始影响或者改变作家的创作理念。

　　这其中最具代表性的是风靡一时的改革文学创作。改革初期，大家对改革的热情空前高涨，全国上下一片拥护改革的呼声，这一时期的改革侧重于改掉旧体制中不适合现代发展的因素，表现在文学观念上就是侧重于揭示旧体制的种种弊端，肯定改革开放的合理性和必然性，在文学形象上塑造高大全式的强人形象，大多是自上而下正面描写改革中的各种举措及矛盾阻力。如蒋子龙发表在《人民文学》上的中篇小说《乔厂长上任记》，小说描写某电机厂内部改革中所遇到的种种矛盾与阻力，作品中那位大刀阔斧、锐意改革的电机厂厂长乔光朴激起了全国上下的改革热情，以至许多工厂挂出了"请乔厂长到我们这里来！"的长幅标语。《乔厂长上任记》虽然在艺术上还显得比较粗糙，但激情无疑弥补了这一点，而且主人公乔光朴的形象以其"硬汉子"的性格力度和改革家的胆识与气魄也备受读者的喜爱。这一时期小说创作的路数基本一致：虽然官僚主义问题很大，但是英明的主人公基本上能克服重重困难，并取得阶段性胜利，即使要面临更大的风雨，也要强调主人公那种打不倒的顽强精神。

随着改革的深化，作家们反映改革的视野更加阔大、眼光也日益深入；在反映社会政治经济变革的同时，作品更注重剖析在改革中日益显露出来的国民身上的落后的文化因袭，表现改革对人的传统价值尺度的冲击，揭示商品经济冲击下旧有生活方式的逐渐瓦解，以及所有这些在人的心灵上产生的强烈震动。这既是改革文学的深化，也是文学使自己不再附庸于政治的一种努力。这一阶段主要关注改革对整个社会尤其是人的思想、道德、伦理观念带来的变化。影响较大的有长篇小说《沉重的翅膀》(张洁)、《故土》(苏叔阳)、《花园街五号》(李国文)、《男人的风格》(张贤亮)、《新星》(柯云路)及山东几位作家的作品，像中篇小说《老人仓》(矫健)、《鲁班的子孙》(王润滋)、《秋天的愤怒》(张炜)等。路遥的中篇小说《人生》以农村青年高加林的悲剧，深刻地写出了商品经济对传统农村文化的冲击。一些作家开始致力于揭示农村改革中所受阻力并剖析其产生的原因，一些优秀之作甚至触及在改革中发生变异的中国农民的"传统文化心理"层面。这一过程，是不断深化的。如早期出现的短篇小说《乡场上》讲述不再靠借贷度日的农民，终于挺直了弯了多年的脊梁；如《秋天的愤怒》塑造了俨然一方宗主的农村干部肖万昌的形象；在贾平凹的小说中，改革的阻力则不仅来自国家政体的一些弊端，农民在几千年传统文化的积淀下自身形成的顽固惰性也是阻碍改革的重要原因，如《腊月·正月》中描述了乡儒韩玄子对"致富"后的王才不可理喻的百般刁难——前者与后者从前并无任何矛盾，他刁难后者表面上看来只是出于对"奸商"发财的不满与嫉妒，对自己地位受到侵犯的担忧而已，但实际上则反映出中国长期以来宗法制社会残留下来的传统文化心理，在面对新的社会体制时感受到强烈的冲击。这一时期的文学创作随着改革的深入，涉及的问题越来越深层，此时作者的创作已经不再有改革小说中的意气风发，但却明显增加了对社会问题思索的深刻性。

提到改革文学，大家可能会有一些偏颇的认识，认为改革文学是主流意识形态号召下的创作，缺失了创作的文学性。不可否认，前期的改革文学确实存在一些创作上的问题，但是进入后期的文学创作，侧重于揭示改革深层的小说已经超越了改革文学的范畴，成为现当代文学史上不可或缺的组成部分，如涉及农村题材的小说创作。对于农民来说，最重要的莫过于"土地"，因而1979年后，土地承包和生产责任制的实行在农村掀起了一次经济和精神上的巨大变革。许多敏感的作家便抓住拥有土地支配权后农民的新状态进行了大量的创作。代表作如：高晓声的"陈奂生系列"、何士光的短篇小说《乡场上》、张一弓的短篇小说《黑娃照像》、张炜的中篇小说《秋天的愤怒》、蒋子龙的中篇小说《燕赵悲歌》、贾平凹的中篇小说《腊月·正月》《鸡窝洼的人家》等都成为农村题材小说创作的优秀之作。

1985 年以后，"改革文学"在题材、视角上更加多元化，初期的理想主义色彩逐渐淡化，作为一种新思潮、新现象的"改革文学"已经结束。但是，以改革开放为主题的文学作品仍层出不穷。

当下的社会现实是改革依旧在进行，现在的改革开始深入到经济、社会、文化、体制等社会生活的方方面面，体现在文学上就是重大现实类题材文学作品的出现，文学开始反映当下的家庭婚姻生活、官场体制改革、反腐、农村现实生活、打工群体等正在发生的社会现实。如反腐题材中周梅森的《人民的名义》的创作，与我国当下反腐败的社会现实有关，从本质上来讲，国家层面对反腐败的要求和民众对这一政策的拥护成就了反腐剧，这也是文艺创作直面社会现实、参与当下真实生活的必然结果，正如编剧周梅森所强调的，在反腐这个宏大的时代主题面前，文学不能缺席。与 20 世纪 90 年代的反腐剧相比，《人民的名义》在塑造人物、情节脉络、艺术创新、精神思索等方面都出现了一些新的变化，更加接近真实、贴近生活，淋漓尽致地呈现了当下反腐败斗争的复杂性和深刻性。王十月的《无碑》成为打工文学的代表，以文字为小人物竖起一块碑，主人公老乌在社会最底层摸爬滚打，但始终坚守正义与良知，真实而艺术地反映打工族的人生境遇和思想情感。这些作品从社会各个层面展示和体现改革开放四十年来社会体制改革下人们生活的观念变化，借由文学观念的变化来展示社会变迁。

上面是一些具体文本的分析，纵向来看改革开放四十年对文学的影响与发展，还体现在以下几个方面：（一）文艺与政治的关系，经历了从疏离到回归的过程。贴近生活、贴近实际、贴近群众的作品成为主流。"三贴近"的实质是贴近人民大众的生活和他们所从事的实际斗争。现实生活包括历史的和当今的，永远是文学创作的源泉，是文学灵感所由生发的丰腴土壤。离开丰富的现实生活，要写出具有丰厚内容的作品是很难的。应当说，近年大量的现实题材长篇小说大多深深扎根于不同的生活土壤中，即使充盈想象、虚构性很强的作品，也有一定的生活根据。（二）文艺与西方文化的关系，经历了从近到远的过程。与此相关，创作方法也发生着变化，力求叙事艺术和语言做到民族化与现代化相统一的创新。我国长篇小说在 20 世纪从古典到现代的转型，是以大量引进外国特别是西方小说的现代技巧和文学语言特色为潮流的，从而使长篇小说的艺术表现张力得以大大扩充。其间出现了两次过于欧化的弊端。近年现实题材的长篇小说不乏在艺术上的创新，却鲜有让人读不懂或读不太懂的。因为它们的创新多兼顾现代化和民族化，中国元素和传统的创作手法也越来越受到本土作家的重视。（三）媒介手段的变化，使文艺从精英走向大众，从纯文学走向泛文化。网络、微博、微信的出现，使得文学传播的创作也越来越大众化。另外，发展中也暴露出一些阶段性的问题，尤其是在市场经济全面展开之后，"世俗化"和"物质至上"倾向对中国文坛产生了重要影响，使 20 世纪 90 年代后期以来的文坛出现了一些令人焦虑的问题，如文学创作中的物质化、庸俗化等问题。

　　文学创作从来都不是个人的私事，作为作家，文学创作者要有责任和社会担当，敢于反映当下社会的种种变化。另外，社会现实变化会不可避免地影响作家的文学创作，在深切感受这种变化的同时，还应当保持作家创作的价值准绳，既能准确诚实地反映这种变化，还应当自觉警惕偏离规律和价值准绳的不好影响。

开放的小说之我见

高建刚

中国小说的道路走到今天，可以说是一路曲折繁花并进。从40年前的封闭状态解放出来，走向开放，走向世界，并接踵收获各种国际文学奖项，包括最具影响力的诺贝尔文学奖。这称得上是让子弹飞的速度。回顾改革开放40年中国小说历程，脉络清晰可见。时至今日，中国小说正处于新的历史时期，以什么样的面貌呈现文坛，如何独具魅力面向世界，是摆在小说家、评论家、编辑家以及各级文学管理机构面前的重要课题。这一课题横向广泛，纵向深远，而我仅从一个侧面——开放的小说谈起。

所谓开放的小说，在这里是指开放的小说创作和开放的小说创作激励机制。

一、开放的小说创作

自伤痕文学、反思文学、改革文学、寻根文学、现代派文学等一路走来，沉淀或结晶的是什么？有多少小说作品能够大浪淘沙，成为被时间检选的经典？40年过去，各时期的代表作，人们耳熟能详，津津乐道，这是改革开放的成果，是一个历史阶段的文学成就。虽然时间还不够长，时间的手指只是粗选了一下，放在备选的抽屉中，但这无疑是通向经典的必经之路。

总结改革开放40年小说创作的集体意识和经验，80年代初大量的翻译、引进外国文学各种思潮流派的作品和理论是推动中国小说创作的关键部分。那时人们对先进知识、先锋思潮的渴望，可以说是如饥似渴，并迅速应用于自己的创作实践中去。有这样一些影响广泛的译著：思想观念类的有弗洛伊德《梦的解析》《精神分析引论》，伯格森的《时间与自由意志》，海德格尔的《存在与时间》，弗雷泽的《金枝》，尼采的哲学，荣格的心理学等等；作品类，其中袁可嘉等编选、上海文艺出版社出版的《外国现代派作品选》起到了重要的示范效应，青海人民出版社出版的《世界小说100篇》也起到很好的助推作用。其后大量关于小说创作的理论著作《海明威谈创作》，亨利·詹姆斯《谈小说的艺术》，布鲁克斯的《小说鉴赏》，布斯的《小说修辞学》，塞米利安的《现代小说美学》，约翰·盖利肖的《小说写作技巧二十讲》等等，就不详列书单了。在这里不得不提到的是花城出版社出版的一本薄薄的小册子——高行健著《现代小说技巧初探》（先是在《随笔》丛刊连载）。这本1980年出现的现代小说理论，可以说是国内最早的现代小说理论著作，在那个时期对国内小说创作产生了不可忽视的影响。80年代的小说创作之所以能够突破传统，全方位呈现小说创作技巧的探索，与以上诸书有着不可分割的关系。随着时间的推移，至八九十年代，越来越多地与外国几乎同步的外国小说作品和理论翻译跟进，同时国内名家也各自成熟起来，著述自己的创作技巧理论，所有这些与优秀作品合力发生着作用，使得国内小说呈现极度繁荣的景象。这就是开放的力量。

如同汽车跑了一定里程需要检修、维护、保养，当下的小说创作由于"车辆"高速行驶速度过快，距离过长，加上车辆过多，道路拥挤，发动机积碳较多，认真地检修、维护一下，确有其必要性。开放的小说发展到今天，出现了海量的小说，并从中选拔推出众多好的小说。然而，对于什么是好小说，其标准莫衷一是，人云亦云。有的依据文本创新，有的依据思想性，有的因题材胜出，有的因叙述方式，有的因语言意味等等。如果能够把这些所谓标准作为标准的话，那也算是做了有重要文学价值的工作。但往往有这种情况，有的小说根本未研究过，甚至未通读，刻薄一点说，只是浏览过封面、目录和内文而已，更有甚者没见过书长什么样，就妄下结论。当然这一现象不纳入我们的文学讨论范畴，只把它作为汽车上的众多螺丝吧。

有时好小说的标准需要通过"外来的和尚好念经"的方式来确认，比如早期推崇的卡夫卡、海明威、福克纳、博尔赫斯、卡尔维诺、马尔克斯等，以及随后的奈保尔、库切、帕慕克和罗斯、卡佛、麦克尤恩等等。要判断一篇小说的好，要说它像某位大师的作品，似乎大家才肯齐声称赞。我认为，什么是好小说，唯有读者自己来判断，也只有自己判断才有意义。每个作家的审美层次和风格，决定了每个人的判断，而一旦达成好的共识，终将成为经典。我个人的判断标准是：能够让我全身的神经瞬间联通，不自觉地发出叹服之语，从内心深处的感动使泪腺酸紧，泪液夺眶，给我以智慧的启发和思想的领悟，赋予我全新的小说审美感受。满足以上条件之一就称得上好小说。满足之二，之三乃至全部，那就是逐级递增到最高级的小说。这是最真实可靠的评价，不论作品来自哪里，出自什么样的作家之手。

当然，开放的小说创作不只是学习外国现代派、后现代主义等创作方法和理念，向博大精深的中国传统文学学习至关重要。《离骚》的象征和超现实，《史记》的精彩文学性，《聊斋志异》《红楼梦》的魔幻现实，都是中国文学独具魅力的"现代主义"。"85新潮"背景下的寻根文学，探寻文学的根，颇有收获，但一旦走向极端便成为悬崖。

学习中国传统文学与学习外国文学并不矛盾，应是相辅相成。举一例很说明问题。《聊斋志异》中的《崂山道士》写王生跟道士学穿墙术，学会后，不听道士训"归宜洁持"，回家卖弄穿墙碰得"额上坟起，如巨卵焉"。读罢只觉得神话，有哲理意味而已。但读法国作家埃梅的《穿墙记》效果完全不同，非常过瘾地跟着杜蒂耶尔的穿墙喜怒哀乐。同是穿墙，中国文化不需现实依据，等同神话；但法国文化需要现实依据，他能穿墙是因吃了一种治头痛的药，而最为精彩的是最后，他偷情后，药力失效，另一片药不在身上，他穿进墙里，却再也没能出来。令人甚为叹息。这是值得我们学习的法国小说家的创造力。如此看来，中西文学结合学习，小说创作会别有洞天。

另外，创作上我们现在所倡导的现实主义，对于开放的小说，是一个什么样的导向？我认为，当下的现实主义，就是创作方法包罗万象的现实主义，正如法国当代文学理论家加洛蒂在有关现实主义的争论中所著《无边的现实主义》所说，"卡夫卡的伟大在于已经懂得创造一个与现实世界统一的神话世界。艺术里的真实是一种创造，即通过人的存在来改变日常现实的面貌"，我们当下的现实主义创作，在创作方法上应该更为辽阔。这就是开放的小说的意义所在。

二、开放的小说创作激励机制

从国际视野看，中国文学创作所具备的硬件在全世界可以说是最好的。全国有数以千计的文学期刊可供发表小说作品，而且稿费很可观；从国家级到省级，基本都有深入生活项目扶持、重点作品扶持；数以百计的各种文学奖项；国家供养的专业作家、签约作家、作家培训。这些令外国文学望尘莫及、外国作家啧啧羡慕的创作条件，无疑激发了作家们的创作热情和积极性。但同时，作家创作表现出的急功近利现象也较为普遍。可以想象，拿到一个深入生活项目或一个重点作品扶持至少得一万（各地不同），获得一个重要奖项，除了收获大量奖金外，整个命运都随之改变。如此所起到的示范效应，谁能不为之动心。因而作家创作的数量惊人——据统计全国每年的长篇小说9000部，算上中短篇小说很可能超过全国的GDP数字。如此供过于求的创作市场，无论如何不算正常。回想20世纪80年代，文学的黄金时期，其创作数量也无法与现在比拟，但涌现出的优秀作品却超过今天。今天的优越条件其负面作用无法回避，那就是全方位调动起作家急功近利之心，浮躁之境。现在有多少人能沉下心来肯用十年时间创作一部长篇？有几个人能像雨果那样有野心用30年写成《悲惨世界》？花如此多时间去创作，好事全耽搁了。这样的"傻子"越来越少。而这样的"傻子"还是有的，这样的傻子恰恰能写出不同凡响的作品。而这样的"傻子"却成了落伍者。

开放的小说创作激励机制，要求我们对现在的激励机制进行反思，如何向着有利于淡化功利，让整个文学创作的集体意识和心态，向着甘于寂寞，潜心创作的方向改进。我认为这是一个不得不研究的课题。

在改革开放的大视野中看路遥

程光炜

2018 年是改革开放 40 年，也是路遥逝世 27 年。在改革开放的整体视野里看路遥及其创作，是一个非常有意思的话题。

我主要讲三个问题：

首先，没有改革开放营造的鼓励个人奋斗的大环境，不可能有路遥这样的作家。与此同时，也因为有路遥创作的《人生》和《平凡的世界》等优秀作品，所以进一步充实丰富了改革开放历史情境中，一个普通人如何通过个人努力和奋斗，最终实现人生理想的内涵。高加林这个人物形象，不只浓缩了千百万个回乡青年农民的"心灵史"，也是我们这些当年知青的"心灵史"。而孙少安、孙少平兄弟的形象，则浓缩了 90 年代后市场经济全面铺开，千百万个从农村涌进城市的打工者艰辛不屈的生活意志。这两个人物，是 80 年代和 90 年代改革开放中国社会的主人公。如果说，新时期文学 40 年一直缺少能够贯穿始终的文学主人公，我认为在通过奋斗从底层上升到社会中上层的意义上，路遥塑造的主人公形象，是可以作为文学主人公而铭刻在历史丰碑之上的。

其次，这是不是说，路遥的思想和文学追求，是改革开放大视野中文学创作的唯一追求呢？我认为不是。如果这样看路遥，就把历史的宏大场面狭窄化了，正如黑格尔在其《哲学史演讲录》所指出的，这不是"全部的历史"，而只是"历史的局部"，虽然这个局部在最近 40 年中国人的精神世界中，可能是最重要最激动人心的一部分。改革开放这幕历史壮剧中，对于每个中国人来说，它的内涵是极其多元和丰富的，既有鼓励人奋斗向上的思想激情，也有宽容和理解每个人选择不同人生道路的清晰思路；既有外在的奋斗史，也有潜意识的内心活动。比如，徐星的《无主题变奏》、刘索拉的《你别无选择》《蓝天绿海》、张辛欣的《在同一地平线上》等反映青年人在历史变革之际的言语行为，同样折射出改革开放对于我们这个民族的伟大意义。所以，如果只以路遥为标准，要求所有的作家都按照这个路子去从事文学创作，我们今天看到的极其壮丽、宏富的新时期文学40年的恢宏图景就不存在了。我的意思是，路遥大部分的作品，反映的都是普通人奋斗的过程及其命运感。而另外一些作家，也包括很多其他题材的文学作品，则反映的是城市青年和知识分子对于历史巨变的理解，描画的是他们独特的人生道路和心灵史。

第三，我这样说，不是要矮化路遥对于改革开放和新时期文学的意义，相反，我是要强调，他的作品对于人的命运的关注，他的创作所代表的现实主义文学精神，不仅不能低估，也许还能成为一面历史的镜子，帮助我们思考这40年文学的得与失。我有一个粗浅的看法，不知道对不对，伤痕、反思和改革文学之后，当代文学迅速提出"寻根""先锋"的口号，对于鼓励文学探索，尤其是文学形式的探索、实验，将文学创作的审美水平、艺术技巧摆脱过去落后的阶段，跟上世界文学发展的脚步，意义是非常巨大的。然而这样一来，像路遥等坚持现实主义文学精神和创作方法的作家，都被历史匆匆掠过了，成为新的文学场中一个无足轻重的文学现象。现在很多作家，都把文学创作的技巧看得很重要，习惯将卡夫卡、马尔克斯、卡佛等西方作家的作品作为小说创作的标尺。这在当代作家中，成为一个很普遍的风气，批评家也大多跟着这种风气跑。相比之下，关注人的命运，揭示大历史下人生的悲欢，尤其是能够概括这40年时代风云、触碰读者内心世界的作品，可以说是几乎没有的。另外，很多作家特别喜欢谈文学的"隐喻"，所谓"寓言式写作"，这个到底对不对呢？至少我现在看不出它对中国当代文学的未来究竟有什么好处。在这个背景中，你再来读《人生》《平凡的世界》，虽然感到它们的创作技巧并不是很高，然而它们与你自己的内心有一种对话性。我认为，不能仅仅以知识精英的文学趣味来判断文学的是非，还应该留意普通读者怎么看。比如，为什么在迄今为止的新时期作家中，路遥作品的发行量是最大的呢？仅仅因为它们是励志的、通俗的小说类型吗？我觉得事情没有那么简单。也因为如此，新时期很多作家笔下都没有一个令人难忘的文学主人公，而高加林、孙少平却是令很多读者都难以忘怀的文学主人公，究竟是什么原因呢？

　　这就是我要说的意思，路遥小说中的奋斗主题，是改革开放 40 年最为重要的价值之一；其次，不能以路遥为是非，贬低了其他文学探索和创作的价值；最后，我们将路遥现象扳过来，作为一面历史的镜子，去重估新时期文学 40 年的是是非非、得失功过，便会发现，路遥对于改革开放的历史道路，对于新时期文学 40 年的历史道路，都是一个含义深远的存在。今天看，他并没有被 80 年代中期开始的文学新潮冲击荡涤得了无踪影，当这些文学大潮过去之后，他反而很像长江三峡惊涛骇浪中时起时伏的黑色的礁石，一直都耸立在那里。

　　这就是路遥之于新时期文学，路遥之于我们这些当代文学史研究者的意义。

以现实主义度量当代小说 40 年

贺绍俊

现实主义与中国现当代文学结下不解之缘，在讨论当代小说创作时，现实主义显然是一个绕不开的话题。只要我们不带着情绪和偏见来看从 1976 年"文化大革命"结束后的 40 多年的小说创作，就会发现，现实主义的确是检视当代小说创作成果的重要标尺。小说的很多突破都是在重新认识现实主义的基础上进行的，在 40 年的探索、突破、发展过程中，作家们逐渐卸下现实主义浓厚的意识形态外衣，在现实主义的叙述中融入更多的现代性意识，大大丰富了现实主义的表现能力。在创作观念越来越开放的背景下，我们应该认真总结现实主义在艺术表现上的无限可能性。因为从一定意义上说，现实主义是最适宜于小说的叙述方式。现实主义遵循的是常识、常情、常理的叙述原则，这不是一个艺术风格或艺术观的问题，而是一种讲故事的基本法则。所以小说家进行革命，哪怕采取反小说的极端方式。革命可能带来艺术上的重大突破，但最终小说叙述还是会回归到现实主义上来（当然回归的现实主义与过去的现实主义相比已经有所变化）。

文学的复苏从恢复现实主义本来面目开始

改革开放使一度停滞不前的当代文学得以复苏和振兴，而这种复苏和振兴首先是从恢复现实主义本来面目开始的。在"文革"时期，现实主义被过度地从政治的角度加以阐释，从而使现实主义变得越来越面目不清。"文革"之后，文学界展开了持续的关于现实主义的大讨论。新时期关于现实主义的讨论经常是从对具体作品的批评而开始的。比如 1978 年卢新华的小说《伤痕》发表以后，上海《文汇报》就围绕如何评价"伤痕文学"而展开了争论，由此又引发出关于文学应该"向前看"还是"向后看"的争论，文学是"歌德"还是"缺德"的争论。在恢复现实主义精神应有之义的影响之下，一批紧密贴近现实、回应社会问题的小说源源不断地被创作出来，并在社会上引起热烈反响。如茹志鹃的《剪辑错了的故事》、张贤亮的《灵与肉》《绿化树》，张一弓的《犯人李铜钟的故事》，鲁彦周的《天云山传奇》等小说涉及"反右倾"扩大化、"大跃进""反右倾"和"四清"运动，如张弦的《被爱情遗忘的角落》、叶蔚林的《五个女子和一根绳子》、韩少功的《西望茅草地》等小说深入到人们的心灵世界去剖露社会历史的沉疴，如李国文的《冬天里的春天》、王蒙的《悠悠寸草心》《蝴蝶》等表达了对党和人民的关系的反思和对官僚主义的批判，如高晓声的《陈奂生上城》、陆文夫的《美食家》等小说延续了"五四"新文学中"国民性批判"的主题。从"伤痕文学"到"反思文学"，均张扬了作家基于启蒙理性的信仰，展现了现实主义的力量，为新时期文学开了一个好头。

现实主义深化了新时期文学的主题。人性、人情和人道主义是 20 世纪 80 年代小说最大的主题。如谌容的《人到中年》第一次在小说中正面强调了人的尊严与价值。对于人性美的歌颂，则在爱情的领域里得到最集中的表现，如张洁的《爱，是不能忘记的》、张弦的《被爱情遗忘的角落》、张贤亮的《绿化树》等；新时期对"人"的呼唤还体现为个体自我意识的觉醒，确立了一种反封建的自我精神，诸如刘索拉的《你别无选择》、马原的《冈底斯的诱惑》、徐星的《无主题变奏》、韩少功的《爸爸爸》等作品不同程度地再现了非理性主义"自我"的生存世界和生存状态。

现实主义在重建意义中再显辉煌

中国进入以经济建设为中心的时代，这是一个完全不同于过去的时代，对现实主义文学提出了挑战。显然，那种完全形而下的叙事，是不可能真正再现这一现实的。作家们首先需要对时代特征作出新的意义阐释。于是现实主义文学开始了重建意义的探索。这个重建意义是建立在对时代的新的认知的基础之上的，它大大开阔了现实主义的叙述空间和叙述能力，也大大丰富了现实主义的表现方式。

重建意义是建立在中国现实新的生活和新的社会形态上的。面对日新月异的生活，作家们有一种热情拥抱现实的冲动。徐坤创作《八月狂想曲》的过程就典型地说明了这一点。这是一个"遵命文学"的命题，在北京举办奥运会前夕，有关部门希望作家能为北京奥运会写一部长篇小说。徐坤接受了这一挑战。但她并没有将此当成一个应景的宣传任务，而是作为一次阐释中国经验的机会。她将北京举办奥运会置于中国崛起的时代大背景下，"打造青春中国的理念，给青春中国以激情"，塑造了一批年轻的建设者，他们在为奥运会建筑新的比赛场馆，同时也是在建设中国的美好未来。"中国经验"对现实主义作家来说尤其重要，所谓"重建意义"，对于中国作家来说，一个重要的内容就是要从中国经验的特殊性中找到自己的叙事。刘醒龙的《天行者》就是这样一部作品。这部小说是写民办教师的。民办教师是中国教育事业在特殊阶段涌现出的一种现象。刘醒龙早在二十多年前就关注民办教师，并对那些生活在艰苦环境中的民办教师充满了敬意。他怀着这一敬意写出了中篇小说《凤凰琴》，正是这篇小说，让一直默默奉献在山乡村落的民办教师站在了全国民众的面前。到了写《天行者》，则主要是一种思想的表达了，因为他对民办教师这一中国特有的现象作出了自己的思考。在他看来，民办教师是"二十世纪后半叶中国大地上默默苦行的民间英雄"，他通过自己的叙述，揭示出民办教师的历史价值。可以说，《天行者》是刘醒龙对民办教师这一"中国经验"进行长期思考的结晶。在刘醒龙写作《天行者》时，全国的民办教师逐渐退出了历史舞台，刘醒龙以他的小说为中国的民办教师立下了一块文学之碑，让人们铭记他们的历史功绩。

现实主义并不是简单地反映了客观现实，现实主义是一种观察世界的方式，也是一种处理现实经验的能力。我们对现实主义有一种误解，以为现实主义的作品最容易写，只要有了生活或者选对了题材就成功了一大半。岂不知，现实主义是一种最艰苦、最不能讨巧也丝毫不能偷工减料的创作方法，它需要付出特别辛劳的思考才能触及现实的真谛，缺乏思考的作品顶多只能算是给现实拍了一张没有剪裁的照片而已。所幸的是，现实主义作为当代长篇小说的主流，仍然显示出它强大的生命力。而这种生命力首先来自作家的思想深度。以去年出版的三部小说为例：陶纯的《浪漫沧桑》、王凯的《导弹与向日葵》和卢一萍的《白山》都是典型的现实主义方法，而且三位作家都是军旅作家。我发现军旅作家在对待现实主义的态度上往往更加严肃认真，这是否与军队更注重铁的纪律与不能马虎敷衍的训练有关系呢？三位作家对军旅生活非常熟悉，也为创作做足了功课，但更重要的是，他们有着自己的思考。陶纯写革命战争有自己的反思。他塑造了一个特别的女性李兰贞，她竟然是为了追求浪漫爱情而投身革命，一生坎坷走来，伤痕累累，似乎最终爱情也不如意。陶纯在这个人物身上似乎寄寓了这样一层意思：爱情和革命，都是浪漫的事情，既然浪漫，就无关索取，而是生命之火的燃烧。王凯写的是在沙漠中执行任务的当代军人，他对军人硬朗的生活有着感同身受的理解，也对最基层的军人有着高度的认同感。他不似以往书写英雄人物那样书写年轻的军人，因此小说中的军人形象并不"高大上"，然而他们的青春和热血是与英雄一脉相承的。《白山》稍微特殊些，作者现在退役了，但他写的仍是军队生活，是他几十年军旅生涯的一次集大成写作。而且《白山》又明显地借鉴了现代派观念，有很多现代派的表现方式，但基本仍是现实主义写作。

既有现实主义传统也有现代主义传统

现实主义是中国现当代文学的重要传统，这是毫无疑问的。中国现代文学的诞生就与现实主义有着密不可分的关系。20 世纪初，中国的文学完全不能适应社会的急速发展，一批思想者要建立起以白话文为基础的新文学，打的就是要紧贴现实的旗号。陈独秀提出："吾国文艺犹在古典主义理想主义时代，今后当趋向写实主义。"在启蒙思想的引导下，"五四"新文学开创出反映社会人生、改造国民精神的现实主义文学新传统。现实主义成为中国现当代文学的主潮，有高潮，有低谷；有收获，也有挫折。但无论如何，现实主义始终处在变化发展之中。在中国现代文学史上，产生了一大批优秀的现实主义文学作品，真实而又深刻地反映了中国现代革命的进程，奠定了现实主义文学传统在中国现当代文学中的核心位置。

20 世纪 80 年代对于现实主义来说，是一个重要的转折期。从一定意义上说，中国现代文学就是在现实主义精神的指引下诞生的，至今仍在小说创作中发挥重要作用。但是，另一方面，除了现实主义以外，我们还要看到现代主义对小说创作越来越强大的影响。这种影响首先是从 20 世纪 80 年代开始的。随着现实主义成为主潮，因为各种原因，现实主义也被狭窄化、意识形态化、工具化，甚至在一定时期内，它约束了文学的自由想象。这也正是 20 世纪 80 年代初的文学现状，因此当时寻求文学突破的主要思路仍然是从现实主义入手。这一思路又朝着两个方向进行：一是为现实主义正名，恢复现实主义的本来面目；二是以反现实主义的姿态另辟蹊径。后者带来了 80 年代的先锋文学思潮。先锋文学思潮的思想资源基本上是西方现代主义。现代主义和后现代主义对当代文学的冲击非常大，尤其是年轻一代的作家，几乎都是从模仿和学习西方现代派文学开始写作的。但反现实的结果并非否定和抛弃现实主义，而是拓宽现实主义的表现空间。80 年代的先锋文学实践，其先锋性是有具体所指的。余华、马原、格非、残雪等这些年轻的实践者完全以一种反叛的姿态进行小说写作，他们反叛的对象非常明确，那就是当时正统的、已成为人们习惯性阅读期待的所谓现实主义叙述的小说。他们反叛的武器同样也很明确，那就是西方现代派文学。毫无疑问，当年他们的小说给人们带来陌生感和新鲜感，尽管今天我们对这种陌生感和新鲜感已经习以为常，但当年这种陌生感和新鲜感不亚于给文坛扔下一颗重型炸弹，因为在这种陌生感和新鲜感的背后是小说观的颠覆性改变，新的小说观仿佛为小说打开了另一扇窗户，让人们看到了与过去不一样的文学空间。当然，20 世纪 80 年代的先锋文学试验只是小范围的，客观地说，那些当时给人们带来陌生感的作品并不见得都是经典之作，也许这些作品因为开创性的意义而成为文学史上必谈的作品，但它们在艺术上的幼稚和不足也是被公认的。然而不能否认它们从此起到了无可挽回的"破坏"作用，即对现实主义大一统的文学格局的彻底破坏，或者说，它打破了传统写实模式和主流意识形态的垄断地位，终结了一个被政治权威控制着的小说时代，中国的小说创作，从此呈现出多元化的态势。

　　80 年代的先锋文学作为一次潮流已经过去，如今现代主义也不再具有先锋性，而是成为作家们的家常便饭。但先锋文学潮流的影响至今未消失，因为先锋文学的实践已经形成了一种新的文学传统，这就是现代主义文学传统，这一新的传统也融入到我们的文学之中。比方，被作为先锋文学的一些显著标志，如意识流、时空错位、零度情感叙述、叙事的圈套，等等，在 90 年代以后逐渐成为一种正常的写作技巧被作家们广泛运用，现实主义叙述同样并不拒绝这些先锋文学的标志，相反，因为这些技巧的注入，现实主义叙述的空间反而变得更加开阔。现在我们的现实主义完全不是过去那种单一的写实性的现实主义，而是一种开放型的现实主义，能够很自如地与现代主义的表现方式衔接到一起。现代主义也不再把现实主义当成对立面来对抗了，那些先锋小说家也知道如何借用现实主义的长处和优势了。也就是说，无论是在现实主义作家笔下，还是在现代主义作家笔下，我们都能感受到现代主义传统在起作用。

现实主义文学与现代主义文学走向大会师

现代主义最初作为先锋文学的思想武器，强调了对现实主义的对抗性。但随着现代主义文学成为一种文学传统后，这种对抗性逐渐被淡化，现实主义文学传统和现代主义文学传统这两支队伍最终走向了大会师。

莫言的创作历程就是一个典型的例子。他开始创作时明显受到当时风行的现代派影响，但他的创作基础仍是现实主义的，因此莫言在创作过程中会存在一个与马尔克斯、福克纳"搏斗"的问题，他说他那一段时间里"一直在千方百计地逃离他们"。从写第二个长篇小说《天堂蒜薹之歌》起，他有意要回归到现实主义上来。然而莫言此刻的现实主义已经吸纳了大量的现代派元素，呈现出一副新的面貌。诺贝尔文学奖授予莫言，在授奖词中特意为莫言的现实主义文学创造了一个新词：幻觉现实主义（hallucinatory realism）。从这个新词也可以看出，莫言对于现实主义的拓展是引起海外读者兴趣的聚焦点。莫言的幻觉现实主义的素材来自民间，民间故事和传说的特殊想象和异类思维嫁接在现实主义叙述中，开出了幻觉之花。更多的在先锋文学潮中涌现出的代表性作家进入90年代以后都出现了向现实主义转型的创作趋势。比如余华在这一时期写的《活着》就被视为转型后的作品。《活着》中的现实主义元素的确很突出，但小说明显保留着余华的文学个性，具有强烈的现代主义精神。这也说明，现代主义文学已经成熟起来，不再需要采取与现实主义对抗的方式来显示自己的存在，而是可以吸收现实主义文学的写实优势，让读者更宜于接受其现代主义精神的表达。

现实主义文学更是以开放的姿态接受现代主义文学传统的影响和渗透。在不少现实主义文学作品中，都加进了一些超现实或非现实的元素。陈应松作为一位现实主义作家，因为常年扎根于神农架，那里神奇诡秘的环境使他对现代主义又有了一种亲近感，因此他的小说叙述中经常会出现一些超现实的想象。《还魂记》的构思完全建立在超现实的基础上，作者采用亡灵叙事，让死于非命的柴燃灯灵魂返乡，通过亡灵的眼睛，作家能够更自如地揭露出现实世界中种种隐蔽和潜藏的不合理现象。小说通过现代主义的表现方式，表达了这样一层主题：现实中的不合理和不公平才是必须彻底否定的"超现实"。孙惠芬在创作中一直坚持非常正统的现实主义叙述方式，但在《后上塘书》中她同样大胆借用了非现实的亡灵叙事，她让死去的徐兰以一个亡灵的身份去观察村里发生的事情。有意思的是，孙惠芬完全是以写实的叙述方式来处理这个亡灵的，因此她笔下的亡灵几乎没有超现实的成分，但它毕竟提供了一种特别的叙述角度，使全知全能的叙述更具有立体感。张翎的《劳燕》是将亡灵叙事与主题意境结合得最为完美的一部小说。小说的主要情节是一位女性阿燕在抗日战争的坎坷命运，有三个男人在她的命运中起着至关重要的作用，一个是她青梅竹马的恋人，一个是中美合作训练营的美国教官，一个是行医的美国牧师。作者是通过三个男人的视角来写这个女人的。女人在三个男人眼里分别是三种不同的身份。在她的未婚夫刘兆虎那里她是阿燕，而在美国牧师比利的眼里，她是斯塔拉，而美国教官伊恩则称她为温德。这样的构思已经很巧妙了，作者张翎更是巧上加巧，她以鬼魂叙事开头，让三个男人死后重聚，从而克服了写实性叙述在时空上的约束，亡灵打破的时空的局限，既可以追忆，又可以隔空对话，并进行事后的反思，三个男人超越时空表达了对同一位女人的爱与悔。小说主要还是依靠强大的现实主义细节描写完成了对一个伟大女性的塑造，是一种具有世界视野和人性深度的战争叙事。

创造更完美和完整的文学世界

无论是现实主义，还是现代主义，都是作家把自己观察到的生活以及自己在生活中获得的经验，重新组织成文学的世界，这个文学世界既与现实世界有关联，又不同于现实世界，现实主义戴着理性的眼镜看世界，现代主义戴着非理性的眼镜看世界。当作家有了两副眼镜后，能看到世界更为复杂和微妙的层面。因此现实主义文学与现代主义文学的大会师，应该为作家提供了更便利的条件，从而创造出更为完美和完整的文学世界。

　　张炜是新时期涌现出的作家，他的文学创作伴随改革开放40年，一直坚定地走在现实主义的道路上，奉献了《古船》《九月寓言》《你在高原》等一批优秀的现实主义作品。但他并不拒绝现代主义思想资源，因此他的现实主义也变得更加丰富多彩，如2018年初出版的长篇小说新作《艾约堡秘史》作为一部现实主义作品，又具有强烈的象征性，可以将其称之为象征性现实主义。小说通过一座豪宅来写一位富豪，张炜赋予这座豪宅太多的象征意义，他花大量笔墨来写艾约堡这座豪宅，豪宅与富豪同为一体，写豪宅其实就是在写富豪，而象征性的表现方式才能更加透彻地揭示主人公复杂纠结的内心。艾约堡这个神秘而又封闭的建筑，作为淳于宝册的化身也就暗喻着当一个企业家把自己的事业做到特别庞大、足以富可敌国时，他们的内心会变得越来越隐秘，张炜就像一位心理分析师一样走进艾约堡，小心翼翼地启开淳于宝册的心扉。透过这个人物隐秘的内心世界，我们也感受到了时代一步步走过来的足迹。淳于宝册首先是一个平民化的"当代英雄"。淳于宝册作为"当代英雄"的另一质地就是荒凉病。荒凉病，这是张炜在这部小说中最令人叫绝的神来之笔。所谓荒凉病其实是淳于宝册的心理出现了问题。当巨大的力量将淳于宝册推向经济帝国的最高位置时，他也就逐渐褪去了平民化的质地，他被强大的欲望、权力、争斗所包裹，一颗平民化的心从此没有了着落。张炜重点写了淳于宝册的一次自我救赎的努力。

　　叶兆言被认为是新历史小说的代表性作家，他处理历史的方式深受现代主义影响。他始终以历史为写作对象，但他的历史叙述越来越趋于写实和客观。如他的新作《刻骨铭心》写南京民国期间的历史，写的都是一个一个有血有肉的人，写他们的情感生活和他们琐碎的人际交往，小说涉及许多重要的历史大事件和大人物，比如北伐战争、西安事变、南京大屠杀等等，但他并不是简单地复述历史，因此他在讲述历史故事前特意安排了讲述现实故事的第一章，这一章以第一人称叙述讲了两个现实的故事，与后面的历史故事毫不搭界，但正是这样一种错位式的结构，使读者在进入历史之前先背上一个现实的包袱，让你在阅读历史时会不断联想起现实的故事，逐渐发现历史与现实的若隐若现的关系。

　　另一位现实主义色彩更纯正的作家张平，最近出了一部新的长篇小说《重新生活》，从这部小说可以看出，他怎么在思考现实方面寻求突破的。反腐是张平最擅长写的题材，但这次他换了一个视角，他不是从正面表现反腐斗争，而是从侧面入手去追问腐败的社会依存性。因此张平将视线转向了腐败官员的亲属们，写腐败官员被抓后对他们带来的影响。张平将批判的锋芒直指当下的社会现实，认为我们的社会生态有问题，普遍存在着一种纵容腐败的社会风气。如同小说中所描述的那样，无论是学校的校长，还是年轻的班主任；无论是做房地产的经理，还是小饭铺的老板，他们都费尽心机要沾上一些特权的光，从腐败官员那里获取一点好处。这是一种平庸之恶泛滥的社会生态，令人担忧的是，人们一方面反感平庸之恶，一方面又不由自主地身陷平庸之恶之中。因此要彻底反腐败，就必须将平庸之恶这个温床和保护伞彻底捣毁。而捣毁平庸之恶需要我们每一个人伸出自己的手。毫无疑问，这是建立在现实主义基础之上的严肃思考，同时在这样的思考之中又闪烁着现代意识的光芒。回首40 年，可以充满自信地说，中国当代小说无愧于改革开放的伟大时代。

改革开放 40 年：中国文学的创新之路

陈晓明

百年中国文学与中国现代历史进程紧密相关，更直接地说，它是百年中国走向现代的火炬和号角，用鲁迅的话来说，它是爱的丰碑、恨的大纛，是匕首和投枪。中华民族走向现代的精神历程镌刻在百年中国文学的字里行间，同样可以说，百年中国文学就是中国走向现代、自我觉醒、生生不息的精神证明。百年中国的历史，历经千辛万苦，波澜跌宕，峰回路转。有挫折，有曲折，有断裂，有重建。不可否认，五六十年代、七十年代、"文化大革命"，中国走向现代的历史充满了磨难和考验。历史艰险的章节总算翻过去了，1978 年，中国共产党的十一届三中全会，拨乱反正，把中国社会引向改革开放。中华民族迎来了新的历史机遇、新的希望。中国文学也在这场大变局中获得自我革新的激情和动力，承接五四新文学的启蒙精神，承接社会主义现实主义的进步传统，带着与世界优秀文学对话的愿望，焕发出前所未有的活力，寻求自身的创新道路。

一、"新时期"拨乱反正与现实主义的广阔道路

1976 年，党中央一举粉碎"四人帮"，中国文学开始摆脱极"左"路线的束缚，文学率先走在历史的前列，怀着极大的热情批判反思"文革"，呼唤"大写的人"，为改革开放寻求现实依据，追求艺术上的突破。文学体现出崭新的时代精神和艺术风貌，这一阶段的文学被称为"新时期"文学。人性的复苏、现实主义的辉煌、作家主体意识的自觉、人的解放等，这确实是一个重新发现社会主义现实主义历史的时期，因而它具有"现实主义恢复"的意义；另

一方面，它又以自身面向现实的激情，开创新的道路。

1. "伤痕文学"与新时期的开启

"伤痕文学"被理解为拨乱反正的时代精神的产物，真正是"新时期"主流文学的起源，这就在于它的叙事是典型的历史叙事，它一开始就致力于修复和建构新的历史总体性。它在两个关键点上给时代的反思趋向提示了情感基础。其一，揭露了"文革"给中国社会造成的广泛而深刻的灾难；其二，在叙述这段历史时，重新确立了历史的主体和主体的历史。

刘心武《班主任》（1977）被誉为"新时期小说创作的第一株报春的新笋，是新文学潮流当之无愧的发轫点"；卢新华的短篇小说《伤痕》（1978）直接给"伤痕文学"命名。"伤痕文学"的苦难诉求本质，决定了它是要从历史主流中获得认同、同情、赦免。它终归是要获得主导文化的同情，同时在本质上也是在建构新的主导文化。

"伤痕文学"正是在对历史总体性的深刻领会中，获得主题的深化。反思文革，批判"四人帮"，更重要的在于要建构新的历史主体的历史。因而，有意识地重述"文革"的历史，不再是单纯地展示伤痕，而是致力于表达老干部和知识分子在蒙受迫害时的精神品格。典型作品如鲁彦周的《天云山传奇》（1979）。"文革"后的知识分子迎来了新时期，在对自我历史的书写中，获得了重构历史总体性的机遇，这在从维熙的"大墙文学"中也得到集中的体现。在诸多的伤痕作家中，张贤亮以他的丰富与生动风行一时。他的作品例如《绿化树》《男人的一半是女人》，不仅仅是以政治反思性，而且是以文学本身的力量引人入胜。对于张贤亮来说，重述"文革"历史不再是单纯呈现苦难，而是要展示出伤痕的美感。通过抹去主体的苦难伤痕，从而也抹去了历史的荒谬，抹去了历史是非的根本问题。

王蒙看上去是"伤痕文学"的弄潮儿，但他与"伤痕文学"主流存在一定的偏差，他始终保持着特殊的历史反思。他这一时期的作品基调，例如，《蝴蝶》《春之声》《海的梦》等，是对经历过历史劫难的那些老干部、归来的右派，在新的历史时期是否能为人民当家作主的思考。当然，从更深的意义上来说，王蒙探究了个人如何在历史改变的情形下可能发生的变异。王蒙并没有以他的书写使荒诞的历史合理化，没有竭力去展示苦难或表达人们的忠诚，他关注这些人的内心世界，以此表达"文革"后依然存在的当权者遗忘人民的问题。他在这一时期思考的主题超前于当时"伤痕文学"主流，也更具有深刻性。

伤痕文学对历史的解释简明扼要，纠正历史悲剧的根本方法，就是重提人性论，强调人道主义可以避免这类悲剧。典型文本有戴厚英的《人啊，人》（1980）、方之的《内奸》（1979）、张洁的《爱是不能忘记的》（1979）、宗璞的《三生石》、张弦的《被爱情遗忘的角落》（1980）、古华《芙蓉镇》（1981）等。强调人性使反思的主体具有真正的历史起点，它沟通了中国现代以来未竟的启蒙事业。

2. "朦胧诗"：从地下到新时期的号角

把"朦胧诗"看成新时期中国文学的起点（有地下时间），这可能是一种暧昧而吊诡的做法。"新时期"是一次主流文学的命名，而"朦胧诗"在其萌芽阶段，却带着怀疑与叛逆精神。经历过与当时还带着"左"的残余思想的激烈论争与对抗，"朦胧诗"一度成为"新时期"文学最有力的前卫。80 年代的历史行进并不能维系持续的整体性，大部分"朦胧诗人"都以不同的方式与历史分道扬镳，或者自觉边缘化。

白洋淀是北京那群爱好文学和开始独立思考的青年的聚集地，也是中国"新诗潮"的发源地。他们的诗，大都带有叛逆思想，不得不大量运用比喻，以隐晦的方式表达他们的思想和超越现实的情感。这造成他们的诗大都在艺术上具有双重性，一方面具有真挚的个人感受，另一方面又显得隐晦曲折。这个圈子里主要有北岛、芒克、黄锐、赵一凡、周楣英、食指、严力、万之、赵南等人，他们不仅写诗，而且阅读当时各种内参读物，交换"文革"中私下交流的外国文学书籍。

1978 年 12 月，由北岛、芒克和黄锐等人主编的《今天》以手抄本的形式在诗人之间流传，后来以蜡纸油印的形式出版，1980 年停刊，前后共出了九期。主要撰稿人都是后来被称之为"朦胧诗"的中坚分子：北岛、顾城、江河、舒婷、芒克、多多、严力、万之、赵一凡、林莽、方含等人。"白洋淀派"演变为"今天派"时，标志着中国新诗正在酝酿着一场深刻的革命。

最早关于"朦胧诗"的讨论的文章可能是公刘的《新的课题》（1980），随之，《福建文学》以讨论舒婷的诗为导引，就这批诗人的创作展开了长达一年的争论。1980 年 8 月，《诗刊》发表了章明的《令人气闷的"朦胧诗"》，对这批诗人进行严厉的批评,就诗的"晦涩""难懂"展开对这一诗潮的争论,由此确认了对"朦胧诗"的命名。对青年一代诗人进行肯定的当推"三个崛起",谢冕、徐振亚、孙绍振这三人把"朦胧诗"的出现看成一次诗界的划时代变革,认为它有力地冲破了那些不合理的陈规旧范。

自70年代末起,北岛的名字就成为"朦胧诗"运动的象征,他的诗隐含着对过去的那些神化真理的大胆质疑和否定,在青年中激起强烈的反响。他的诗感情充沛,怀疑、否定的不屈精神以及悲剧意识,使他的诗有着一种内在理性力量。在一系列的高昂格调之后,北岛的诗总有一种沉静的情调出现,它们像如歌的行板,使北岛的诗又总是转向另一片情感的空地。舒婷的诗情感丰富细腻,而又始终有一种清纯明净的气息。她的诗在当时具有打开人们心灵窗户的功效,并且在艺术上显示了与正统诗歌截然不同的形式。顾城有着异常细腻敏感的诗情,他始终以孩子气十足的眼光来注视着世界,他的诗有一种清新可人的气质,那么脆弱而又倔强地表达个人极其幼稚的感受。这段时期较为重要的诗人还有江河,他把自己定位为人民的歌手;比江河稍晚而诗风接近的是诗人杨炼。

"朦胧诗"实际上一出世就被思想解放运动所俘获,它一旦具有了合法性,也就成为集体愿望的表达,在"拒绝充当时代精神的传声筒"的阐释中,"朦胧诗"迅速成为新时代的号角。"朦胧诗"事实上呈两极分化,北岛与江河们为时代提供精神镜像;舒婷顾城们则为人们提供情感抚慰。这二者都以"文革"为文化资源,共同逢合在关于"大写的人"的神话中。

3. 改革文学与知青文学

伤痕文学在"反文革"的历史重述中确认了老干部和知识分子的革命本质,他们理所当然成为现实的主体,是中国经济改革、实现现代化的开拓者和时代英雄。一系列作家以经济改革为题材,塑造开拓型的改革英雄形象。

蒋子龙发表于1979年的《乔厂长上任记》,当推"新时期"改革文学的开山之作。这部作品塑造了改革家形象乔光朴,他是在现实主义文学规范下书写的典型形象,反映和表达了那个时期的焦灼的历史愿望。张洁的《沉重的翅膀》是一部有思考有深度的改革文学作品,柯云路发表于1984年的《新星》则把改革文学推向高潮。这部长篇小说长期被看成"新时期"中国改革文学的典范之作,体现了现实主义文学最为强大的时代感召力。大胆致力于农村改革的主人公也成为新一代的改革英雄，作者在他身上显然寄寓了浓厚的理想主义色彩。

路遥的《人生》（1982）则把视点对准乡土中国，观察青年一代农民的希望、追求与他们面对的困境，小说比较细致地表现高加林的复杂的内心矛盾。中国农民的命运，他们的希望和失败，被表现得相当透彻，具有相当强的感染力，高加林也成为一代青年的写照。

总之，中国80年代初期的改革文学是那个特殊时期的产物，它带有很强的时代意识，尽管它也以批判的态度反映现实，但它表达了那个时期人们的心理愿望，并有效地建构了人们在经验的现实中清理出一条道路的文学想象。

"文革"之后，知识青年返城或上大学，其中不少人开始写作，追叙知青生活经历，因此有了知青文学。早期的知青文学与伤痕文学重叠，表达了一种对自己过往青春岁月的审视和对新的时代到来的期盼，如王安忆的《本次列车终点》，张抗抗的《北极光》。时代的变革，也使知青一代思考自身和思考历史都有新的深度，最早有反思力度的知青小说当推孔捷生的《在小河那边》（1979），这是最早质疑知青生活的小说。同时期，甘铁生的《聚会》（1979）和阿蔷的《网》（1980），以及孔捷生的《大林莽》，也是表现知青生活艰难与苦闷，着力暴露知青生活给一代青年造成的精神创伤。1980年底，叶辛发表《蹉跎岁月》使知青文学具有了高昂悲壮的基调。

张承志的《黑骏马》与《北方的河》，表达了更加高亢的曲调和理想主义情怀；史铁生《我那遥远的清平湾》对知青生活有了新的思考和审视角度。80年代初期步入文坛的知青群体，显然带着这个时期的憧憬和信心，他们在重述自己的历史，对青春年华的眷恋，对土地的深情，对乡村景色的偏爱，这一切都使"知青经历"变成了一首忧伤而瑰丽的青春奏鸣曲。除了少数与当时的政治构成紧张关系外，大多数的知青文学采用一种回忆性的叙事，少有反思的力度。随着这一代人在社会中获得更多的生存机会，知青文学从低调向高昂转变，也彻底把伤痕文学改变为知青文学，知青文学在承前启后的作用中，建构了这一代人的心灵史。

80年代初期，知青作家群与右派作家群平分秋色，虽然知青作家群还显得稚嫩，但他们也显示出那种新鲜与活力。

梁晓声的出现使得知青文学被注入了粗犷的情愫，并被涂抹上一层浓重的英雄主义色调。《这是一片神奇的土地》(1982)、《今夜有暴风雪》(1983)等把艰难困苦的北大荒作为背景，展示一代知青英勇奋斗的壮举。充沛浓烈的抒情意识与细致的感情纠葛相交织，使小说在激越的书写中还不失委婉动人的情致。梁晓声的"北大荒文学"在当时激起了同代知青的极大反响。

80年代上半期是一个激情横溢的时代，而文学更是充满了昂扬向上的力量，只是三番五次的政治思想运动，以及社会的经济基础发生深刻的变化，才让文学的昂扬精神有所收敛。这一时期张承志的理想主义最为耀眼，他的一系列小说都以昂扬的激情倾诉这个时代青年人不可遏止的历史愿望。

二、85新潮与当代文学的深远变革

1. 85新潮：现代派与寻根派

80年代中国文学历经各种潮流，如果说有什么最有挑战性的变动的话，那就是现实主义向现代主义的艰难开放。80年代中国现代主义的时兴，和当时的社会条件、思想资源，以及文学史内部的创新压力相关，现代主义虽然是西方外来，但也是处于主导地位的现实主义发展到一定阶段的产物。文学中的现代主义是在现实主义的总体性框架内加以表现的，这就不奇怪它不具有真正的叛逆性，而更像是现实主义文学自身做出的一种创新努力。现代主义文学也从来没有越过主导文化的边界，它一直在主流文学史的叙事中，作为新时期文学的"新动向"的一个最有活力的侧面加以叙述。

80年代终究还是改革派的思想占了上风，实现现代化成为中国不可动摇的方针政策，年青一代的作家普遍寻求新的文学观念和表现手法，现代主义预示着文学新的可能性，因而文学借鉴西方现代派也就成了难以压制的新生力量。虽然较早的理论倡导发生在1978年（徐迟的文章《现代化与现代派》），但创作方面也几乎是在同时就开始尝试，例如朦胧诗和意识流小说。

王蒙显然是最早开始追寻现代主义艺术形式的，他的数篇意识流小说可以看成是中国当代现代主义的滥觞。直接从艺术形式技艺方面主张大量吸取西方现代派的是高行健。1981年他在《随笔》上连载多篇短文介绍西方现代派，随后结集出版。这本题为"现代小说技巧初探"的小册子引起极大的反响，王蒙、刘心武先后发文支持，紧接着《上海文学》发表冯骥才、李陀、刘心武三人关于这本小册子的通信，引发了一系列的批评与反批评。

就叙事文学而言，现代派的高潮直到 1985 年才到来，刘索拉的《你别无选择》和徐星的《无主题变奏》被认为标志着中国真正的"现代派"横空出世。小说的叙事落拓不羁，挥洒自如，特别是对那种无聊感和荒诞感的处理，显示了某种反讽的或黑色幽默的意味。实际上，现代派小说并不十分强调文体实验，更侧重于表达一种世界观，表达对生存的独特感受。

寻根口号的提出和具体的实践都是历史主流要求的反映，这一切都源自现代化／现代性的历史愿望。"寻根派"的崛起显然与当时国内风行的"反传统"思潮有关，更直接的文学影响则来自拉美魔幻现实主义，尤其是马尔克斯在 1982 年获得诺贝尔文学奖，他的那部《百年孤独》盗版本在中国大陆的流传。"寻根"也依然是一种命名，在这一命名之下，历史实践则要依据它直接的现实前提，"寻根派"由知青群体构成则是这一现实前提的基本事实。

酿就"寻根"的契机可以追溯到 1984 年 12 月在杭州西湖边的聚会，随后有各种关于"寻根"的言论见诸报端。韩少功的《文学的根》、郑万隆的《我的根》、李杭育《理一理我们的根》、阿城《文化制约着人类》等文章引起热烈反响，标志"寻根文学"形成阵势。寻根的基本意义如韩少功所说，"是一种对民族的重新认识，一种审美意识中潜在历史因素的苏醒，一种追求把握人世无限感和永恒感的对象化表现"。但事实上，"寻根派"的写作不是遵循"寻根"的宗旨，而是遵循知青的个人和集体的记忆。那些记忆中的贫困山村、异域风情、人伦习俗，原来不过是青春年华的背景或是蹉跎岁月的陪衬，现在却浮出历史记忆的地表，成为写作的前景材料，先是获得自然的生命强力，随后被赋予了历史的和文化的意义。其意义也奇怪地具有二重性，甚至是截然相反的二重性：或者具有温情脉脉的人伦美德，显示出中国文化传统的底蕴；或者是令人绝望的劣根性。

寻根文学还是创造了一种新型的文学经验，并且群体效应并没有淹没个人化的风格。贾平凹、李杭育、韩少功、郑万隆、扎西达娃等都显示了独特的个人风格。总之，"寻根派"作为群体化共同寻求的创新实践，它是五六十年代以来中国文学少有的自觉构建起来的流派。说到底它有时代的急迫性，它是文学和文化上的一次成功的集体命名，把知青的个人记忆放大为集体的、时代的和民族的记忆。"寻根群体"因此把在文学创新上彷徨无路的知青作家，重新塑造了成为站在传统与现代化交界点上的思想着的历史主体。重要的不在于讲述历史，重要的在于历史地讲述。曾经迷惘地审视自我的历史伤痕的知青，现在突然站到时代思潮的前列，参与当代思想变革和重建的对话，"寻根派"有理由把自己的文学求索设想为具有回应中国现代化方向的意义。

"寻根文学"因为贾平凹和莫言的加入，阵容显得更加强大。也因此，寻根文学更难建立起内在同一性。寻根是知青作家群试图通过文学来思考中国文化的走向的问题，而这两位作家则是本分地要回到他们生息的乡村故土，回到传统民间、回到风土民情。贾平凹在"85新潮"期间就有相当"乡土"的作品，笔记小说《商州初录》《商州又录》，同时期有《鸡窝洼的人家》《腊月·正月》《远山野情》《天狗》《黑氏》等。西北的风土之困苦粗粝，女人性情坚忍多情，写出生命之原始顽野，坚韧厚实。

莫言几乎是与贾平凹同时崭露头角，"85新潮"期间，他的《透明的红萝卜》《白狗秋千架》《爆炸》《球状闪电》这些作品，表现出对小人物的生命关切，乡村生活在莫言的笔下，既困苦酷烈，又洋溢着生命的光彩。他的《透明的红萝卜》《白狗秋千架》《爆炸》《球状闪电》这些作品，紧紧握住乡村生活的坚实质地，用他的语言磨砺出生命的锋芒。1986年，莫言发表《红高粱》引起轰动，莫言迅速成为"85新潮"的弄潮儿。《红高粱》如此自信地寻求和回望祖辈的生命搏斗，它所激荡的生命意志，与此前暧昧含混的"寻根"态度大相径庭。这部带有寻根特征的作品却又远远超出了寻根，它深受马尔克斯的影响，却能与之并肩；它回归传统民间，却又最大可能融合了现代主义的文学经验；它书写历史和红色革命史，却又融合进那么鲜明的主观的和个人的情绪风格。莫言的叙述方式直接影响他身后一批先锋派。

2. 先锋小说的形式意义性

先锋派的历史短暂且尴尬，但这并不能否认一批作家在文学形式方面作出的探索所具有的意义，不能否认汉语言叙事文学所达到的一个奇怪的高度和复杂度。

80年代后期出现先锋派的形式主义表意策略，其直接的现实前提就是时代思想意识的整合功能弱化；其直接的美学前提就是80年代以来一直存在的创新压力；其直接的艺术经验前提就是现代派和寻根派。"现代派"借助非常强劲的社会思想氛围而具有思想冲击力，寻根派同样依靠实现现代化的历史要求才显示出独特的意义，作家的个人表达及其表达方式并没有起到决定性的作用。因而在 80 年代后期，马原、莫言和残雪的个人表达，就在意识形态弱化的历史情境中突显出意义。

1987 年被认为是当代中国文学跌入低谷的时间标志，但在文学方面，这个时间标志隐含了太多的历史内容，因此它更有可能是当代文学另一个历史阶段的开始。文学开始摆脱意识形态的直接束缚，有可能以自身的美学价值获得独立存在的依据。

真正率先以小说叙述形式来立起文学本体论的作家当推马原，他早早敢于玩叙述圈套，用他的形式主义游戏来迷惑读者，实则是开辟出中国文学前所未有的自主性的区域，在这里，文学可能有自己的故事，自己的形式，甚至游戏规则。马原的《冈底斯的诱惑》《拉萨河的女神》《虚构》等作品，无疑具有划下一个时代界限的意义。同时期的残雪和洪峰使得文学的形式本体和叙述的自主性得以有效加强，尤其是残雪的仿梦叙述和语言，既开启了女性主义的先河，又打开了极端写作的路径。

1987 年早春，《人民文学》破天荒以第一、二期合刊的方式发行，这一期登载了不少前卫性的作品，还有一批在当时还是文学新人的作品，如孙甘露、北村、杨争光等。这些作品明显与刘索拉和徐星的那种张扬个性的"现代意识"区别开来。1987 年底，《收获》第五、六期明显摆出一个"先锋派"的阵容。如苏童的《1934 年的逃亡》《罂粟之家》，余华的《四月三日事件》《一九八六年》，格非的《迷舟》《褐色鸟群》，孙甘露的《信使之函》《请女人猜谜》，叶兆言的《枣树的故事》，潘军的《蓝堡的故事》，北村的《逃亡者说》等作品，在艺术上相比年初的那些作品要更饱满更鲜明，那些姿态，那些硬性的所谓"现代观念"已被抛弃，非常个人化的感觉方式熔铸于叙事话语的风格标志中。

从整体上来看，先锋派在 90 年代完成了故事和人物的复归，从其探索的困难可以看出，先锋派还在寻求回归故事和人物的有效表现形式。先锋派在 80 年代后期思想意识趋于分离和弱化的时期登上历史舞台，他们超量的语言表达和过分的形式主义策略，确实把当代中国文学渴望已久的艺术创新突然推到一个奇特的高度。

在我看来，先锋小说具有的后现代性特征可以从以下几方面来论述：其一，从"现实"中逃逸的方法论；其二，回到语言与感觉的抒情性叙述风格；其三，对人类生存的本源性与终极性的质疑；其四，存在或"不在"的形而上思考；其五，超距的叙述导致对自我的怀疑；其六，对暴力、逃亡等极端主题的表现。

当然，这些后现代主义萌芽在中国无疑带有本土文化的现实特征，其形式主义特征不过隐含了对八九十年代的现实境遇的回避方式。它对终极真理和绝对价值的回避，当然会引起多方面的批评，但这种态度是历史转型时期的压力给予他们的感受，他们也在探讨利用文学的形式主义策略去承载时代压力，化解叛逆冲动的可能性。在某种意义上，他们的作品转向形而上的思辨，这也是拒绝陈旧、廉价与平庸不得不寻求的转移，是确立中国文学新的思想场域的努力，在历史的特殊的情境里，这既是在寻找一种文学存在的生存之道，也是探索文学表现的新的立足点。

3. "新写实"的替代与"晚生代"的过渡

1988 到 1989 年，王晓明、陈思和在《上海文论》主持"重写文学史"专栏，共出 9 期，发表 16 篇文章，对现当代一些经典作家作品进行重新解读。这个栏目在中国现当代文学史研究领域引起持续的反响，深刻影响了 90 年代以来的中国现当代文学史的写作。这种知识话语对学科的重建，特别是对文学史的重建，本身就是重估价值也重建价值的基础性工作，它表明当代知识话语正处于深刻的变异中。

显然，文学创作方面对现实与历史的重写要更为敏锐也更加彻底，代表人物是王朔。80 年代后期，王朔的一系列作品，如《顽主》《一半是海水，一半是火焰》《浮出海面》《玩的就是心跳》《千万不要把我当人》《动物凶猛》等，对当代价值的怀疑与嘲讽颇有能量。他的小说人物都有一种抗拒思想意识整合的能力，怀疑主义是王朔赋予人物的基本性格功能，信仰和神圣性的事物在王朔的作品里经常遭到亵渎。王朔撕去了正统的神圣面纱，把它们降低为插科打诨的原材料，给当代无处皈依的心理情绪提示了亵渎的满足。

"寻根文学"试图以集体的形式站到时代前列，然而，时代已经无法建构起"集体想象"，不管是知青一代还是寻根一代都无法形成自己的时代理念。在"寻根文学"式微的地方，"新写实主义"开始了他的历史起点：放弃建构时代理念的冲动，不再寻求集体的共同性，而是回到生活事实。在这一意义上，"新写实主义"并不仅仅是"反寻根"，从这里甚至背离了"新时期"的路线，并且从根本上改变了传统现实主义的基础。"新写实主义"约简"集体想象"的做法，确立回到生活事实中去的态度，也是以经济建设为中心的时代使然。"新写实"的代表作家及作品有方方《风景》《日落》，池莉《烦恼人生》《不谈爱情》，刘震云《一地鸡毛》《塔铺》，刘恒《狗日的粮食》《伏羲伏羲》，李锐《厚土》，范小青《杨湾故事》《顾氏传人》等。

1992 年以后，中国再次掀起经济改革热潮，一批直接表现当下现实的作家应运而生，他们在表现个人的直接感觉方面，在对中国走向市场经济所发生的价值观和生活方式的变化方面，在表现新的感觉方式和新的叙事风格方面，显示了崭新的活力。中国大陆文坛围绕后起的这一创作群体又有一番热闹的命名。"新状态""新表象""晚生代""新生代""六十年代出身群落""女性主义""新生存主义"等等，一度都被用来描述这一群体。就我而言，认为用"晚生代"描述这个群体似乎更有历史的和理论的内涵。"晚生代"主要是指何顿、述平、张旻、邱华栋、罗望子、刁斗、毕飞宇、李洱、鲁羊、朱文、韩东、东西、李冯等人。后来加上年龄更大些的熊正良和鬼子。

这个时期还应提到有广泛社会影响的历史小说。关于"历史小说"这一概念显然还存在一些容易引起歧义的表述。有研究者把某些讲述历史故事的先锋小说或重新叙述近现代革命历史的小说称为"新历史小说"，亦即以虚构手法重新讲述现代正统历史的小说，包含着对红色经典历史的反思。这种归纳不难把握，但范围很难定夺。另有表现中国传统历史或近现代历史的小说，这类小说以史实为依据，至少是声称以一定史实为依据，以现实主义精神为宗旨来叙述历史。显然，这类"历史小说"依据史书典籍记载的人物和故事，也尽情地发挥虚构的艺术功能。不管其创作如何发挥想象或进行虚构加工，它最基本的人物和事件都有一定程度的历史母本。

自 80 年代以来，当代的历史小说创作就十分兴盛；90 年代以来，历史小说就显示出它在公众阅读中的影响力。如姚雪垠、徐兴业、凌力、二月河、唐浩明等人的创作，揭示了当代宏大丰富的历史想象空间。特别是这些作品有不少被改编为电视连续剧，构建了当代叹为观止的"盛世豪景"，然而，后现代消费历史的娱乐愿望也从各种场景涌溢而出。

三、90 年代的多元格局与个性化写作

1.90 年代以后的第三代诗人

80 年代中期以后，年青一代的诗人渴望更自由轻松的思想表达，更具有个性的语言方式。他们没有深重的历史记忆，没有与民族—国家纠缠不清的互文关系。他们更多的现实感受和个人的直接经验，使他们的表达富有时代感。所谓的"后朦胧诗"或"第三代诗人"是在反传统和标榜个性解放的思想氛围里牙牙学语的，它们反映了旧有的理念动摇，而新的理念尚未形成的状态，其思想的矛盾和美学的狂怪，轻而易举地挥霍了一个时期的青春创造激情。

这些新兴的诗歌群体社团值得关注的是：非非派、莽汉主义、海上诗群、他们、汉诗等。被称作"第三代诗人"的群体，既是一些五花八门的团伙，也是在一个混乱不堪的诗歌变革时期，作为一场狂热冲动的诗歌革命留下的激进而含混的虚名，以短暂而暧昧的姿势悬搁于中国文学史的边缘地带。到了 90 年代，由这股新生代诗人构筑的历史已经失去整体效应。"第三代诗人"之后，中国大陆的诗坛再难形成什么有影响的运动或团体，也不会为权威的刊物和团体所承认接受。唯其如此，它们又是中国当代诗歌史上最值得记取的一个时期和一群人物。

八九十年代之交是诗歌彷徨却能自我领悟的年代，虽然有各种各样的事件发生，但总体上来看，它立足于语言本体，狂热的冲动趋于平衡，开始寻求心灵的沉静，磨炼技巧和形式。不管从哪方面来说，诗人都倾向于变成"一群词语造就的亡灵"（欧阳江河语）。不理解这个时期中国的诗歌，不能把握它所经历的变动，不认识它所表征的矛盾和混乱，以及不能意识到它包含的精神价值，就不能有效解释当代中国文化的复杂性和深刻性。

90 年代以来的一批诗人主要有：欧阳江河、西川、陈东东、于坚、钟鸣、雪迪、翟永明、张曙光、萧开愚、孙文波、廖亦武、金海曙、吕德安、庞培、杨键、杨子、白桦、韩东、臧棣、姜涛、叶辉、唐丹鸿、蓝蓝等人。89 年后居住海外的诗人：北岛、多多、杨炼、张枣、杨小滨、贝岭、孟浪等人。

相比较 80 年代的反叛，90 年代有一部分诗人寻求回到精神性的处所。显然，这是八九十年代之交的历史坐标给予的一个维度。1989 年 3 月 26 日，诗人海子在山海关卧轨自杀，这一事件被第三代诗人视为一次神圣的献祭。诗人

海子一直写作一种形而上的超越现实的诗，决不与现实妥协的精神信念，在海子的倾诉中就是灵魂直接与神祇对话。

90年代诗歌写作依然具有审美理想主义的特色，这就在于它致力于建构词语的乌托邦。在20世纪最后的岁月里，这种说法确实令人奇怪。但也正是它所置身于其中的历史情境，使之更像是一种后政治学式的猜谜游戏。词语的乌托邦隐喻性地与现实连接——正是这一个术语，使那些剥离现实的修辞学文本，或是白话、俗语、俚词、粗话，都具有假想的革命性意义。

90年代的诗歌无疑具有个人性，相比之于80年代和以往时期宏大的历史叙事尤其如此。但这并不意味着这些个人性都是毫无关联的，都是一些随遇而安的历史解体的碎片。它们正在巧妙而有效地形成新的现实。90年代的诗歌写作一再强调回到诗人的精神深处，回到灵魂（西川、欧阳江河、程光炜、陈超等），即使倡导民间写作的人，也同样把诗歌写作的最后归宿定位于神性的写作（于坚、杨克、谢有顺等）。虽然灵魂与神性都是个人心灵的闪现，但90年代的诗歌精神并非毫无普遍性的意义，它们同样以特殊的方式与集体的共同记忆关联，同样以特殊的方式接近某种暧昧的历史总体性。诗人企图依靠语言的力量，把诗歌写作与历史／现实强行分离，把个人从庞大的历史布景上剥离下来。但其结果是以另一种方式与历史连接。词语写作毋宁说是个人拆解历史的一项修辞学工程，词语的快乐，思想的狡智，这些足以构成一个诗歌写作的精神飞地——从这里可以写作一部知识分子的心理自传。

2. 女性主义写作的兴起

"新时期"的女性写作可能一开始就试图表现女性自身的感情，但是宏大的历史叙事给定的意义改变了女性初始的意向，那些本来也许是女性非常个人化的情感记忆，被划归到历史化的语境中重新指认现实意义。在另一方面，民族／国家诉求异常强烈的时期不可能有个人话语，当然就更不可能有所谓鲜明的女性叙事。

残雪的《山上的小屋》《黄泥街》等，给出了非常丰富的心理经验，一种意识流的语言碎片。残雪的女性意识不是来自社会化的妇女运动，更主要的是基于文学话语的革命。她用非常个人化的语言，因而可能是最具女性意识的语言，损毁了依附于父权制宏大叙事下的温情脉脉的女性叙事，那些乖戾的女性感觉，打破了传统的以"男权中心"统治的女性写作。

在反抗父权制的性别意识与逃离传统的美学霸权之间，中国的女性写作一直处在中间地带。中国没有强大的女权主义运动思潮，作家自我的女性意识只能非常潜在和微妙地隐藏在文学作品的那些缝隙中。残雪可能是一个特例，其根本缘由在于她对文学语言的敏感，对文学接近世界的方式的特殊处理，女性经验只是一个副产品。

相当多的女性作家并不刻意强调自己的女性身份，但她们的作品却可能隐含相当深刻的女性意识。同样被称为新写实代表人物的范小青，在退回日常生活这方面达到某种本真的境界。与残雪那种乖戾的充满叛逆性的女性话语不同，范小青的叙事平实清淡，真可谓还原日常生活的本来面目。《顾氏传人》讲述一个旧式女子的故事，从青春年少到孤寂老年，淡淡说去，却有世事沧桑之感。女性的视角在这里不仅仅表现在对一个旧式女子的命运的关注，而且也表现在那些极为琐碎的生活场景的描写方面，用女性的单纯性给生活重新编目。"女性风格"这种说法一直受到一些女权主义者的怀疑，但我这里强调的乃是指疏离父权话语命名的女性视角，它表现了女性对生活的特殊处理方式。如《杨湾故事》《没有往事》等作品就其故事而言，与苏童和储福金笔下的小城妇女生活无大差异，但在对生活的单纯性和素朴性的表现方面，范小青显出女性独有的那种感觉方式：把女性命运理解为是在历史之外的个人的心性，这种女性心性天然要被历史暴力所摧毁。后来范小青出版《女同志》（2006），显然是比较有意识地表达在政治体制中的女性的存在方式，同时也带着一种反讽的眼光，由此去看强大的男权政治如何潜在地在对女性的欲望想象中摇摇欲坠。

王安忆在诸多的女性作家中无疑出类拔萃，她的"三恋"是对知青题材的重温和对女性心理的特别审视，当然也可以看成是对当时朦胧觉醒的"女性意识"以及方兴未艾的"性文学"的应答。对女性的潜意识、敏感和不知所措以及微小愿望得到满足所要承受的社会的压力，这一切都被王安忆刻画得淋漓尽致，构成了对男权社会的历史暴力的抗议。王安忆在更多的时候并不刻意表达"女性意识"，她的作品具有历史叙事的广度和力度，是一种女性的"宏大叙事"，那种女性意识隐匿于历史或现实感之中，只有从那些缝隙中流露出来。

90年代以来，王安忆的一系列作品不断探索，不断审视历史，向现实发问。《乌托邦诗篇》《叔叔的故事》等，在历史转折时期，她敏锐洞悉到现实困局。随后,《长恨歌》回望老上海,写出了王琦瑶这个女子命运多舛的一生,女性的命运被深深地嵌入历史,祈求美好平静而不得,终至于以悲剧告终。王安忆对现实感和人民性始终不能放下,她的《富萍》《启蒙时代》等作品回应了新左派的那些命题。《天香》更冷静沉着地回到现代起源之初,那是传统与现代困难衔接的那些时刻,那些故事忧伤无望,王安忆把它写得楚楚动人。

铁凝对女性的书写总是透示着时代心声和文学的魅力。她深入到女性的性本能深处去揭示女性的自我意识。《玫瑰门》体现了铁凝鲜明的女性主义意识。这部长篇小说在历史与现实交错中来展现女性的心性和命运,其锐利、丰富与微妙令人惊叹。

中国的女性写作在更年青一代的女作家那里得到更充足的体现,一方面是时代的和个人的经验,另一方面是文学表达的话语形式已经更为自由和自如。在先锋派话语的基础上,女性写作在90年代构建起更鲜明的性别特征。

陈染一直被看作90年代女性写作的典型代表,她的显著特点就是写个人的内心生活,一直试图描绘那幅"美丽而忧伤至极的"自画像。《私人生活》(1996)可以看成是一部准自传体的作品,淡化了政治压抑的背景,它更倾向于表现女性心理变化与身体觉醒的故事。而林白也许是最直接而深刻表达女性意识的人。她把女性的经验推到极端,无所保留地把女性的隐秘世界呈现出来。《一个人的战争》(1994)是重要的代表作品。林白的女性叙事在女性的性别认同,在女性的特殊感觉和语言方面都显示出鲜明的独特性。徐小斌的女性写作结合了女性乖戾和神秘的心理意识,糅合进诗情的浪漫,她的《羽蛇》是一部不可多得的作品,在女性的独特经验中包裹着历史深度和现实感。女性写作的代表作家还有迟子建以及在海外写作的虹影、严歌苓等人。这几位女作家在新世纪都有大量的作品,影响盛极一时,这是后话。

1998年,《作家》第7期推出一组七十年代出生的女作家小说专号,它表明作家惯常有的精英形象已经发生世俗化和消费化的转向趋势。

卫慧是其中最具代表性的作家。她在2000年出版的《上海宝贝》在艺术上充满了悖论,一方面,它与当下流行的时尚趣味相去未远;另一方面,它有着激进前卫的感觉和异常鲜明的语言修辞策略。这批"70年代生女作家"在90年代后期登上文坛,开始作为群体出场有惊世骇俗的效应,随之就各自为战,这说明当下的文学写作始终是个人的事件,没有流派的群体性只能有一时的效果。这批女作家中当时引人注目者还有金仁顺、戴来、朱文颖、魏微、周洁如等人以及更倾向于在新媒体写作的安妮宝贝。

3. 多样化的创作格局

1997 年王小波英年早逝，给中国文坛留下诸多问题。王小波深受文学青年的自发喜爱，被视为献身文学和理想价值的典范。王小波的《黄金时代》叙述知青时代的另一种生活，那是反抗压制的生命自由的体现。王小波所有作品的主题实则是在探索即使在极度压抑的环境下，人如何去争得有限的自由。它把这个过程写得荒诞悲哀却又妙趣横生。从王小波的小说中可以看出卡夫卡的影响，不同的是，卡夫卡的幽默冷酷，而王小波的幽默洋溢着戏谑和玩闹。祛魅与玩弄喜剧是他的拿手好戏，他总能在戏谑中播放出无尽的快感。

2004 年姜戎发表《狼图腾》，这部小说通过对草原与狼性的书写，不只是重写了知青生活，更重要的是在反思中国的民族性格，试图确立中国人及其面向世界和未来的民族精神，因此引发了数年的争议，也多年高居中国文学图书销售榜首。2007 年，沉寂数年的王朔又现身文坛，出版了相当另类的《我的千岁寒》。随后王朔还有《与女儿们谈心》等作品，王朔反倒像是一个纯文学作家。

改革开放这 40 年来，中国的儿童文学日益发展，这表明中国的低龄化阅读持续进步，家庭和幼儿教育工作的成效显著，中小学对阅读更加重视。在这 40 年的儿童文学创作中，涌现出几代优秀的儿童作家，曹文轩无疑是值得特别重视的儿童文学作家。2016 年 4 月，曹文轩获得国际安徒生奖，这对于中国的儿童文学乃至中国文学都是一项殊荣。曹文轩在 20 世纪 70 年代开始创作，他秉持自己的文学理念始终不渝而独树一帜。在新时期之初，曹文轩的小说《弓》就获得《儿童文学》优秀作品奖，1983 年，他出版长篇小说《没有角的牛》，1985 年发表短篇小说《古堡》引人注目，并获得当年度《少年文艺》优秀作品奖。1991 年出版长篇小说《山羊不吃天堂草》，奠定了他在儿童文学创作领域的重要地位。90 年代后期是曹文轩创作最为旺盛时期，他连续出版了成长三部曲《草房子》（1997）、《红瓦》（1998）、《根鸟》（1999）。进入新世纪，曹文轩的创作显得更加沉着，他的《细米》（2003）、《天瓢》（2005）、《青铜葵花》（2005）再次显示出不同寻常的实力。曹文轩多年来倡导文学的唯美主义品格。不管是讲述故事，还是刻画人物性格，不管是展示社会历史背景还是刻画现实生存情境，曹文轩着眼点在确立审美的肯定性价值，给予小小少年自我肯定的动能，最终体认到积极的精神价值。曹文轩是怀着一种使命感来创作儿童文学的，这也就可以理解，他敢于亮出他的旗号：追求"纯美"的儿童文学创作理想，给予积极的价值追求。在曹文轩看来，儿童性并不是随着时代的变化而变得面目全非，他认为有一种"永恒的儿童性"。正是这一体认促使他在作品里始终要发现人性的本真、善与美。

　　改革开放这 40 年来，中国的话剧艺术也得到了长足发展。新时期伊始，话剧最显著的特征就在于它鲜明的社会意识和强烈的时代感，《枫叶红了的时候》《丹心谱》《于无声处》等作品在当时都产生轰动性影响。到了 1980 年，这类社会问题剧却陷入了困境，在全国范围内发起了一场"戏剧观"大讨论。这场讨论从 1981 年延续到 1988 年，其参加人数之多，规模之大，在中国现代戏剧史上是罕见的。"戏剧观"的讨论正是对戏剧可能性的一种探寻。这为"探索戏剧"的产生奠定了理论基础。高行健无疑是这一探索路上引人注目的前行者。他企图找到戏剧与其他艺术门类的根本性的差异，他认为，戏剧的独特之处在于台上台下交融的气氛，在于那种"剧场性"。这种戏剧观为戏剧舞台冲破现实主义的限制提供了理论上的合法性。他与刘会远合作编剧的《绝对信号》突破了现实主义的时空限制，在当时取得了令人惊异的美学效果。探索戏剧在 1985 年前后达到高潮，降温之后的余热却永远留在了中国话剧的肌体里。90 年代以来，随着市场经济在中国的确立和发展，社会现实日益复杂，多元的文化取向赐予了我们一个复调的戏剧现场。这其中有主旋律主导下的以正面精神鼓舞人民的戏剧，有以大众消费文化为导向的通俗戏剧，也有以先锋姿态进行探索的实验戏剧。这一时期涌现出许多锐意探索与实验的导演，其中以林兆华、孟京辉、牟森最具代表性。他们的努力使整个 90 年代的小剧场显得生机勃勃，他们丰富多彩的戏剧实验打开了当代戏剧发展的多个面向。如今，中国话剧已经走过了自己的百年历史。新时期以来的话剧，无疑是其中最令人激动的一段。它在历史的转折点上喷薄而出，携带着时代赋予的激情给一代人留下了心灵的悸动。在 90 年代文化多元化和审美多样性的时期，话剧的探索愈趋丰富，新作不断，尤其受到年轻人的追捧。如《离婚了，就别再来找我》《恋爱的犀牛》《第一次的亲密接触》《郭双印连他乡党》《晃晃悠悠》《我不是李白》《单身公寓》《有多少爱可以胡来》《我要成名》《隐婚男女》《圆明园》《蒋公的面子》《窝头会馆》等等，在当代话剧的多样性的探索中，这些作品显示出贴近当代生活，富有改革开放时代的现实感，表现手法新颖，拓展出一片新的舞台空间。

改革开放这 40 年来，同样取得可喜成绩的是散文的发展。在新时期文学回归真实的潮流中，散文显得格外突出。首先是一批"归来"的老作家，纷纷选择了散文作为自己惨烈创痛的人生记忆最直接的表达形式。比较有代表性的是巴金的《随想录》《再思录》，萧乾的《"文革"杂忆》，丁玲的《"牛棚"小品》，孙犁的《晚华集》《秀露集》以及被认为是新时期写"五七干校"生活"双璧"的杨绛的《干校六记》与陈白尘的《云梦断忆》。到 90 年代，韦君宜的《思痛录》、季羡林的《牛棚杂忆》等秉承这一时期的追求人性和真实性的理念，以自己亲身经验来记录创伤、反思历史。这一时期有不少再版的散文作品颇受读者青睐，如傅雷的《傅雷家书》、张中晓的《无梦楼随笔》等。这些散文共同的特点是重视对个人经历和情感的真实叙录。汪曾祺写于不同年代的作品后来结集《人间草木》风格简朴清俊，文字简洁隽永，散漫中透着认真，平易中有洞见，思想单纯且纯粹。新生代散文创作的崛起，给散文创作注入了革新的活力。所谓"新生代散文"，主要指 20 世纪 60 年代出生、80 年代中后期登上文坛的散文写作群体。他们的写作表现新的散文意识，在选题立意、表达形式和语言修辞方面都有鲜明的个人风格，也表达了较强的哲学和文化意识，有效地拓展了散文的疆界。这一群体以大陆作者为主，也包括台港同代的散文作者。他们主要有苇岸、钟鸣、张锐锋、庞培、马莉、凌钝、樊善标、杜家祁、简媜、林燿德、唐捐、钟怡雯、林幸谦等。在林非、佘树森、楼肇明、谢大光等人呼唤"散文革新"的形势下，出现了理论与创作的新潮流。与新生代散文开启的回到个人体验和文化哲思的潮流相呼应，80 年代末 90 年代初还出现了一批集中于书写女性生命体验的女性散文。代表作家有唐敏、王英琦、斯妤、张抗抗等。超出以上范畴的代表性作品还有苏叶的《总是难忘》和史铁生的《我与地坛》。在当代中国，在散文领域影响最大的要数余秋雨、贾平凹和周国平。在散文写作中，周国平注重对生命经验的体验和感怀，从这些感怀中，再去表达他的思考理路。贾平凹提出"大散文"观念，认为散文应该"还原到散文原来的面目，散文是大而化之的，散文是大可随便的，散文就是一切的文章"。他的散文最为突出之处在于有一种独特的文化情趣格调，得天地山川渺茫之气。余秋雨几乎被认为是当今中国散文的"教父",他的《文化苦旅》可以说是散文阅读市场的《圣经》。余秋雨的读者甚众,争议颇多,但我们依然要客观地看到余秋雨散文的意义和价值。余秋雨文化散文的独到之处在于把文化考据与人文反思结合起来,开了"文化散文"(或"大散文")先河。老作家汪曾祺的散文文字简洁、笔法隽永,散淡中透示浓浓旧意。汪静之的散文不多,但意味绵长。年青一代的散文家以其对汉语言的敏锐,切入散文的哲理化与思想的先锋性这一场域,如张锐锋、周晓枫等,赋予散文这一体式更充足的表现力。这一时期还有"学者散文",显示出与"文化散文"颇为不同的特性。"学者散文"更倾向于学术随笔,讲究学识和体悟,通常是点到为止,耐人寻味。代表作家如张中行、孙绍振、南帆、陈平原、丁帆、刘小枫等。网络时代的到来,也使得对散文的研究和阅读面临着很多新鲜而复杂的状况。一方面,网络上的博客散文写作更加自由、丰富、多样,呈现出前所未有的可能性;另一方面也在散文的文体规范、阅读期待和研究途径上向传统文化秩序提出了挑战。

改革开放 40 年的中国文学,历经了代际的替换。"新时期"由"归来的右派"主导,随后知青一代在伤痕文学和朦胧诗,以及"知青文学"和"寻根文学"上开掘出一代人的文学,这代人主要是 50 后这代作家。在追赶现代派的潮流中,60 后那代作家崭露头角,以先锋派的姿态闯出一条属于自己的道路。60 后这代作家走向成熟,留给 70 后作家的则是无比困难的道路。70 后的作家主要有:徐则臣、鲁敏、乔叶、冯唐、阿乙、张楚、石一枫、盛可以、慕容雪村、弋舟、李红旗、曹寇、李寻欢、李修文、付秀莹、戴来、安妮宝贝、尹丽川、金仁顺、朱文颖、魏微、田耳、卢江良、宁财神,等等。看得出来,他们人数众多,各有特点,要在群体中高出一截并不容易。他们成长于改革开放的时代,他们未经历剧烈的历史变故,他们的历史感的背景并不深厚,身上的传统烙印并不深重,他们的反抗和追寻都很难做到激烈的绝对。但他们在文学革新后的现有的境遇里寻求自己的路径。这代人的文学起点高,天生没有建制的观念和束缚,他们的文学更多属于文学自身的自然品性,或者说,他们是在自然的状态中长成了自己的文学观念和文学经验,尤其是他们和当代世界的文学经验具有自然的融合界面。

　　80 后作家登上文坛和网络文学的兴起,重构了中国文学的格局。韩寒、郭敬明、张悦然等率先影响同代人及更年少的读者，随后又有颜歌、笛安、姚良、春树、冷宁、刘一寒、安意如、徐小雯、蒋方舟等各显身手，已经在酝酿这一代人的文学格局，他们在网络和图书市场上有自己的舞台，在新媒体兴盛的大潮中自在漂流，当代中国的文学在很大程度上已经超越了传统化和建制化的生产传播方式。文学的前景不再是依赖艺术创新的可能性，而是电子科技革命和新媒体空间不可估量的革命趋势。

正是改革开放触发了科幻文学的历史新起点。1979年童恩正在《人民文学》发表了《我对科幻文艺的看法》，科幻文学伴随着中国科技和科普事业的发展一步步行进。叶永烈的儿童科幻作品《小灵通漫游未来》、郑文光《飞向人马座》、童恩正的作品《珊瑚岛上的死光》代表了新时期的科幻文学的成果。作家阿来在成都主编《科幻世界》(SFW)，推出了一大批科幻作家。其中优秀的如苏禹、星河、刘慈欣、王晋康、韩松、唐风、姚海军、钱莉芳、罗隆翔、何夕等人。

尤为值得关注的是刘慈欣的创作。2015年8月，刘慈欣凭借《三体》获第73届世界科幻大会颁发的雨果奖最佳长篇小说奖，这是亚洲作家首次获该项奖。长篇小说《三体》在小说构思上，还可以看出传统文学的影响。小说打开的世界具有双面性，这就是宇宙史和人类史的结合，尤其是人类史始终作为一个精神底蕴。《三体》的叙述从"文革"历史开始，一步步进入宇宙空间，这个历史的转变是人类史向宇宙史的转变。西方的科幻小说基本上都是宇宙论，在宇宙论的意义上，刘慈欣还有历史观的意义，他始终怀着人类的记忆，所以他小说的主人公章北海身上有宇宙时间的组合——冬眠，这种时间的处理表明了刘慈欣的小说带有的文学转型的印记，也是他处理时间的独特方式——西方硬科幻文学不采取这种处理时间的方式。刘慈欣当然也可以依赖于宇宙时间来处理人的存在、小说中的时间和进入宇宙时间的方式。小说中的章北海醒过来还记得人类的历史，所以《三体》里面带有人类史的记忆，这使它又带有浪漫主义怀乡情感。章北海感到痛楚的一方面是让地球毁灭，其实对于宇宙论来说，这种毁灭根本不是一个问题，这不重要。对于茫茫宇宙来说，地球肯定是会毁灭的。在科幻文学的故事中人物可能是不死的，所以科幻文学要解决的是在宇宙论的基础上，人类有没有可能进入宇宙，获得宇宙的存在。科幻文学作家的超前性就在于预言式指引文学改变感知现实的方式，我们按照科幻文学的方式来塑造我们面向未来的想象。在当代中国文学中,《三体》率先思考人类未来的命运,作者试图站在宇宙论的基础上理解这个问题,这是科幻文学了不起的地方。

四、理论批评的开放与更新

党的十一届三中全会以后,中国社会以批判文革为政治和思想文化的宗旨,文学理论和批评当仁不让地在这样的历史反思中充当了前驱的角色。张光年的《驳"文艺黑线"论》(1978),可以说率先开启新时期的文学评论。随后,周扬发表《三次伟大的思想解放运动》(1979),把五四运动、延安整风运动、"文革"后的思想解放运动并列为三次思想解放运动。一部分有勇气的理论家从对文学与政治的关系的反思出发,当代中国文艺理论提出人性论与人道主义,重建"文学是人文学"的理念,从而给予"新时期"的现实主义文艺理论以富有历史感的内涵。朱光潜率先发表《关于人性、人道主义、人情味和共同美问题》,这就开启了人性论禁区之门。顾骧的《人性与阶级性》、王若水的《为人道主义辩护》则显得更加尖锐。这些争论导致思想领域的交锋,最终以胡乔木发表的《关于人道主义和异化问题》的讲话给讨论划上阶段性的句号。

朦胧诗开启了新时期文学的思想和情感的新维度,公刘发表的《新的课题》(1980)最早给予朦胧诗积极评价。几乎同时期,章明发表《令人气闷的"朦胧"》,对"朦胧诗"进行严厉的批评。对青年一代诗人进行有力肯定的当推"三个崛起":1980年5月7日,谢冕在《光明日报》发表《在新的崛起面前》;随后孙绍振在《诗刊》发表《新的美学原则在崛起》(1981);1983年初,徐敬亚发表文章《崛起的诗群》。这些文章把朦胧诗的出现看成一次诗界的划时代变革。

80年代,中国的文学理论与批评得以活跃,得力于国外的思想文化进入中国,尤其是在西方思想文化的冲击和示范之下中国的现代主义文艺运动的兴起。袁可嘉主编的多卷本的《外国现代派作品选》影响一时,中国作家人手一册。关于"现代派"理论论争构成了改革开放时期的文学创作与评论的一个发展契机。80年代西方现代主义在中国的传播,其直接成果就是:先是"朦胧诗"和前卫艺术运动的勃兴,随后是"新潮小说"的雨后春笋般的涌现。与对西方现代派的创作方面的引介同步，理论与批评的引介也在进行。"新批评"、"结构主义"、"符号学"、"阐释学"、"存在主义"、"后结构主义"、弗洛伊德的精神分析学乃至德里达的解构主义都在引介之列，一时间蔚为大观。很显然，我们是在短短几年时间，浏览了西方半个多世纪的理论成果。

在理论上，西方现代派文论还只是理论引介，在当代思想文化中起建构作用的观念，还是来自从现实主义内部开辟出来的论域。例如，经过李泽厚和刘再复的阐释而成为一个时期的主导理论的"主体论"，有效地推进了中国文学评论的理论基础。

80 年代初的文学理论与批评承担了思想解放运动前驱的重任，毋庸讳言，这个时期的理论与批评是以"改革派"（右派）与"保守派"（左派）来分野的，其核心分界点在于以"人道主义"为标杆，对西方现代派的容忍为尺度。老一辈的理论家批评家，如周扬、冯牧、荒煤、朱寨，以及稍年轻一些的刘再复、张炯、谢冕、钱中文、王春元、顾镶、洪子诚、何西来、孙绍振、蒋守谦、蔡葵、何振邦、张韧等人，都对"新时期"的文学作出不同的批评与阐释。然而，批判文革和倡导人道主义，强调思想解放与改革开放则是他们共同的主张。文学批评实则成为改革开放的先导。在批评分化的同时，理论也趋于变革之中，一方面是正统派的林默涵、程代熙、陆梅林、侯敏泽、董学文、郑伯农、严昭柱等人，他们坚持马克思主义经典理论的唯一性解释，对偏离马克思主义的各种理论批评与创作现象给予尖锐批评。另一方面则是倾向于寻求理论改革与创新——有所突破，有所更新的阵营。如钱中文、乐黛云、童庆炳、杜书瀛、曾繁仁、许明等等，他们着眼于吸取更为丰富的理论资源，兼收欧美文学理论，修正来自俄苏传统的现实主义理论，致力于充实和打开中国现实主义文艺理论的内涵，中国的现实主义理论此时呈现出真正的开放势态。

80 年代上半期，有一批年轻批评家崭露头角，他们的批评不只是反思文革，表达新时期的时代愿望，而且能够深入到作家作品内部进行文本细读。他们的努力使现实主义原本的批判性和控诉性的政治话语，转向更具有文学性的审美批评话语。在这个意义上，他们的批评是中国现实主义的复归。雷达、曾镇南、钱理群、陈平原、黄子平、丁帆、孟繁华、潘凯雄、贺绍俊、季红真、程光炜、王鸿生、李洁非、张陵等人，他们或者有更为宽广的文学史视野，或者对文学作品的艺术性有着更为敏锐的感觉，对最新的文学创作能够做出更为精当的理论提炼。很显然，80年代的上海青年批评家群体是一个风格鲜明的集体，陈思和、吴亮、王晓明、南帆、许子东、李劼、蔡翔、程德培、李庆西等人，以其海上才子的格调，对当时文学创作中涌现出的新的特质给予及时的捕捉。他们的批评颇具新潮风范，语词清俊流丽，给人耳目一新的感觉。

80年代西方文论涌进中国，对中国原有的单一化的苏俄现实主义理论传统构成深刻冲击，促使现实主义理论体系及美学规范走向开放。西方现代文论的多种流派的引介，引发了中国当代文学多元理论话语格局的形成。在八九十年代，袁可嘉先生对西方文论的引介影响面最广，乐黛云先生对比较文学的引介则直接引发了中国比较文学学科的创建，其功莫大焉。张隆溪、申丹、王宁、赵一凡、王逢振、盛宁、陈众议、许金龙等人对欧美、南美、日本等国理论与批评的引介，给中国输入了多样化的理论资源。

80年代西方现代主义影响下的中国文学新的潮流，同时也给西方理论影响下的中国现代理论与批评提供了另一种阐释可能性和广阔空间。尤其是后现代论域在当代理论和批评领域的日趋活跃，改变了中国当代文学理论和批评的知识谱系和话语形式，与欧美当代理论批评迅速达成同步。在中国的论域，正是与八十年代后期展开的文学转型相伴而生。王宁、王一川、王岳川、徐岱、陈晓明、戴锦华、张颐武、朱大可、张法、余虹、程文超、罗钢、陶东风、陈福民、张志忠等，他们运用新理论重构中国当代文艺理论，或者介入当代中国的先锋派文学，或者介入大众文化研究，阐释中国当代文化与文学正在发生的深刻的变革。当然，在思想史与文化批判这一脉，汪晖属于独树一帜，他的"新左"（或"新马"）立场或许有可商榷之处，但他驾驭思想史的巨大资源的能力，对中国现代性历史的把握方式，对当代全球化现实的批评向度，都是值得重视的。

时至今日，当代中国的文学理论与批评正在发生深刻的转型，一部分转向了当代文化研究；另一部分显示出理论与批评的内在结合，也就是理论的批评化与批评的研究化。60代以后出生的一代文学研究者和批评家体现着这样的时代趋势，也正在成为文学研究的主导力量，如李敬泽、郜元宝、王彬彬、王尧、吴义勤、张清华、施战军、阎晶明、谢有顺、何向阳、李建军、张新颖、吴晓东、季进、韩毓海、李杨、张学昕、张柠、洪治纲、贺桂梅、邵燕君等，他们各自以不同的方式切入当代以及现代文学研究领域，携带着西方现代理论的不同知识背景，进入当代文学现场；他们将文学史研究与批评有机结合在一起，并使之成为当代文学理论与批评的显著特征。

当代文学理论的元理论建构已然终结，或转向历史化的研究，或转向批评化，转向文化研究也是一大趋势。当代中国的理论批评如何从拓展更深广的思想资源，或从中国传统，或从世界的前沿理论，或从当代文学创作的最新实践中提炼出有活力的要素，提高理论水准和思想尝试，推进当代理论批评进入到一个新的阶段，其任重而道远，曲折而漫长。

五、乡土叙事与讲述中国故事

90 年代后期以来，"乡土文学"概念受到重视，这与现代性理论的兴起相关。只有在现代性、全球化以及城市化的社会进程中，人们才会强调"乡土"，才会试图关怀"乡土"的价值，并且以"乡土"来与城市或"现代"对抗。当然，90 年代以来的被称为"乡土文学"的作品也是多种多样的，并非都是在有意识地进行"现代性反思"。我们之所以试图用"乡土"来描述 90 年代描写农村的作品，是因为它比"农村题材"这一概念更宽广、更具有文化上的内涵。正是因为表征着中国文学最具传统性和基础性的"乡土叙事"发生的变化，可以看出中国当代文学已然发生的内在的根本性的变革。当然，也是中国文学的现代主义或后现代主义道路的迷离扑朔，中国作家在这条道路上无力强攻，90 年代后期直至新世纪，转而回到乡土，回到传统民间，回到底层和苦难叙事，从这里找到更切实可行的根基。历史的权宜之计，或许是它是其所是的命运。

陈忠实 1993 年出版的《白鹿原》一鸣惊人。两个家族惊心动魄的争斗又引入新民主主义革命的历史冲突，使得整个故事更加雄浑奇崛。对《白鹿原》评价几乎众口一词，把它看成是民族的史诗。它既具有历史的实在性，又有独自对历史的深刻反思，他把农业文明的衰败和现代到来的酷烈交错在一起，展现出中华民族在 20 世纪走过的令人惊惧的精神历程。作品对农村生活的表现，塑造的白嘉轩等理想人物形象，其语言的饱满和细节描写，使其无可争议达到中国现实主义文学的高峰。

相比《白鹿原》，贾平凹的《废都》引发的影响和争议则要大得多。《废都》在 90 年代初试图复活中国传统文化及其美学，甚至想塑造中国传统文人的形象。贾平凹笔下的庄之蝶，既才情横溢，又放纵不羁；既正直仁义，又男盗女娼；既感时忧国，又色欲颓废。这是把现代知识分子与传统文人混淆一体的形象。贾平凹后来寄望于"美文"，显然就是呼应他的潜在主题，只有传统精神文化价值，传统美学才可拯救当代文化的颓败。《废都》之后的《秦腔》则是 21 世纪中国乡村的土地挽歌。前者是精神与文化，后者是物质与生活。《秦腔》中，贾平凹逃离了规范化的乡土叙事，不再具有历史的深度关怀，不再有一种文化的自在沉静，而是一种"无"的态度。贾平凹随后又有《古炉》《怀念狼》《高兴》《带灯》《极花》《老生》《山本》，这些作品或关怀现实，或书写历史，显现出贾平凹巨大的创作才情。这些作品每一部都有新的探索，都有其开掘历史和生活的独特角度和深度。贾平凹越来越朴拙着实的写作中，包含了他对世界文学优秀经验的自觉吸纳和转化。他在回归乡土生活的朴素性的同时，也在接近乡村中国的那种原初性，他思考的主题终于愈趋明朗：那就是如此古朴的土地上何以会演绎出如此激进而惨烈的现代性大戏？他在 2018 年出版的《山本》就是以最为惨痛的故事吐露了历史的真相实情。

在众多的对乡土中国书写的作家中，张炜无疑是最有立场也最有内在性的人。最有立场，是说他的价值观念非常明确，他始终以乡土中国的人伦价值来反思现代性，并作为反思现代性的精神归宿；说他的作品具有内在性，是因为他的作品始终向着乡土价值的深处探究，不停地质疑。张炜在 80 年代中期以《古船》闻名，1995 年的《柏慧》也是一部主观性叙述很强的作品，以精神逃逸的方式对现代文明进行批判，这构成了张炜 90 年代以来的小说的主题及其叙事方式。

2010 年，张炜的 10 卷本长篇小说《你在高原》出版，450 万字的篇幅可以说是汉语小说的鸿篇巨制。这部作品涵盖了张炜 20 年的创作，其成就和意义都值得重视。要说这部作品的艺术上的特点：其一，"我"的叙述穿越历史。叙述人可以在历史中穿行，这是在宽广深远的背景上展开的叙述，有一种悠长浓郁的抒情性语感贯穿始终。其二，沟通了现代浪漫主义文学传统，给当代汉语小说带来饱含激情的叙述。就这一点来说，张炜是少数真正创造性地转化了俄苏文学传统的中国作家，他深受托尔斯泰、屠格涅夫、肖洛霍夫的影响，却又将他的个人气质转化为更具主观性的叙述方式。其三，人文地理学、历史叙事与自我的反思构成的立体叙事空间。其四，对50年代出生的一代人的反思和"注视"的经验，例如第五卷《忆阿雅》。这部小说不只是反思中国20世纪的历史，反思父辈的历史，同时也写出"我们"的历史，写出50年代出生的一代人的命运。小说在如此大的历史背景，如此苍茫的地质学和人文地理背景下展开，却有非常细致的叙述穿行于其中，那些感受也是自我与当下的交流，我以为这得益于张炜注重对"注视"的表现。在小说叙述方面，张炜已经磨砺出自己的风格，也把汉语小说的艺术推到一个难得的高度。

韩少功作为寻根文学的代表，无疑也是当代乡土文学的重要作家。韩少功1996年出版《马桥词典》，他用"词典"的形式，试图把小说的叙事降低到最低限度，尽可能简明客观地叙述出乡土生活的质朴状态。韩少功要退到语词背后，要给予语词以最直接接近乡土生活的原生态。

乡土文学叙事在21世纪最初几年的深刻变异，已经预示着乡土文学叙事趋向于转型，而这一转型的积极意义在于，它包容了可以转化为中国文学经验的世界文学经验，尤其是现代主义的经验。一个时代的文学所达到的高度是由它的大作家和大作品来标明的。在我看来，在中国21世纪初的乡土叙事方面，莫言、铁凝、贾平凹、阎连科、刘震云、阿来就是这样的标志性的作家。

刘震云对中国当代乡土叙事所做出的反叛是无人可比的。从《故乡天下黄花》到《故乡相处流传》，可以看出刘震云在90年代中期就意识到重新改写乡土中国历史叙事的意义，他把反讽引入到乡土叙事中，完全改变了乡土中国叙事的格调。2009年出版的《一句顶一万句》，是一部对中国乡土进行独特书写的作品，其叙述的展开充满转折和延异，不只极富乡土中国的经验，也最能体现汉语写作特性。我以为它是汉语的天成之作，也是幸存的意外之书。

莫言从80年代中期《红高粱》家族暴得大名以来，他的写作始终在他自己的道路上展开。90年代后期出版的《丰乳肥臀》叙述乡土中国的历史总是在惨痛中透示出神采飞扬的感觉，那是一种自虐的快感。2001年的《檀香刑》实际上讲述的是中国近代民间社会与官府和德国列强构成的冲突，由此描写近代中国民间社会遭受的深重灾难，揭示在西方列强压迫下中国艰难的现代性转型。2006年的《生死疲劳》一如既往地无拘无束，对乡土中国半个世纪的历史书写采取了全部戏谑化的表达，莫言以他的特殊方式打开历史之门，看到历史的荒诞性和悲剧性。2009年，莫言出版《蛙》，以姑姑的故事为视角，讲述了新中国近 60 年乡村生育历史，尤其是近 30 年来的计划生育的惨痛历史。姑姑的命运遭际，她的果敢坚决，以及她后来的忏悔的内心隐痛，这些都表达了莫言对中华民族在这个阶段的生命历程的痛苦思考。这部作品体现了莫言叙述和语言风格向朴实平易转向的特点。笔调依然细腻，时有飞翔放纵之感，但内敛节制的那种能力在逐渐生长。当然，总体上来说，莫言小说的叙述都充满了任意挥洒的快感，语句或语词并不只是为了讲述故事、表达主题或思想，而是给予语词追求自身快乐的自由，给予语词以生命，让它们神采飞扬，甚至胡作非为。莫言的才华就体现在他能"乱中取胜"。

在莫言涌溢而出的小说语言中，我以为他在创造一种修辞性叙述的语言表现方式，他可以在叙述中交付给语言自身，从而形成一种修辞的美感或快感，甚至可以用这种美感和快感来推动叙述，使叙述获得自由的、开放的甚至任性的动力。《红高粱家族》的叙述就充满了语言的狂放，词与词之间，词与物之间的自由连接，不断开启着人物行动的空间和故事伸展的情境。这种修辞性的叙述有意制造一种审美上的张力，不只是讲述故事或叙述行动的过程，而是要建构一种情境。例如，把暴力表现与抒情描写结合在一起，使暴力获得一种奇异的美感。历史正义的理性评判在暴力面前难以表达，但通过修辞性叙述制造的美学张力，使暴力的非法性变得模糊。莫言这种修辞性叙述在很大程度上影响先锋派群体的叙述方式，尤其是苏童就同样有追求抒情性叙述的热情，例如苏童的《罂粟之家》等作品，阿来在《尘埃落定》中也是如此。

莫言在 2012 年获得诺贝尔文学奖，这无论如何对于中国文学都是一件值得肯定的事件，它是中国文学获得世界承认的重要标志，它促使西方社会更重视中国文学，也使中国文学获得了更多的机会走向世界，甚至也使国内的评论界可以更加客观地评价 90 年代以来的中国文学。

铁凝于 2006 年出版《笨花》，这是一部皇皇历史巨著，一部中国现代性的革命史和乡村史。但乡村的故事不再只是农耕种植，节庆习俗，婚嫁丧葬，风土人情，而是一个人的遭遇，一个家族的命运，一个村庄的盛衰——它们被深深嵌入中国现代性的革命历史之中。

阎连科一直以他的方式执拗地书写乡土中国的痛楚，把历史与政治混为一体，这是他的乡土叙事具有纵深感的缘由之一。阎连科的小说叙事在 90 年代有长足发展，他一步步逼近更本质的问题，去质问历史压力之下人类生存所走过的困境。2003 年的《受活》使阎连科的文学生命突然爆发出无穷威力。《受活》对革命历史的继承、发扬、转型问题做如此独特的洞察。在这一意义上，这无疑是一部"后革命"的神奇悼文。在一部全面展示和嘲弄虚假、残缺、苦难和顽强的作品里，阎连科试图表达最高的正义，表达真挚的人道关怀。

正是改革开放的历史促进了中国文学的自我革新和开放，在新世纪文学的发展格局中，我们如何去看待中国文学依然要促进的那些变革和探索，我们隐约可见中国文学对世界文学的内化式转化依然困难重重，本土性、民族性与世界性之间存在的长期不能逾越的障碍还有待一点点拆除，当代中国文学才可能具有更深厚的艺术力量，并且创造出更有质量和更有高度的美学品质。不只是以美学上的奇异性获得世界一席之地，而是以对人类命运共同体所关切的难题的把握，真正成为世界文学中的有独特文学品性的一部分。莫言、贾平凹、阎连科、刘震云、阿来们已经做出了一种开创，那一度平息的世界文学的精神在他们的文本中闪烁，它是引诱、召唤，在文学重新出发的暗夜里，它是对汉语言文学的未来的预言。这样的事业需要更年青一代的作家有大的担当。这里不再需要传统／现代、中国／世界、乡村／城市、西方／东方、现代／后现代等的对立来展开叙事，而是有更加自由而多样化的方式，以更加独特的中国力道来展开汉语写作，这也意味着汉语言文学在 21 世纪才有更大的可能性，它有可能更为自由自觉，也更为广阔地去开启自己的未来面向。

2018 年 7 月 26 日改定
于北京万柳庄

文学 40 年：再想象与再结构

——一个简要的提纲

张颐武

一

人们常常把 1978 年 8 月 11 日《文汇报》用整版的篇幅发表卢新华的小说《伤痕》作为"新时期文学"的开端，这个标志性的事件确实具有某种象征性的意义。从那时到今天，历史已经走过了 40 年的历程。我还记得那时我还是一个高中的学生，在 8 月 11 日的三四天之后，一个我父亲的友人，傣族作家征鹏来到我家在中央民族大学宿舍的小平房，他和我父亲天南海北地聊天，他谈起《伤痕》，兴奋之情溢于言表，说这篇作品分量太重了。这是我第一次知道了《伤痕》这部小说，马上就费了一番功夫到民族大学的图书馆找来看了。看的时候为主人公的命运而悲伤。没想到那个我和"新时期文学"相遇的时刻，在后来会成为一个文学分期的起点，而对我来说，那种意外与历史时刻劈面相遇的感觉一直留在我的记忆之中，成为自己从事文学工作的某种支撑。那个时刻距今已经 40 年了，历史带着我们已经走了这么远的路。

从 1978 年的"新时期文学"发端开始，中国文学走过了 40 年的历程。这个 40 年的时长，已经超过了传统分期中的"中国现代文学"的 30 年，也超过了中华人民共和国成立到"新时期"之前的将近 30 年。这一段的中国文学的发展已经是有了和以往完全不同的格局和意义，已经在整个世界文学中凸显了自身的重要的价值和意义。这一段的中国文学可以说既是五四以来新文学的重要的历史转变的时代，也开启了一个全新的文学时代。从 1978 年的那个开端开始，40 年来中国文学所发生的改变是如此的巨大。它所带来的新的空间和新的想象力已经把我们带到了一个新天地之中。中国文学的面貌和它与世界文学的关系的再结构的历程，其实让我们走到了一个完全不同的文学世界里。这里所发生的一切其实和中国的历史的演进有着深刻的联系。文学一方面受到了自己的这个大时代的影响和塑造，另一方面也以自己的方式参与影响和塑造了这个大时代本身。这是一个"再想象"和"再结构"的历程，也是一个中国自身的变化和世界的变化相互交织的进程。这个文学方面的改变的重要性应该说怎么估计都不为过。在这里，我仅仅提出一些值得关注的重要的标识点，这些标识其实是极为重要的，它们为文学的变化提供了关键的路向。"再结构"是"再想象"的前提，而"再想象"则为"再结构"提供了动能和机会。

二

"再想象"和"再结构"是相互关联的进程，但其脉络可以分开讨论。首先在"再想象"之中产生了文学的某些关键的变化值得抓住。

我们可以清晰地看到，文学"再想象"的进程，其实是一个对于文学的表现形态和表达方式的再想象，也是一个对文学的本身的再想象的进程。

第一，现代主义的想象方式的介入造成了关键性的改变。"再想象"的最重要的变化是"新时期"中国文学开始引入了"现代主义"。"现代主义"在当时既是形式的震撼，也是内容的新的空间。虽然现代主义在中国新文学中一直有一定的影响，但从来没有像"新时期"这样被全面地介绍和如此深入地卷入了中国文学的进程。因此西方 20 世纪以来的"现代主义"的主潮和发展中国家一度兴盛的现代主义的不同变体如拉美的"魔幻现实主义"当时对于中国人对世界的想象形成了很大的冲击，现代主义其实不仅仅是一种形式，而且是一种想象和观察世界的角度方式。现代主义和五四以来的文学主流的现实主义之间的复杂的激荡交融是 40 年来中国文学发展的关键。现代主义当年是作为一种全新的事物进入中国文学之中的，而一度和写实主义并置，并促成了中国文学的"纯文学"和"通俗文学"的彻底的分化的过程。现在的中国"纯文学"的主流方式就是现代主义和现实主义的融合。这种融合主导了当下的"纯文学"写作，也构成了纯文学写作的基本的形态。当下的纯文学小说，从莫言、贾平凹、刘震云、王安忆等到葛亮、徐则臣等作家都是这种风格的践行者。这种以现实主义的故事架构和人物设置与现代主义的象征、心理描写和叙述方式变化相结合的路径已经在当下变成了"纯文学"的主流。现代主义观察世界的方式和角度深刻地改变了中国文学。这种改变其实是文学从一种"民族寓言"向"后寓言"的对某种"人性"的观照的转变的形式上的内在的动力。而现代主义的影响逐渐将原有的"新文学"的支配整个文学的架构向一种"纯文学"和"通俗文学"分化的状况转变提供了现实的可能性。同时也为中国"纯文学"的全球性提供了基本的理解的架构。也为文学与社会的重构提供了历史的条件。

第二,中国文学从对"民族国家"在现代性中国所面对的巨大的焦虑和痛苦向一种对于"人性"的思考观照的转变其实是异常重要的。五四以来的中国文学所具有的巨大的中国在现代世界中的挫折和失败带来的对"国民性"的反思和振奋民族精神的要求都为中国文学带来了强烈的使命感。塑造现代的"国民"的要求一直压抑了对于文学"消费"的愿望。而这 40 年来的文学则有了根本性的转变。对"国民"的塑造和对"消费者"需求的满足同样成为文学功能的重要部分。对于"人性"的来自某种中等收入者特性的理解和观照也成为当下文学的多元性的一个重要部分。网络文学的消费性则更加清晰,它的崛起带来的新的变化会对整个文学的发展形成全新的格局。这些变化其实对于中国文学来说是具有重要意义的。文学的功能和作用实际上有了和过去相当不同的展开。一种新的"中国"的想象和新的对于"人"的想象开始呈现出来。这些都超出了原有的"新文学"的范畴,而形成了全新的文学。中国文学的想象力的边界显然有了前所未有的展开。

第三,中国文学由于这 40 年的发展演变,整体风貌也有了深刻的变化。原来的以"感时忧国"为中心的沉重的"悲情"已经逐渐变化为新的多样的风格和类型的展开。"纯文学"以现代主义与现实主义的混合风格为中心的定型已经稳定。而原来并不主流的类型文学现在已经成为文学的重要的方面。如科幻文学等类型已经有了重大的突破性的发展。而网络文学更发展出了许多全新的表达方式和风格,形成了世界文学中都罕见的新的文学形态。

三

中国文学的"再结构"既深刻改变了自身的结构，也改变着整个全球文学的格局，给原有的"世界文学"添加了全新的因素。

首先，汉语写作从 20 世纪中叶开始的在中国大陆、中国港澳台地区和海外华文文学的各自发展的形态，在这 40 年中已经结束。当下以中国大陆为中心的全球性的汉语写作和出版的机制已经完全形成。因此，当下的汉语写作显然都受到中国大陆为中心的"虹吸效应"的影响，而一些论者讨论的"华语语系文学"显然并未形成势头。而是出现了以中国大陆为中心的相对统一的汉语文学的文学空间。实际上，由于冷战结构所形成的 20 世纪 50—70 年代的原有的汉语文学的分立结构反而由于中国大陆的快速的改革开放和经济发展而发生了新的整合和集聚。这种作用形成了汉语文学的无可争议的以中国为中心的效应 。这所形成的变化在今天更为清晰。

其次，中国文学内部在这 40 年中完成了"纯文学"和"通俗文学"的分化。而与此同时，中国文学内部出现了在其他语言的文学中尚未出现的最重要的新的现象，一种可以和纸质文学并立并相对独立发展的网络文学。这一现象是具有世界性的意义的。中国网络文学在最近的将近 20 年的时间中一枝独秀，发展迅速，已经形成了巨大的规模，无论作者、作品和读者都是极为庞大的。这一现象的出现为中国文学的发展提供了前所未有的新的动能，也改变了原有的文学结构。一方面是传统的纸质文学也平移到网络中。另一方面网络文学也形成了和纸质文学平行发展的新的状况。中国网络文学其实也为整个世界文学的发展提供了前所未有的新的发展的路向和无限的新的可能性。这可以说是中国文学在整个世界文学中新的位置的一个最为重要的见证。

第三，中国文学已经成为世界文学的一个重要而关键的组成部分。以汉语写成的中国文学在这 40 年中已经跨出了原来和世界文学相对隔离的发展的状况，已经融入了世界文学的发展。这些年来中国文学的形态在世界文学的总体格局中发挥着重要的作用，中国"纯文学"融入整个世界文学发展的特质已经相当清晰。它的风貌已经越来越为世界文学的其他部分所熟悉，它的形态也和其他部分越来越具有一种让人易于了解的特征。中国文学已经成为整个世界文学写作、出版、翻译、阅读、评奖的全流程的一个部分。莫言等人获得诺贝尔文学奖等世界文学的重要奖项，中国文学的多语言翻译介绍的机制的形成，中国读者对全球文学的了解程度等都说明了中国文学现在已经是全球文学中不可缺少的重要部分，而且也让汉语文学成为世界文学整体格局中的具有高度影响力的部分。中国的改革开放在改变世界格局的同时，也改变了中国文学在世界文学结构中的位置。

"再想象"和"再结构"为中国文学提供了完全不同的动能。中国文学这40年的变化既是中国大历史进程的一部分，也参与了建构这一段的大历史。当下的中国文学的想象和结构也已经趋于稳定，我们看到中国文学已经形成了新的格局。未来正在这里展开。

改革开放 40 年长篇小说文体演变的一种描述

王春林

既然着重于谈"文体",就不能不对"文体"这个名词做一个基本的概念性界定。简单地讲,文体就是构成文本的体式。它更强调文本的形式层面,大略包括文本的叙述方式、结构类型、语言形态、表现手法、艺术风格以及作家的个性表达形式等。而文体特征的分析,则往往取决于这些形式层面中某些元素的强化、突出或变异。文本的形式是以内容为依托的,同时它又在长期的发展过程中,形成独特的文体系统并对文本内容施加一定的影响。也就是说,内容和形式作为两个相对独立的系统统一于文本当中,共同构成了文本独具特色的内涵与表征。

基于以上理念,如果从文体层面对某一阶段长篇小说创作进行综合性的流变阐释,就不能仅仅停留在作品的思想范畴,或者说,应该更多地以"文体"作为阐述的理论支点,适当辅之以内容层面的探讨,这样才能更为清晰和深刻地说明长篇小说创作的阶段性特征。

20 世纪 80 年代

20 世纪 70 年代末,长篇小说创作在经历了"文革"十年漫长的蛰伏期之后,终于迎来了新一轮的创作热潮。但是,由于大多数作家刚刚从梦魇一般的政治运动中醒来,他们的审美心理正处于复苏阶段,历史的转折,时代的变革,使他们急切地希望能够在作品中表达自己真实的意愿和想法,因此,对于重新获得的已被尘封多年的话语权力——"说真话",就显得弥足珍贵乃至倍加珍惜了。而现实主义作为一种现成的文学范式,其表现生活、干预生活的写作标准无疑是最符合其实际创作心态的,也就迅速成为他们能够接纳并付诸创作实践的主流样式。思想大于形式,是这一时期长篇小说创作所表现出来的共同特征。当然,这并不是说,我们可以对某些作品呈现出来的对其他创作手法、技巧和风格的借鉴视而不见,一种可见的发展趋势是,对小说形态的探求与实验虽然还没有成为大多数小说家的自觉要求,但他们已然在为这种变革提供着可能是无意识的创作经验和前期积累。

(一)"革命现实主义"文体的复归

作为传统现实主义的一个分支形态,"革命现实主义"曾经在十七年文学中占有不容挑战的地位,并一度被尊奉为文学创作尤其是小说创作的唯一形态。进入新时期之后,虽然现实主义的文学传统得到了一定程度的恢复,但许多作家还是因为自身写作思维惯式的影响,或者因为对于新时期文学创作的基本方向缺乏正确的理解,其创作并没有回到真正的批判现实主义(即传统现实主义)方向上。所以,这种现实主义的回归,也仅仅只是回到了十七年文学的现实主义传统当中而已。姚雪垠的《李自成》、刘斯奋的《白门柳》、徐兴业的《金瓯缺》、凌力的《少年天子》、刘白羽的《第二个太阳》、魏巍的《东方》、李準的《黄河东流去》等作品就是这方面的典型范本。单从文体上来讲,它们都不约而同地具备了革命现实主义文体的基本质素。第三人称全知全能的叙述角度,宏阔的结构方式,注重塑造典型环境中的典型人物,以反映生活的真实程度与否作为创作的最高标准,顺时序的叙述方法,故事情节的戏剧性与人物关系的错综纠合等等。其中《李自成》和《少年天子》在文体上出现了一些可圈可点的进展。

(二)"现代现实主义"文体的创化

现代现实主义文体是相对于传统现实主义文体而言的,它是在新的时代背景下,努力吸收并融合以往现实主义的基础上,积极借鉴其他文体的写作手法,经过作家个体或群体的探索而形成的一种具有创新性的现实主义文体,我们把它称之为"现代现实主义"。

如上所述,新时期以来,拨乱反正,真理标准大讨论之后,国家各项工作开始逐步走入正轨,文学界也重新开始活跃起来,除了以《李自成》《少年天子》为代表的革命现实主义作品之外，文坛上还相继出现了一批反映民族历史和改革现实题材的长篇小说作品。这些以现实主义为依托的长篇小说都在一定程度上呈现出现代现实主义的某些共同态势：题材选择上，着重对社会现实和时代情绪的书写；艺术结构上，力求与传统现实主义（尤其是革命现实主义）划清界限，表现出各具特色的结构探索模式；叙述方法上，更倾向于感觉化心理化的内敛式叙述和想象性叙事；修辞表现手法上，注重隐喻象征式的立体呈现；语言上，打破语言的外在连续性，强化其跳跃性和蕴藉性。现代现实主义所表现出来的这些特征，是在当时的文学语境中对传统现实主义的有力反驳，尽管这种反拨并不彻底，甚至还明显地残留着传统现实主义的某些弊病，但总的来看，它仍然不失为现实主义长篇小说创作的一次里程碑式的革新。

纵观这一时期的现代现实主义长篇小说作品，可以从文体的角度进一步细分为以下几种类型。

1. 史诗型长篇小说。古华的《芙蓉镇》，张炜的《古船》，柯云路的《新星》《夜与昼》和《衰与荣》，路遥的《平凡的世界》，霍达的《穆斯林的葬礼》是这类小说的代表作品。

2. 心理写实型长篇小说。这类小说的代表作品有：铁凝的《玫瑰门》，戴厚英的《人啊，人！》，王安忆的《69届初中生》，陆天明的《桑那高地的太阳》，李国文的《冬天里的春天》等。

3. 社会写实型长篇小说。张洁的《沉重的翅膀》，贾平凹的《浮躁》，李国文的《花园街五号》、刘心武的《钟鼓楼》是其中的代表作品。

这种类型的小说样式，在真实再现和揭示改革过程中出现的现象和问题，反映时代变化在普通人内心中激起的波澜的同时，也逐步探索和形成了适应于其表现内容的文体形式规范。那便是：继承传统现实主义的创作手法，借鉴五四以来"问题小说"的艺术经验，以改革开放以来出现的众多现实问题为切入点，力求通过平实客观的语言形态截取生活的某一个侧面铺展开来，以审美的眼光深入生活的本质，去探求城市和乡村在改革大潮冲击下的思想驿动和心理变迁。

（三）"现代主义"文体的初始尝试

新时期文学对于西方现代手法的引进和吸收，始于诗歌领域。早在"文革"后期，许多知青作家的"地下诗歌"创作就开始显示出了一定的现代主义特征。而小说创作尤其是长篇小说创作领域，在最初的几年中，虽然也不同程度地借鉴了现代主义的某些创作观念，但基本上停留在"为用"而不是"为体"的阶段。这种情况一直持续到80年代中期才有所改变，以王蒙的《活动变人形》和张抗抗的《隐形伴侣》为标志，现代主义手法方才全面介入到长篇小说创作中来。这之后，张承志的《金牧场》和莫言的《红高粱家族》在文体探索方面也表现出强烈的现代主义倾向。可以说，这几部长篇小说代表了现代主义文体实践的早期成就。

综观这四部小说，主要有以下文体特征。

1.现象叙事和心理叙事的并置与转换。在现代派小说中，为了能够使人物的内心世界得到充分自由的展现，更好地深入人性的幽微之处，作家们大都使用了两种相互交错的叙事策略：一种是现象叙述，一种是心理叙事。也就是说，在传统的客观叙事之外，又将内视角的心理叙事摆在了相对突出的位置，这样做，就在相当程度上缓解了客观叙事造成的人物与文本相隔离的危机，使文本中的人物和作者处于平等的位置，共同促进叙事的完成。

2.散点放射型的结构方式。传统现实主义焦点透视的结构方式，虽然有助于典型环境中典型性格的塑造，但在面对纷繁复杂的现代生活时却显得有些捉襟见肘乃至无能为力。现代派小说勇敢地对这一陈旧的结构模式发起了挑战，形成一种全新的散点放射型结构。从不同的侧面，不同的角度，不同的线索，不同的对象出发，为其展示"人类本体"的精神境遇作一立体的重塑。

3.多种现代主义艺术手法的综合运用和极富特色的语言形态。四部作品对西方各种较为成熟的现代主义表现手法都有所借鉴，在不同的作品中又各有所长。《活动变人形》不仅根据人物的意识流动过程结构全篇，而且借助夸张、变形、反讽等手段充分凸显人物的精神本质。《红高粱家族》则通过童年的感知化叙述对生活进行夸张变形式处理，将具有神秘魔幻色彩的意象作为对人性或民族灵魂挖掘的一种隐喻性暗示。此外《隐形伴侣》对潜意识、无意识和精神分析学的运用，《金牧场》多重象征意味的表达都可以说是对于现代主义艺术手法的一种全面、深入的实践。

总之，新时期前十年的作家在长篇小说文体探索的过程中，既经历了艰难曲折的徘徊阶段，又有锐意进取、敢为天下先的开创精神。他们在延续以往现实主义传统的基础上，不忘作家神圣的职责和义务，充分借鉴、吸收当今先进的文学理念为我所用，创造了许多本土化、民族化、现代化的文学体式。尽管在打开国门，放眼世界的征途中，由于中西文化的长期分离以及作家思维观念的局限，这种借鉴和吸收还显得有些幼稚和生涩，甚至存在某些盲目化的倾向。然而，这毕竟是一种有益的尝试，而且，客观地来讲，某些作品也的确已经达到了一定的文体高度，进而为90年代长篇小说创作的文体实验提供了宝贵而丰富的营养。

20 世纪 90 年代

进入 20 世纪 90 年代，长篇小说的创作更加活跃，除了前一时期的长篇小说作家继续推出若干新作之外，原先主要从事中短篇创作的"新写实派"和"先锋派"小说家也纷纷加盟，使这一小说样式呈现出了前所未有的繁荣局面。与此同时，"文体"这个概念开始被作家们广泛接受并付诸创作之中，"对于长篇小说来说，也只有文体才最能显现作家的个性"，也只有文体的不断创新才是长篇小说创作的生命力所在。越来越多的小说家已经不满足于对传统写实手法修修补补，开始积极地探寻多元化的表现形式。

正是循着这样的思想维度，90 年代的长篇小说创作最终形成了一种多元文体交相融合、不分彼此的独特现象。尽管评论家不厌其烦地以各种各样的概念为其命名："新写实主义""新历史主义""新状态小说""新体验小说""现实主义冲击波"等，但终究还是赶不上小说文体的演进速度。因此，评论界也就陷入了一种颇为尴尬的局面，一方面是大量长篇小说作品的不断涌现，另一方面则是运用传统的批评模式去定性评价这些作品时越来越困难，而新的"文化批评"方法又与创作本身产生着某种疏离。这就使得一部分评论家的批评文章处于混乱状态，不能够很好地发挥文学批评的积极作用。正因为如此，我们在审视 90 年代长篇小说文体状况时，虽然还是从传统批评的角度出发，将这一时期的作品归纳为若干类别，但又不愿意拘泥于传统，而是在具体的分析中，以更为开放的视野，融合多种批评理论，力图从文体的高度上把握这一时期长篇小说创作的基本脉络。

（一）兼容并包——"现代现实主义"文体继续完善

90 年代较有影响的长篇小说，除了王火的《战争和人》、王旭烽的《茶人三部曲》基本上是十七年革命现实主义的翻版之外，其他以现实主义为主要价值取向的作品大都对 80 年代"现代现实主义"文体有所发展，这些作品在 80 年代形式探索的基础上，积极吸纳"先锋文学"的实验成果为我所用，加大了对文体创新的力度，使"现代现实主义"成为 90 年代长篇小说创作领域一种相对成熟的艺术形态。

1. 史诗型。王蒙的"季节"系列（《恋爱的季节》《失态的季节》《蹉跎的季节》和《狂欢的季节》），阎连科的《日光流年》，陈忠实的《白鹿原》，张炜的《家族》，张洁的《无字》是这类小说的代表作。

这一时期文坛出现的一个显著变化就是史诗性作品的骤然减少，作家们对史诗性的追求也不再表现得那样强烈。即便我们列举的这些具有史诗特征的作品，也有许多只是徒具"史诗"的框架，实则却偷换了"史诗"的内涵，或者说更趋向于对"史诗"外延的拓展。当然，这并不是说史诗性作品的质量下降了，相反，与 80 年代的革命现实主义史诗和现代现实主义史诗型作品相比，它们的艺术质量得到了显著的提高，《白鹿原》这样一部极其厚重的经典史诗作品的出现更是给文坛带来了不小的震动。

2. 生存写实型。这类小说的代表作有：王安忆的《纪实与虚构》《长恨歌》，贾平凹的《废都》《高老庄》，王小波的《黄金时代》等。

3. 心理写实型。铁凝的《大浴女》，林白的《一个人的战争》，陈染的《私人生活》等是其中的代表作品。

（二）"新历史主义"文体的崛起

美国的"新历史主义"理论在 80 年代后期开始传入中国，随后，文学界兴起了一场"重述历史"的热潮，90 年代正是"新历史小说"创作的鼎盛时期。不过，我国的"新历史小说"创作却要早于其理论的引进，莫言在 80 年代中期发表的"红高粱"系列（当时是以若干中篇形式发表的，后来经过作者的艺术加工，于 1987 年又结缀成一个长篇，即《红高粱家族》）被普遍认为是这一创作潮流的滥觞。90 年代中期，伴随着"新历史小说"创作的逐步成熟，这种文学样式也相应形成了某些固定的文体规范，引起了评论界的广泛注意，这里姑且称之为"新历史主义"文体。

90 年代，新历史主义长篇小说的代表作品有：苏童的《我的帝王生涯》，李锐的《无风之树》《旧址》，韩少功的《马桥词典》，余华的《在细雨中呼喊》

《活着》《许三观卖血记》，刘震云的《故乡天下黄花》《故乡相处流传》《故乡面和花朵》，刘恒的《苍河白日梦》等。从文体层面看，这些作品中既存在着某些共同的审美特征，又具有着独特的个性品格。现分别叙述如下：

其一，在叙事情感上，新历史小说家普遍采取"零度写作"或称之为"零度情感叙事"的方式。

其二，在结构方式上，新历史小说家既不拘泥于传统小说中对结构整体性的刻意追求，也不完全照搬新潮小说的碎片式叙述策略，而是依据对历史本相的不同感受，寻求二者的契合点，从而形成了灵活多变的叙述时空结构。

其三，在叙事角度上，新历史小说家大多热衷于从民间的角度来观照叙述对象。基本上分为两种，即民间个人视角和民间群体视角。尤其是两种视角及其内部各形态的交叉运用，可以使历史在不同叙述人的眼中呈现出多姿多彩的色调。

其四，在叙事手法上，新历史小说家适应其"重述历史"的需要，强化了象征和荒诞反讽手法的应用。情节的象征化和反讽手段的整体性使用是这一时期新历史长篇小说区别于以往小说的突出特征。

（三）"现代主义"文体的先锋实验

与 80 年代相比，90 年代的文学语境更加开放和多元化，许多在前一时期还被认为是"异端"的现代主义表现技巧，在 90 年代得到了文学界的普遍认同，意识流、象征、隐喻、夸张、反讽、变形等手法堂而皇之地出现在各类小说作品中。小说家们不仅在现代主义手法的运用上更加纯熟，而且在以往创作经验的基础上，有效地将西方现代派手法与民族形式结合起来，积极探索新的表现领域和表现技巧，使这一时期的现代主义小说创作发生了质的变化。

90 年代以现代主义为价值取向的长篇小说代表作品有：阿来的《尘埃落定》，莫言的《丰乳肥臀》，史铁生的《务虚笔记》，张承志的《心灵史》，张炜的《柏慧》《九月寓言》，格非的《欲望的旗帜》等。

总之，20 世纪 90 年代的长篇小说创作和上个时期比较起来，出现了许多可喜的变化，一是长篇小说的数量呈现几何数的增长，越来越多的作家加入到了长篇小说创作的行列中来，尽管这其中也不乏平庸甚至低劣之作，但这一现象至少说明，长篇小说已经从根本上占领了文学写作和阅读的制高点，而且，随着人们审美水平和鉴别能力的不断提高，真正优秀的小说作品必然会为更多的大众所接受和喜爱。二是对长篇小说文体形式的探索达到了新的高度。如果说 80 年代的小说家对文体的探索由于各方面的原因还不够全面和深入的话，那么，在 90 年代，文体的创新已经成为小说家们的普遍共识，尤其是一些比较成熟的小说家更是把文体创新放在了与小说内容同等的位置上，他们的几乎每一部作品都体现出不同的文体特征，这是评论界所始料未及的。三是对西方现代主义手法的借鉴从"形而下"的模仿上升到了"形而上"的创造阶段。小说家们不再盲目地照抄照搬，不再追求对形式的机械性移植，而是有选择地吸收最利于表现其思想情感的艺术手法，更为难能可贵的是，有相当数量的小说作品已然体现出某种文体的超越意识，《务虚笔记》的独特文体创造就是比较典型的例子。四是对民族形式的重新认同和接纳。在 90 年代，有些小说家对异域土壤中生出的诸多文体观念是否一定都适合本土文化和本土文学开始产生质疑，并将目光重新转向了中国古典文学以及民歌、戏曲等广阔领域，试图从民族形式中寻找到新的创作灵感，虽然这种对民族形式的采用还不具有普遍性，但却在相当程度上，为新世纪的长篇小说创作开辟了一条崭新的道路。

进入新世纪以来

当新世纪的钟声敲响的时候，中国的小说界也迎来了一个充满机遇和挑战的新阶段。从这一时期的总体创作态势而言，作家们的主要创作精力依然放在了自 20 世纪 90 年代以来就已经占据了小说界中心位置的长篇小说创作领域。而且，伴随着文学的市场化运作和网络的普及，越来越多的读者开始加入阅读长篇小说的行列中来，这也在客观上刺激了长篇小说的写作。但新世纪长篇小说的艺术质量却未必尽如人意，最起码，从文体的角度来看，似乎没有能够重现 20 世纪 90 年代那样一种充满创造性的局面，作家们好像不约而同地失去了在长篇小说文体方面进行努力的热情。

当然，与 90 年代相比，新世纪以来，虽然小说文体上的创新乏善可陈，但这却并不意味着缺少能够称得上"优秀"的小说作品。一个值得注意的问题是，文体的创新与否只是我们考察长篇小说创作的某一个侧面。就新世纪的长篇小说创作而言，文体的创新精神不足与小说精品的并不匮乏，似乎构成了一个充满悖论的现象。这或许是在经历了 20 世纪 90 年代的文体创造期之后，一个自然的创作调整期的出现。事实上，即使是在文体的创新方面，也并不是说这一时期的小说家们就没有做出相应的努力。客观公允地说，在小说的文体上，我们还是能够看到一些明显变化的。这其中一个最为鲜明的特征就是，许多作家又重新从五四文学尤其是古典文学中汲取有益的精神养料，在既往长篇小说创作的艺术经验积累的基础上，希图探寻更适合于本土文学发展的文体形式。可以说，这一创作的良好初衷，在这样一个文化"全球化"的时代，还是值得鼓励和肯定的。问题的关键在于，除了极少量作品之外，大多数小说却没有取得预期的效果，即使有稍许亮色，也被文本整体性的止步不前而掩盖。甚至有一些作品，在文体的创新上存在着明显的倒退趋势，即倒退到十七年文学或者五四文学的窠臼中而不自知。一个重要的现象表征就是，秉承现实主义创作原则的作品在这个时期有了明显的增加。

（一）"现实主义"文体的本土化进程

20世纪90年代长篇小说对民族形式的重新借鉴，在新世纪文坛上演变为一股不可遏止的潮流。与此相适应，现实主义文体（准确地说应该更倾向于传统的现实主义，以下分类之所以不再具体区分传统与现代现实主义，是因为大多数作品已经不具有明显的倾向性，故笼统言之为"现实主义"）在经过上一时期的短暂沉寂之后，又重新获得了大多数小说家的青睐，他们希望能够在这种最能代表民族文学实绩的小说样式中，开拓新的艺术疆土。因此，这一时期以现实主义为主要价值取向的作品简直是汗牛充栋，不可胜数。新时期以来出现的各种现实主义文体都有所涉及。

1. 史诗型。主要作品有：成一的《白银谷》，铁凝的《笨花》，宗璞的《东藏记》，迟子建的《额尔古纳河右岸》，阿来的《空山》，徐贵祥的《历史的天空》，都梁的《亮剑》，毕飞宇的《平原》，贾平凹的《秦腔》，刘醒龙的《圣天门口》，熊召政的《张居正》等。

在新世纪文坛上，对现实主义文体的民族形式改造主要是与对史诗品格的追求联系在一起的。中国小说的史传传统由来已久，明清时期又是中国古典小说发展的鼎盛阶段，尤其是《红楼梦》这部集中国古典艺术精粹于一身的旷世名作的出现，更是为我国小说的发展积累了许多宝贵的传统艺术经验。自五四以来，伴随十九、二十世纪西方自然主义、俄国批判现实主义、拉美魔幻现实主义等现实主义文体的介绍和引进，以及西方各种现代主义文学观念的影响，现代乃至当代文学史中虽然始终不缺少史诗类型的长篇小说文本，但是回顾新时期以来二十多年的长篇小说发展史，我们却又不得不承认，这一时期的史诗型作品似乎与"古典"，与"传统"愈行愈远，到20世纪90年代末，更是走向了断裂的边缘。正是本着对这种不正常发展趋势的深切忧患意识，许多小说家力图重新恢复史诗型小说与古典传统之间的天然联系，以便于找到更加适合本民族文学发展的正确方向。

2. 其他写实型（包括社会写实型、生存写实型和心理写实型三类）。

20世纪90年代，社会写实型小说一度在"文体革命"的喧嚣、悸动氛围中遭到冷落，到了新世纪，由于先锋实验所导致的一系列极端化写作弊病的逐渐显露，"写什么"的问题被小说家们重新提到创作日程上来。另外，文学界曾经一度地对当下现实社会的长期冷漠态度，也是许多作家趋向于创作社会政治题材作品的动因所在。因此，书写改革时期广阔复杂的社会生活，关注政治、经济、文化各领域所出现的诸多矛盾隐忧以及时代风云中社会各个阶层的心理情感动向就成为许多小说家的共同创作取向。阎真的《沧浪之水》，陆天明的《高纬度战栗》《省委书记》，张平的《国家干部》，王蒙的《青狐》，柳建伟的《英雄时代》等，是其中的代表作品。总体上看，这一时期的社会写实型作品，主要在题材内容方面有所深化，而文体的变化不大，基本上还是延续着传统现实主义的创作笔法，围绕当下生活时代的某一侧面展开线性叙事，注重小说情节的营构和典型环境中典型人物的塑造，文体创新意识普遍不足。这里不再一一论述。

生存写实型小说的代表作品有：何世华的《陈大毛偷了一支笔》，李师江的《福寿春》，贾平凹的《高兴》，张炜的《丑行或浪漫》，李伯勇的《恍惚远行》，孙惠芬的《吉宽的马车》，许春樵的《男人立正》，红柯的《乌尔禾》，董立勃的《白豆》，余华的《兄弟》，林白的《妇女闲聊录》等。与社会写实型作品相似，这一时期的生存写实型作品也热衷于向传统写实手法靠拢。

心理写实型作品虽然在"日常情节叙事"大行其道的今天数量不多，但在文体上表现出来的创新力度却是不容忽视的。王蒙的《尴尬风流》和林白的《致一九七五》是这一时期心理写实型小说的重要作品。

（二）平稳前行——"新历史主义"文体继续发展

与大多数小说家纷纷转入现实主义创作形成鲜明对照的是，新世纪文坛上，仍旧有一批小说家执着于从历史的时空中表现普通人的悲欢离合，剥开历史的表象，潜入历史的纵深，在虚构的文本语境中索解人生的意义。

这一时期具有代表性的新历史小说作品主要有：李洱的《花腔》，叶广芩的《青木川》，韩东的《扎根》《小城好汉之英特迈往》，范小青的《赤脚医生万泉和》，东西的《后悔录》等。与上一时期相比，这些作品在文体上不仅遗留着新历史小说的共同特征，而且呈现出越来越强烈的个性化倾向。

（三）整合与创新——"现代主义"文体走向成熟

新世纪具有现代主义价值取向的长篇小说总体上并不多，这种现象与大多数小说家创作理念的转型有关。在经历了 20 世纪 90 年代"唯文体论"的叙述革命之后，活跃于文坛上的众多小说家对小说形式的兴趣开始弱化甚至丧失，中规中矩的传统写实手法在他们笔下又获得了新的生机。尽管在这些以"日常叙事"为主要审美向度的长篇小说中，依然有某些作品存在一定的形式探索意味，但却无法掩盖长篇小说领域整体上单调、乏味的文体现状。对于这一点，文学界的普遍共识是，由于"写什么"已被搁置过久，而"怎样写"却又走向了非理性的极端状态，所以对现实主义的重新认识和采用自然是小说家们走向理性和成熟的重要标志。这样的解释当然不是没有合理性，新时期以来，人们在对小说文体的实验过程中，的确有意无意地忽视了现实内容的表达，这不能不说是一种明显的缺憾。因此，重新将创作视野投入到现实当中来，本无可厚非。可问题是，表达对当下现实的理解，却并不就代表着只能以现实主义文体来构建小说文本。内容和表现内容的文体形式其实是两回事，一种内容可以采用多种形式，一种形式也可以表达多方面的内容，从这一点来看，"写什么"和"怎样写"并不矛盾。所以，以上的"共识"就未免牵强了。由此，我们不禁怀疑，如此众多的小说家之所以后撤到现实主义文体当中，是否是因为他们在文体探索的道路上感到江郎才尽、力不从心了呢？这是值得我们思考并为之揪心的一个问题。

幸运的是，在新世纪文坛上，还是有极少数作家并未随潮流而动，仍旧守护着这块好不容易建立起来的文学新地，让灵魂在叙述和语言的天空中，自由驰骋。莫言的《生死疲劳》《檀香刑》，格非的《人面桃花》，阎连科的《受活》，李锐、蒋韵的《人间》，便是这文学新地中开出的奇异花朵。这些小说不仅承续了 20 世纪八九十年代先锋实验中已经较为成熟的艺术经验，而且在很大程度上呈现了积极整合的趋势。事实证明，作家们的这种努力取得了不容置疑的成绩。

首先，繁复多变的叙述方式和多重交叉视角的相互糅合是新世纪现代主义长篇小说的共同追求。

其次，艺术表现手法的中西结合也是这一时期现代主义长篇小说的可贵尝试。

其三，本土化语言叙事策略得到成功运用。

总之，新世纪以来的长篇小说在文体上的创新意识普遍不足，大多数小说家沉湎于"日常叙事"的创作范式当中，希图用这种最传统但却曾经被人们一度搁置的写作方式，产生所谓的"陌生化效应"，其结果换来的却是越来越挑剔的专业读者对整个小说界几近冷酷的漠然和逃避。固然，长篇小说的写作的目的并非只是为了讨好批评家，但批评家却又毕竟是文学过程中不可缺少的内在环节。这或许正是当下长篇小说创作领域必须面对的首要问题，任何有效地重新召唤作家们在小说文体创新方面的满腔热情，事实上，已经明显地成为制约影响长篇小说发展的一个重要命题。我们真诚地希望，能够有作家从我们对这一时期长篇小说文体整体状况的描述与分析中，得到一些有益的启示，进而尽早寻找到可以摆脱现有写作困境的合理途径。

写作无权蔑视"现在"

谢有顺

一

改革开放以来的这四十年，中国当代文学走过了极为重要的一个阶段。四十年是一个不长也不短的时间，如何认识、评价这一时期的文学，中国作家如何表达这四十年里人的生活处境，如何书写自我的经验、他者的经验，是一个既复杂又现实的问题。但在今天的文学研究的谱系里，最迫近、最当下的经验往往最复杂、最难书写，也最不值钱。小说、影视界重历史题材过于重现实题材；学术界也重古典过于重当代。厚古薄今的学术传统一直都在。也不奇怪，当下的经验芜杂、庞大、未经时间淘洗，对它的书写，多数是不会留下痕迹的。

我想强调的是，没有人有权力蔑视"现在"。真正有价值的写作，无论是取何种题材，它都必须有当代意识，必须思考"现在"。持守这个立场，就是一个作家的担当。波德莱尔曾经把能够描绘现代生活的画家称之为英雄，因为在他看来，美是瞬间和永恒的双重构成，永恒性的部分是艺术的灵魂，可变的、瞬间的部分是它的躯体——假若你无法书写当下、瞬间、此时，你所说的那个永恒，可能就是空洞的。所以，好的作家都是直面和思考"现在"的，当然也包括好的批评家、学者，同样有一个如何思考"现在"的问题。当年胡适说自己的思想受赫胥黎和杜威影响最大，赫胥黎教他怎样怀疑，杜威则教他"处处顾到当前的问题""处处顾到思想的结果"，我想，正是这"顾到当前"的现实感，使胡适成了那个时期中国思想界一个敏锐的触角。钱穆说晚清以来中国文化的衰败，很大原因在于文化成了纸上的文化，而春秋战国时期，能迎来思想的黄金时代，得益于那时的思想有巨大的"现实感"，而不仅流于回忆和空谈。切近现实问题，切近当下，永远是新思想和新艺术的源泉。

作家急需重塑现实感，甚至建立起一种"现在"本体论，以通过思考"现在"来出示自己的写作态度。

一个对"现在"没有态度的作家，很难赢得世人的尊重；而身处"现在"，如何才能处理好如此迫近、芜杂的当下经验，最为考验一个作家的写作能力。尽管人的主体性可能得用一生来建构，人是什么，只有他所经历的事、走过的路才能说清楚。但文学作为时间的艺术，正是因为意识到了"现在"的绵延之于一个人的重要意义，人类才得以更好地理解在历史的某个特定时刻自己是什么。福柯说："或许，一切哲学问题中最确定无疑的是现时代的问题，是此时此刻我们是什么的问题。"文学也是如此。不少人都已经意识到，今日的文学略显苍老，尤其是新起的很多网络文学，虽然是在新的介质上写作，但骨子里的观念却是陈旧的，甚至是暮气重重的，说白了，其实就是少了一点少年意识、青年意识，少了一点反抗精神和创造精神。"五四"前后的先贤之所以精神勃发，就在于梁启超、陈独秀、鲁迅、胡适、郭沫若等人，内心都充满着对青春中国的召唤，他们当年反复思考的正是今天的我们是什么、中国是什么的问题。

这种青年精神改写了中国的现状，也重塑了中国文学的面貌。

二

作家何以能思考普遍的人的状况，首先在于他面对和思考"现在"；一切有意义的历史关怀，都是"现在"的投射。许多时候，逃避这个世界，逃避自我审视，最好的方法就是搁置"现在"。

这令我想起，我每次路过中山大学里的陈寅恪故居，看着立在他故居门前的塑像，就会思考一个问题：像陈寅恪这样的大学者，何以晚年要花那么多的时间、心血写巨著《柳如是别传》？他通过柳如是——钱谦益的侧室——的人生，固然表达了生活中需要坚守的一些价值是比功名、利禄甚至生命更重要的，但更潜在的意图中，也许饱含了陈寅恪对"现在"的看法——当时他的那些朋友、同行，都在接受批判，多数人丧失了自我，言不由衷或谀辞滔滔，这固然是时势使然，有时不得不为，但作为一个对历史有通透看法的大学者，陈寅恪也必定知道今后的历史将会如何评价"现在"。陈寅恪似乎想说，一个小妾，当年尚且知道气节，知道要发出自己的声音，而我们现在多少学富五车的文化人、知识分子，反而完全没有自己的话语和坚持，不汗颜么？陈寅恪在诗中会说"留命任教加白眼，著书唯胜颂红妆"，这未尝不是一个内在因由。

可见，即使是个研究古典的学者，也应该有一种思考"现在"的能力。无借古喻今、以史证心这一"现在"的情怀所驱动，陈寅恪不会突然写《柳如是别传》。一个学者，不一定要研究当代，但至少要有一种当代意识，要有处理和面对"现在"的能力；作家要处理好这么复杂、丰富的当下经验（对于历史的长河而言，四十年也不过就是当下、就是现在），更要有一种当代意识，有一种直面"现在"的勇气。

写作既是对经验的清理和省思，也是对时间的重新理解。

从时间的意义上说，这四十年的中国经验作为一个重要的写作主题，不仅是历时性的——不是一种经验死去，另外一种经验生长出来，而有可能是几种完全不同的经验叠加在一起、并置在一起。认识到这些经验的复杂构成，生活才会有纵深感，才不会被描写成浅薄的现象组合。这就是本雅明的观点，他认为时间是一个结构性的概念，时间不完全是线性的，而可能是空间的并置关系。如果只理解线性时间，而忘记了时间的空间性，可能很难理解今天这个多维度的中国。只有一种平面的视角，就会错以为生活只有一种样子、一种变化的逻辑；多种视角下的生活，才会显露出生活在多种力量的纠缠和斗争中的真实状态。

并非每个人都生活在构成自己的经验里，也并非每个人都生活在同一个"现在"之中，哪怕在同一个空间里面，不同的人也可能在经历不同的时间。并置反而是生活的常态。比如，我们经常讲的深圳速度，是一种时间；但在一些偏远的农村，农民经历的是另外一种时间，更缓慢的甚至一成不变的时间。在同一个空间里面，其实是有人在经历不同的时间，这种时间的空间性，使得作家的感受经常是断裂的、错位的。

作家不是通过一致性来理解时代的，恰恰是在疏离、断裂和错位中感知时代，不断为新的经验找寻新的表达方式。

海德格尔说，新的表达往往意味着新的空间的开创，而这个新空间的开创，既有敞开，也有遮蔽。当你意识到某种时间的空间性的时候，你的表达是在敞开，但是，这种表达背后也可能是在遮蔽。海德格尔在一篇题为《艺术与空间》的文章中说，空间既是容纳、安置，也是聚集和庇护，所以空间本身的开拓，是持续在发生的事。它一方面是敞开，就是让我们认识到了新的人，新的生活，新的经验；另一方面，也可能是遮蔽，遮蔽了许多未曾辨识和命名的经验。在敞开和遮蔽之间，可能才是真实的生活景象。而这种"空间化"，如果指证为一个具体的城市，于不同的人，意义也是不同的。有人视城市生活为"回归家园"，有人则觉得"无家可归"，更有人对它持"冷漠"的态度。确实，一些人把城市当作家园；一些人即使在城市有工作、有房子，也依然有一种无家可归的漂泊感；也有一些人，他在一个城市，既谈不上有家园感，也谈不上流浪和漂泊的感觉，他只是处于一种"冷漠"之中。认识并书写出一座城市或一种生活的复杂和多面，这就是文学空间的开创。

三

任何新的文学空间的开创，都具有这种"敞开"和"遮蔽"的双重特征。

以前些年的青春写作为例。当时出现的很多代表性作品，往往都有时尚的元素、都市的背景，主人公普遍过着一种看起来很奢华的生活。如果这一代作家只写这种单一的时尚生活，势必造成对另外一种生活的遮蔽，这些带有时尚都市元素的小说，如果被普遍指认为就是当下年轻人的生活，那么若干年后，以这些文学素材来研究中国社会的人，就会误以为那个时代的年轻人都在喝咖啡，都在享受奢侈品，都在游历世界，都在住高级宾馆。可事实是，在同一时期的中国，还有很多也叫80后和90后，从来没有喝过咖啡，没有住过高级宾馆，更没有出过国，他们有可能一直在流水线上、在铁皮屋里，过着他们那种无声的生活。这种生活如果没有人书写和认领，就会被忽略和遮蔽。

我把这种写作状况概括为"生活殖民"，一种表面上繁华、时尚的生活，殖民了另外一种无声、卑微的生活。有的时候，生活殖民比文化殖民更可怕。这也是我为什么肯定一些打工题材作品意义的原因，它们的存在，某种程度上起到了反抗生活殖民的作用。

写出了时间的空间性，才真正写出了文学的复杂和多义。仅仅把时间、空间理解成是一个物理学的、社会学意义上的存在，写作就还没有触及本质。文学的时间与空间，它除了是物理学、社会学的，也还是审美、想象、艺术的，当然也是精神性的。正是这样一种多维度、更复杂的对时间、空间的重新思考，会使我们对中国文学这四十年的发展有新的理解，而不会简单地以为我们只是在经历一种进程、一种节奏，还会看到另外一些之前不为我们所知的、被遮蔽的东西。

从这个层面上讲，作家既是书写时间的人，也是改变时间的人。当他意识到时间的某种空间性，当他试图书写时间当中某一种被遮蔽的或者不为我们所知的部分的时候，他其实是改变了时间，这意味着，他把现在的这个时间和另外一种时间形态，或者和我们经常说的永恒的事物联系在了一起，和真正的历史联系在了一起。

而这一切的努力，其实都是为了建构一个有意义的"现在"。

只有一种"现在"，这个"现在"就是日常性的、物理的、平面的；发现很多种"现在"交织、叠加在一起，并进行多声部的对话，"现在"就会获得一种内在的精神品质。这个坐标的建立，对于确证我们是谁、中国是什么，意义重大。当代文学中何以充满陈旧的写作，甚至很多写作者可以多年在帝王将相的故事中流连忘返，就因为没有"现在"的视角，更没有来自"现在"的负重——我们是什么，我们面临着怎样的精神难题，我们如何被一种并非构成自身的经验所劫持，我们如何在一种无意义的碎片中迷失自己，这些问题在写作中都得不到有效的回答。多数作家也拒绝面对和回答。现实如此喧嚣，精神却是静默的；作家常常为历史而哀恸，唯独对"现在"是不动心的。"时间总是不间断地分岔为无数个未来"，这种景象在当代文学中并不常见，时间似乎丧失了未来的维度，只是用来回望的；作家正在丧失面对"现在"的勇气和激情，此时的经验也正在被蔑视。

我想，当代文学的一切苍老和暮气，多半由此而来。而我更愿意看到思考"现在"、书写"今天"的写作，渴望从"现在"的瞬间中看到自己的过去和未来。也只有这样的写作，才是时间里的写作，也是超越了时间的写作。

改革开放与小说思潮的演变

李掖平

自从 1978 年 12 月党的十一届三中全会后开始实行改革开放的政策以来，我国的社会现实发生了巨大的变革，社会经济的飞速发展，思想文化的逐步开放，文学创作进入了一个全新的时代。作为照映历史现实的镜子，新时期文学伴随着改革开放 40 年，经历了一次次思潮的更迭，从伤痕小说、反思小说、改革小说到寻根小说、先锋派小说，再到新世纪以后青春文学和网络文学潮流的兴起，新时期作家在改革开放的精神解缚和多种思想碰撞下，在创作技巧和书写维度上开拓了更多的可能性，记录了这四十年的历史变革。

伤痕小说 + 反思小说：从直面精神世界的伤痛到理性的历史反思

十年"文革"期间，无数知识分子被卷入政治斗争和上山下乡运动，精神和肉体上受尽折磨，终于在 1978 年他们迎来了改革开放，迎来了生命中的春天。他们重新登上文坛，抒发过去十年间的精神痛苦，吐露自己内心世界的压抑，直面精神层次的伤痛。1977 年，刘心武发表短篇小说《班主任》，反映了文革对青少年精神信仰的扭曲，成为"伤痕文学"的滥觞；1978 年，卢新华发表短篇小说《伤痕》，正式掀起了"伤痕文学"的创作思潮，由此文坛涌起了以揭露"文革"所造成的"精神的内伤"，倾吐"精神救赎"呼声为主题的文学思潮。尽管这一时期的"伤痕小说"在艺术价值上稍有欠缺，基本采用了"十七年文学"时期常用的创作技法，但是"伤痕小说"却有积极重要的思想启蒙意义和文学史意义，因为从这一思潮开始，文学创作开始真正由"假大空"走向直面现实、反映现实，中国文学真正开始向文学本体回归。

经过"伤痕文学"的思想启蒙，到80年代中期，改革开放的春风在全国蔓延，经济百废待兴，文化走向繁荣，不堪回首的"文革"逐渐远去，以王蒙、张贤亮、谌容、梁晓声等为代表的作家们开始从"文革"的精神苦痛中沉静下来，以严肃、冷静、实事求是的态度去审视历史，反映不同人物在历史中的命运变迁，文学创作也从直面文革苦难转向理性的历史反思，反思小说的潮流逐渐兴起。与"伤痕文学"相比，"反思小说"的创作维度更加开阔，有以国家干部的视角反思国家命运的《蝴蝶》《布礼》等作品；也有反思知识分子在历史大变革中命运沉浮的《人到中年》《蹉跎岁月》等作品；同样有人性情感与历史现实对立冲突的《灵与肉》《男人的一半是女人》《芙蓉镇》等作品。在"反思小说"思潮中，作家们不但在书写内容上反思历史现实，也在创作技巧上积极创新，这一时期作家们已经开始尝试西方现代派手法，解构历史，深入人物内心，拉近历史与人物之间的距离。

寻根小说：向古而生的精神重建

80年代中后期，反思小说的热潮逐渐退去，随着西方文化的进一步引入，世界文学"寻根"潮流涌入中国，加之这一时期改革开放带来的社会环境和文化语境的变革，作家们开始寻求重建自身精神世界的方法，由此诞生了一个新的文学潮流——寻根小说。

这一文学思潮的代表作家有韩少功、阿城、张炜、莫言、贾平凹等人，这些作家大多在"文革"时期度过了自己的青春时光，是动荡年代里成长起来的一代人，在改革开放以后，他们登上文坛，受到西方后现代文化思潮的影响，意图摆脱"十七年文学"和"文革"遗风对其文学创作的束缚，意图寻求一种属于他们这一代人的文化语态。但是这一时期社会上并未形成稳固的都市文化形态和现代精神，而他们有的来自农村，有的经历过上山下乡，因此他们将目光转向了历史深处。他们或是从美学意义上去展现风格奇绝的民族文化形态，表现出一种原始崇拜的精神信仰，例如莫言的《红高粱家族》、韩少功的《爸爸爸》；或是以现代意识审视民族文化的精神内核，寻找激发生命源泉的能量，例如贾平凹的《商州》《浮躁》；或是批判社会生活中常见的传统文化形态，对比现代文明中人类的精神危机，例如刘心武的《钟鼓楼》、陆文夫的《美食家》。

从文学表现技巧上来看，寻根小说作家充分打通了世界文学创作潮流与本民族文学传统之间的壁垒，他们勇于借鉴魔幻现实主义、意识流、荒诞派等艺术流派的创作技法，积极探索挖掘本民族文化心理和精神内核，使新时期文学创作进入了一个新的层次。

先锋派小说：昙花一现的众声喧哗

改革开放为新时期作家的文学创作提供了广阔的文化空间，而开放的文化姿态让新时期作家认识到了世界文学创作的发展轨迹，开始反叛传统现实主义，追求与世界文学同步。如果说"寻根小说"是改革开放后中国新时期文学与世界文学在文化意识上的重大碰撞，那么"先锋派小说"则是改革开放后中国当代文学对世界文学在创作技巧上的一次借鉴和创新。"寻根小说"是新时期作家在世界文学潮流（主要是"拉美魔幻现实主义"和川端康成的极具东方美学色彩的小说）影响下对本民族文化的探寻和文学创作维度的创新，而"先锋派小说"则是新时期作家借鉴西方现代派文学技法，对新时期文学创作技巧的探索和尝试。

这一文学潮流的代表作家有马原、残雪、洪峰、孙甘露等，他们在文学创作上大胆解构常规的叙事线，以意识流、超时空、超现实、结构主义等方法来架构叙事线，打破了传统现实主义文学创作的叙事模式，颠覆了读者以往的审美习惯，造成了一种诡谲的疏离感和陌生感，普通读者对于这些文学作品的精神内涵往往会有理解上的困难。在语言上他们积极进行语言实验，采用诗化的语言，看似如梦呓一般，实则极富哲理意味，词语前后矛盾甚至互不联系，读起来晦涩难懂。

先锋派小说的实验性和开拓性为新时期文坛注入了一剂强心剂，这些作家众声喧哗般探索叙事的新维度，开创文学语言的新模式，造成了其文学写作的形式创新优于内容开拓，文学写作场域逐渐狭隘，在众声喧哗过后迅速销声匿迹。

在 90 年代，先锋派小说再一次复兴，但是可以明显看出这一时期的先锋派小说已经与前一阶段有了很大的区别，这一时期的先锋派小说作家不再将目光仅仅锁定在形式探索，而更多地关注现代人的精神危机和生存困境，创作上走向成熟，特别是余华、苏童两位作家，他们创作了大量的长篇小说，例如《活着》《妻妾成群》《米》等作品对人性的欲望和精神危机做了细致的书写，艺术性和思想性都极高。而90年代后期出现的林白、陈染、东西等作家已经能够在形式实验和现实关怀之间做好平衡，并且他们更加注重自我的生活体验，探索文学的个人话语，由此也很难再将他们笼统地划归为"先锋派"。

新世纪的文学现状：繁荣与沉寂

新世纪以后，社会经济发展进入了全新的阶段，文学创作也进入了一个大爆炸的年代，80后、90后作家相继登上文坛，文坛上数代作家济济一堂，争奇斗艳，创作阵容和文本数量极其庞大，呈现出一片繁荣的状态。而莫言斩获诺贝尔文学奖，刘慈欣斩获雨果奖，都反映着中国文学的世界影响力逐渐增大，新时期文学发展依旧在路上。而在个性化写作、流行潮流更迭迅速的当下，很难再有一个文学思潮可以席卷文坛，独树一帜，因此已经很难再将作家们进行派系和思潮上归类，尽管如今文坛兴起了作家的代际划分，但是这种划分本质上并非是从其文学创作风格的统一性上出发，而仅仅是从年龄上，因此缺乏必要的理论支撑。

然而在文坛繁花似锦的今天，其潜在的问题也无可争议，那就是文学经典性的缺失。随着流行文化的兴起和传媒技术手段的创新，文学作品慢慢成为一种文化消费品，在文化场域中逐渐边缘化。尽管张炜、莫言、贾平凹、苏童、余华等作家依旧创作力丰厚，佳作频出，但是带有文学经典性的作品却极少，而韩寒、郭敬明、张悦然等一批80后畅销作家登上文坛以后，文学逐渐市场化，追求商业成功逐渐成为主流。同样，信息化时代的到来，让文学殿堂的门槛大幅度降低，网络小说的诞生让文学创作呈现一种泥沙俱下的形态，追风逐利的快餐式文学作品不断涌现。在市场化的运行机制下，这些作品占据了人们的文化生活，并且可以轻易地取得商业上的巨大成功。但是这些作品作为一种流行品，很快就淹没在文化大潮中，很难对社会文化产生深远的影响。

另外，市场化提升了文学的商业价值，却也让文学在一些重要的场域逐渐沉寂，文学的现实关怀和思辨意义逐渐缺失，反映现实人生，叩问灵魂，给予现代人精神慰藉的作品逐渐缺失，文学对社会发展的影响力也逐步削弱，这也是新世纪以后文学创作者面临的重要问题。

现实主义的永恒魅力是怎样炼成的

郭宝亮

近十多年来，现实主义的问题不断被大家提及，现实主义的创作方法也再次得到许多作家的青睐。这充分说明，现实主义具有永恒魅力。为什么现实主义具有永恒魅力，这种魅力又是如何炼成的呢？这是一个需要我们认真思考的问题。

说清楚现实主义，并不是一个简单的事情，现实主义其实是一个十分复杂的概念：现实主义精神，现实主义创作方法，现实主义思潮和流派。这几个方面既有联系又有区别。作为创作思潮和流派的现实主义，最早形成于19世纪50年代的法国："1850年左右，法国画家库尔贝和小说家尚弗勒里等人初次用'现实主义'这一名词来标明当时的新型文艺，并由杜朗蒂等人创办了一种名为《现实主义》的刊物（1856—1857，共出6期）。刊物发表了库尔贝的文艺宣言，主张作家要'研究现实'，如实描写普通人的日常生活，'不美化现实'。这派作家明确提出用现实主义这个新'标记'来代替旧'标记'浪漫主义，把狄德罗、斯丹达尔、巴尔扎克奉为创作的楷模，主张'现实主义的任务在于创造为人民的文学'，并认为文学的基本形式是'现代风格小说'。从此，才有文艺中的'现实主义'这一正式命名的流派。"① 这里所说的现实主义实际上就是以巴尔扎克、司汤达等为代表的批判现实主义潮流，这一潮流波及欧洲各地，影响深远。然而，从文学史的描述看，古典主义、浪漫主义、现实主义、现代主义、后现代主义……一个又一个潮流的变换，似乎已经走出了现实主义的阶段，但作为创作方法的现实主义，却历久弥新。回顾我国新文学的发生，对其

---

　① 《中国大百科全书·外国文学Ⅱ》，中国大百科全书出版社，1982年版，第1121页。

产生影响的世界文学潮流和方法固然很多，但最重要的影响还是现实主义。果戈理、易卜生、巴尔扎克、托尔斯泰等与我们的新文学有着多么密切的联系！随着中国共产党领导的中国革命的发展，苏联的社会主义现实主义创作方法与理论经由周扬绍介，逐渐成为占统治地位的理论方法。

　　苏联的社会主义现实主义创作方法和理论，是从马克思恩格斯列宁的经典现实主义理论中总结出来的。比如恩格斯在致哈克奈斯的信中提出的典型观[①]，还有在致敏·考茨基的信中提出的真实性与倾向性问题[②]，加上列宁的文学的党性原则[③]。因此在《苏联作家协会章程》中定义"社会主义现实主义"为："要求艺术家从现实的革命发展中真实地、历史具体地去描写现实；同时，艺术描写的真实性和历史具体性必须与用社会主义精神从思想上改造和教育劳动人民的任务结合起来。社会主义现实主义保证艺术创作有特殊的可能性去发挥创造的主动性，去选择各种各样的形式、风格和体裁。"可见社会主义现实主义从一开始就与革命的政治紧密相连。1942年毛泽东的《在延安文艺座谈会上的讲话》中，提出"我们是主张社会主义现实主义的"，就是顺理成章的事。[④]1953年9月至10月召开的第二次文代会把社会主义现实主义确定为我国过渡时期文艺创作和批评的最高原则。从此社会主义现实主义成为独树一帜

---

① 恩格斯《恩格斯致玛·哈克奈斯》中指出："据我看来，现实主义的意思是，除细节的真实外，还要真实地再现典型环境中的典型人物。"这段话一直是经典的现实主义典型论的权威定义。见《马克思恩格斯选集》第四卷，人民出版社1972年第1版，第462页。

② 恩格斯《恩格斯致敏·考茨基》："我决不是反对倾向诗本身。……可是我认为倾向应当从场面和情节中自然而然地流露出来，而不应当特别把它指点出来；同时我认为作家不必要把他所描写的社会冲突的历史的未来的解决办法硬塞给读者。……如果一部具有社会主义倾向的小说通过对现实关系的真实描写，来打破关于这些关系的流行的传统幻想，动摇资产阶级世界的乐观主义，不可避免地引起对于现存事物的永世长存的怀疑，那末，即使作者没有直接提出任何解决办法，甚至作者有时并没有明确地表明自己的立场，但我认为这部小说也完全完成了自己的使命。"见《马克思恩格斯选集》第四卷，人民出版社1972年第1版，第454页。

③ 参见列宁：《党的组织和党的文学》，《列宁选集》第一卷，人民出版社1972年第2版，第646—651页。

④ 参见毛泽东：《在延安文艺座谈会上的讲话》，《毛泽东选集》（一卷本），人民出版社1968年8月版，第824页。

现实主义的永恒魅力是怎样炼成的

的创作方法。这一方法指导下的文艺产生了一批比较优秀的作品，但公式化概念化的创作倾向也日益严重，直到"文化大革命"中登峰造极的"三突出"。

正因为现实主义存在着这样那样的问题，有关现实主义的争论一直没有停歇过。早在 20 世纪 30—40 年代，特别是 40 年代，胡风就针对左翼作家内部存在的"主观主义"和"客观主义"倾向，提出批评，并阐述了自己对现实主义的理解。主观主义就是作家完全把一种观念一种概念植入生活，人物形象成为传声筒；而客观主义则以旁观者的态度，观看生活，与人物事件保持距离。对此，胡风认为作家反映生活，不是被动的旁观的反映，而是与生活拥抱、燃烧，是主观和客观的相互突进、相克相生。"这指的是创作过程的创作主体（作家本身）和创作对象（材料）的相克相生的斗争；主体克服（深入、提高）对象，对象也克服（扩大、纠正）主体，这就是现实主义的最基本的精神。"①胡风称之为"主观战斗精神"。现在回过头来看，胡风有关现实主义的观点是很有价值的，可惜当时论争中，由于政治因素的介入，胡风的观点未被采信，反而当作了唯心主义而加以批判，同时也为他 1955 年的凶险命运埋下了伏笔。

1956 年何直（秦兆阳）的《现实主义——广阔的道路》与 1962 年邵荃麟提出的"现实主义深化"论，都是对社会主义现实主义实施过程中的教条主义和公式化概念化现象的批评。他们最终不得不为此付出沉重的代价。

历史进入新时期，现实主义的命运仍然充满坎坷。改革开放带来的观念革新，西方文化的长驱直入，人道主义、现代主义成为时髦，加上人们对极左政治的逆反心理，现实主义一时成为保守、落后的代名词。许多作家纠结于使用现实主义还是现代主义方法进行创作而颇感焦虑。正像路遥在创作《平凡的世界》一书时的焦虑一样："那么，在当前各种文学思潮文派日新月异风起云涌的背景下，是否还能用类似《人生》式的已被宣布为过时的创作手法完成这样作品呢？而想想看，这部作品将费时多年，那时说不定我国文学形式已进入'火箭时代'，你却还用一辆本世纪以前的旧车运行，那大概是十分滑稽的。"②然而，1990 年代中后期，特别是进入 21 世纪以来，文学由 1980 年代的"向

---

① 胡风：《人道主义和现实主义的道路》，《胡风选集》（第一卷），四川人民出版社 1995 年版，第 69—71 页。

② 参见路遥：《路遥全集·早晨从中午开始》，北京十月文艺出版社 2013 年 5 月第 2 版，第 3—90 页。

内转"逐渐"向外转"①，许多先锋作家开始向现实主义回归。当然这种回归不是放弃先锋而回到现实主义，而是将先锋精神与现实主义的融合后的回归。这种回归的力量有目共睹，莫言、陈忠实、王蒙、贾平凹、张炜、刘震云、王安忆、铁凝、格非、苏童、余华、毕飞宇、刘醒龙、关仁山、李佩甫、迟子建、方方、阿来、严歌苓、金宇澄以及70后、80后的不少作家如徐则臣、弋舟、胡学文、刘建东、李浩、张楚、付秀莹、魏微、鲁敏、石一枫等，我们可以列出一大串作家的名字和他们的作品，来证明开放的现实主义是多么充满了魅力！

历史的经验值得注意，凡是教条主义地把现实主义封闭起来、单一起来的时候，公式化、概念化的倾向就会接踵而至；凡是以开放的态度，使现实主义广收博取，我们的文艺就会迎来春天。我想现实主义的永恒魅力就是在开放的体系中炼成的。因此，进入新时代的现实主义，一定要吸取历史的经验教训，不能自我封闭，自说自话，套用秦兆阳前辈的话就是："现实主义——广阔的道路！"

2018年7月25日于石家庄

① 参见郭宝亮：《文学的"向外转"与在地性——近五年小说的一种趋向》，《文艺报》2017年8月30日第2版。

现实主义的永恒魅力是怎样炼成的

以个体人生质疑历史主义

——改革开放 40 年小说里的历史反思

毕光明

　　近现代中国史，几乎是一部革命史。从旧民主主义革命，到新民主主义革命，再到社会主义革命，波澜壮阔，跌宕起伏，贯穿了 20 世纪的大半个世纪。革命是对"三千年未有之大变局"的反应，是一批又一批的有识之士对中华民族在巨大的危机面前自救和自强的勇敢担当。自救和自强都是以 19 世纪末期强行闯入弱国子民视界的西方国家作为参照的。民族的振兴使命催生了不同的政治力量走上中国近代史的舞台，他们无不以改造中国社会、重写中国历史作为自己的奋斗目标，但是不同的救国方案即革命道路的选择发生了冲突。经过殊死的角力，中国共产党最终胜出，通过选择苏俄道路，以工农革命的方式赢得了国家政权。不同于其他政治力量的是，中国共产党领导的革命，不是以西方的强大而是以资本主义的没落为超越对象，故而不仅发动了新民主主义革命，在赢得成功后按照既定的方针开始了社会主义革命的伟大征程，向更远大的目标奋进。选择马克思主义，加入苏联阵营，都是以实现共产主义作为最终目的的。将马克思列宁主义提炼为辩证唯物主义和历史唯物主义，用以指导中国革命实践，已经取得的成功即是继续革命的信心所在。社会主义革命是革命党转变为执政党以后按照马列主义的线性历史观为加快实现政党终极目标的全新的实验，全体民众被整合为"人民"集体投入到这一实验之中，以实现创造人类历史的梦想。然而近三十年的社会主义革命遭受了严重的挫折，以政治运动治国把人民拖入了苦难之中，它意味着让活生生的人去证明一个历史主义的理念，失去的是革命的合法性。就像 1949 年的成功建政是历史的必然一样，

1978 年的改革开放也必然到来。改革开放交给全国人民的是思想解放和甩开膀子建设四个现代化，改革开放交给当代文学的最重要的任务则是对以革命为主旋律的近现代中国历史的反思。

文学里的历史反思，从 1977 年底滥觞的"伤痕小说"就开始了。《班主任》不只是指出了愚民政策给青少年留下了看不见的精神创伤，它也启发人们思考：推行文化专制主义的目的何在？《伤痕》里的王晓华，误信母亲背叛过革命，就毫不犹豫地背叛了母亲，人们不禁要问：是什么样的教育会让人视革命高于母亲？《枫》是伤痕文学里悲剧色彩最强的小说。高中生卢丹枫和李红刚，怀着对未来的美好憧憬即将迎来高考，却被猝然而至的"文化大革命"打断了正常的生命进程，为保卫毛主席革命路线而参加武斗，一对恋人因"文功武卫"而先后失去了美好的生命。可是他们至死也不知道他们用生命去保卫的究竟是什么。那么是谁把他们带进了死亡？顾城在他的诗歌《红卫兵之墓》（又名《永别了，墓地》）里做了回答"是太阳把他们领走的"。毕竟有同龄人在反省自己曾经遭受蒙昧的糊涂。不过，伤痕小说多半是用揭出的伤痛引起了人们对"文革"政治的疑惑，作者自己未必都有反思历史的自觉。

"反思小说"接踵而至，在痛定之后思痛。反思小说的主体是归来的作家，他们是 1957 年反右运动的牺牲品。正是仅仅因为说过一点真话而遭到残酷打击，堕入长达二十余年人生磨难的经历，使得他们的写作指向了社会主义革命历史。他们的小说在回味切肤之痛里生成，以复杂的感情讲述他们所经历的政治运动对无辜人民的伤害，出现在他们小说里的无辜者主要是受打击的知识分子和在大集体时代被贫困折磨的农民。反思小说虽然也有着意于对自我政治道德形象的重塑，如《灵与肉》《天云山传奇》和《雪落黄河静无声》等，但是，更多的作品对当代中国以革命的名义开展政治运动，严重地扭曲人生的社会主义实践提出了质疑。《布礼》里的钟亦成，少共出身，对党和革命忠心耿耿，可是竟然被党宣判为人民的敌人，心灵受到的摧残让他既感到剧痛而又如堕五里雾中。钟亦成不明白自我过分追求布尔什维克化恰恰是个人主义的表现，而个人主义正是革命的主要对象。小说以反讽式的叙事，对革命与人生自我实现愿望的对立暗暗发出疑问，是改革开放背景下反思革命本质的发轫之作。《绿化树》和《男人的一半是女人》侧重于对当代智劳关系的还原。20 世纪的中国，选择了阶级革命作为改造中国社会的利器，反智主义便与之相伴随。如果说在新民主主义革命阶段知识分子尚是需要利用的社会力量，那么，在社会主义革命时期，公有制建立后继续革命的对象就是资本主义和资产阶级，知识分子因所受的教育被革命领导者划归到资产阶级，这样政治运动一到，他们就在劫难逃。小说以男人和女人的关系隐喻智劳关系，在他们的纠葛中凸显出了第三者——政治势力排斥知识理性的真正意图，说明类似反右这种打击知识分子的政治运动，实质上是用野蛮改造文明，它歪曲马克思主义理论以巩固政权的政治功利目的，总是隐藏于堂皇的革命口号之后。张贤亮通过智劳关系的还原，揭露了革命造成的历史倒退，是从最深切的个体经验出发对社会历史的深度反思。讲述新中国农民命运的小说《"漏斗户"主》《李顺大造物》《陈奂生上城》和书写乡村苦难的《犯人李铜钟的故事》，也都触及革命时代政治行为与芸芸众生生存需求相悖逆的历史问题。

"反思小说"作为一种创作潮流，很快被"改革小说""寻根文学"和"现代派文学""先锋小说"所取代，然而，反思作为一种文学精神却沿着改革开放时间线的延长而在新的文学境遇里得到强化和深化。80年代中后期，"新历史小说"兴起。这些小说，以区别于传统历史小说的叙事态度与方法，讲述跨越社会主义时期的近现代革命行进路途上在民间发生的家族的或个人的人生故事。新历史小说如果以"新历史主义"命名，它的下限大致在90年代中期。以《灵旗》《红高粱》肇其端，在近十年时间里涌现出一批作品，重要的有《古船》《红高粱家族》《大年》《枣树的故事》《棉花垛》《黑坟》《罂粟之家》《故乡天下黄花》《革命时期的爱情》《旧址》《苍河白日梦》《活着》《白鹿原》《丰乳肥臀》等。新历史主义小说或出于作者在思想解放的文化环境里对历史的感悟，或受到西方新历史主义理论的影响，摆脱了从中共党史得来的对近现代中国史的认知，而根据党史之外的历史传闻和民间流传的逸闻趣事，以及基于人生经验对特定情境中人性表现可能性的想象，遵从本民族的文化逻辑和人性逻辑，虚构出近现代中国人欲望冲突和生存挣扎的故事。这些小说有意识地解构和颠覆了50—70年代革命历史小说的历史主义观念，不再以阶级冲突结构故事，也不再以历史目的论来评判主人公的行为价值，而是按照自然法则来展现历史空间里由原欲所驱动的个体生存情境及命运。在主流革命叙事里的历史观仍然作为意识形态保留下来的改革开放时代，新历史主义小说为近现代中国史尤其是革命史的多元性重述争得了话语空间，尽管其中虚无主义的历史观和戏谑式的书写可能导致历史的审美重构失去新文化建设方向。

在"新历史主义"这一概念之下的小说创作潮流似乎在 90 年代中期告一段落，但实际上，比多数新历史主义小说抱有更严肃的叙事态度的新历史写作，一直延续至今，这或许是市场经济暴露出来的体制改革滞后造成的社会问题，促使作家从历史中追问阻碍中国现代化的意识形态症结所在。"新历史"与"新历史主义"本无明显的分野，延续着历史反思的文学思潮，新世纪的"新历史小说"犹如黄钟大吕，在物质主义和意识形态惯性造成的荒旷的精神原野上回荡。影响较大的有《生死疲劳》《蛙》《花腔》《中国一九五七》《夹边沟记事》《受活》《笨花》《古炉》《启蒙时代》《陆犯焉识》《圣天门口》《张马丁的第八天》《公字寨》《知青变形记忆》《赤脚医生万泉和》《后悔录》《玉米》《两位富阳姑娘》《枪毙》，以及"江南三部曲""土地三部曲"等等。这些小说，题材各异，叙事意向也不统一，但共同点是对近现代中国历史个人视角的书写，无须遵从主流历史观对特定社会性质的规范表述。最有意义的历史反思是，暴力革命成功后发生在和平建设时期的一系列政治运动，如土改、反右、"大跃进"、社教、"文化大革命"等，都在这些历史小说里得到了令人触目惊心的艺术呈现。只有这些历史事件，才能说明历史主义即乌托邦执念的荒谬。在重述这些惊心动魄的历史故事时，作者所采取的都是人性本位的立场，而非历史本位的立场，其基本的历史观点是，人的自为性活动构成历史，而不是人为历史目的的实现而活动。以《生死疲劳》为例，小说用土地的主人西门闹被彻底剥夺，中国乡村在半个世纪里被政治理念所折腾的悲剧和闹剧，说明要害在于政治权力把历史主义的社会构想强加于人，个体人生也就完全失去了生存的自由。

改革开放四十年文学：
逻辑起点和阶段史建构

何 平

2018 年是改革开放四十周年。"改革开放四十年文学"作为整个改革开放四十年的重要构件和成绩也当然地不断被提及。作为仪式的"改革开放"，每隔十年都会被回到起点去缅怀和纪念，文学参与其中，也以"十年"为一个单元被纪念。其实，当改革开放已经积累到四十年，随着莫言、余华、苏童、阎连科、多多、刘慈欣、曹文轩等获得多个世界文学重要奖项，以中国当代文学这四十年文学成就论，是该到了总结这四十年文学历史成绩，进而考虑建构这四十年文学阶段史的时刻了。

中国现代文学区别于中国传统文学具有历史连续性和内在整体性，但这不妨碍一百年新文学这个大历史时段中间存在相对独立的"小历史时段"。"改革开放四十年文学"就属于"小历史时段"命名。从时间长度上，"改革开放四十年文学"较之目前中国现代文学研究已经获得广泛共识的几个"小历史时段"的时间都长，比如"现代文学三十年"（1917—1949，其实是 32 年，这 32 年文学曾经被细分为 20 年代、30 年代、40 年代文学，这些断代也不是严格地从一到十的"年代"切分，而且 40 年代文学里又进一步细分出"抗战文学""延安文学"等等）、"十七年文学"（1949—1966）、"文革文学"（1966—1976）和"新时期文学"（1976 年至 20 世纪 90 年代初）等。不过，和中国现代文学史的诸多"小历史时段"命名方式一样，"改革开放四十年文学"也并不是纯粹的文学命名。观察中国现代文学史其他"小历史时段"的命名，就像有学者指出的："当时的学者出于习惯性的文学观念，把文学看作是政治附庸，给某个时期的文学现象加上一个具有政治内涵的时代限制，如'抗战文学''文革文学'，等等。"不只是每一个阶段性的"小历史"，整个中国现代文学史，文学和时代政治的共同建构是一个基本史实。同样，"改革开放四十年文学"，文学和政治意识形态复合命名的特征也很明显。因此，如果"改革开放四十年文学"可以作为阶段史被建构，"改革开放"这个特定时代的政治内涵也应该被凸显出来；而如果"改革开放"这个时代主题被凸显出来，显然这四十年的文学阶段史是一个有着规定主题的阶段史。

事实上，从一开始就被研究者意识到的是："我们的社会主义革命进入了一个新时期，我们的文学事业也进入了一个新时期。"一直到十年前"改革开放三十年"研究者仍然持这个观点，他们认为：我们必须在"文学"与"这30年"的相互生产的互动性关系中来进行讨论。一方面，我们要谈文学是如何介入到、参与到这30年的历史变迁和社会变革之中的；另一方面，我们也要谈文学怎样被这30年的中国现实所深刻界定并制约。基于这个前提，无论是思考"改革开放四十文学"的逻辑起点，还是试图建构这四十年的阶段文学史，都必须充分认识这四十年的改革开放过程性的"现实"。改革开放时代和改革开放时代的文学如何相互塑造，这是一个有价值的研究课题，已经有研究成果开始勘探两者之间的关联性，比如张旭东关于改革时代中国现代主义的研究。改革开放四十年，在每一个新旧交替的时代，文学都会以其强烈的问题意识和独特的把握世界的方式成为改革开放时代的一部分。1978年，思想解放运动中的"伤痕文学"是这样的；90年代，国企改革进入一个关键时刻，文学"分享艰难"的现实主义冲击波是这样的；同样，新世纪"底层文学"也是中国社会各阶层分化和重组的结果，甚至80年代某一阶段的文学思潮直接以"改革文学"来命名。

一、思想解放运动：改革开放四十年文学的逻辑起点

改革开放四十年，文学研究的观照视阈与时俱进，被分割成"新时期文学""80年代文学""90年代文学"和"新世纪文学"等更微小的历史时段。建构整体性的"改革开放四十年文学"阶段史，必然会面对如何去拼接这些被分割的更微小的历史时段，使他们不各自为政，而是被纳入"四十年"的长时

段之中。

首先可以认定，"改革开放四十年文学"的逻辑起点是 1978 年的思想解放运动。那么，之前两年即开始的"新时期文学"能不能直接接驳进"改革开放四十年文学"？如果可以接驳，前提是文学比其他领域的思想解放更早得风气之先，成为改革开放的先声。但事实上，文学并没有突出的先知先觉，只是与时代偕行。洪子诚认为："1976 年 10 月江青、张春桥等'四人帮'被逮捕，标志着长达十年的'文化大革命'终结。在中共十一大上，将'文革'后称为'新时期'。"另外的观点则是："随着中国政治局势的变化，1978 年 12 月召开的中共十一届三中全会确定了思想解放的政治路线，彻底否定'文革'，否定阶级斗争路线，全党的工作重点转移到实现四个现代化的经济建设上来。这一历史性的转变给文学创作带来了真正的解放，许多创作禁区被打破。1979 年 10 月，全国第四次文代会召开，明确指出'党对文艺工作的领导，不是发号施令，不是要求文学艺术从属于临时的、具体的、直接的政治任务，而是根据文学艺术的特征和规律，帮助文艺工作者获得条件来不断繁荣文学艺术事业'。对这一文艺政策的宽松措施，从中国近五十年文艺发展的教训来看，怎么评价都不过分，它直接导致了 80 年代文艺创作的大解放和大繁荣。所以，也有不少文学史研究者认为，文学史意义上的'新时期'应该是从 1978 年的年底前后开始的。"从现有的材料看，将"新时期"的起点锚定在"'文革'后"，甚至再前移一点，符合当时的历史现实；而以"1978 年前后"作为"新时期"起点某种程度上则是研究者后设的结果。换句话说，"新时期文学"和"改革开放四十年文学"的逻辑起点并不完全重叠。从 1976 年上半年到 1978 年下半年的时间并不长，也就两年多而已，但时代性质则迥异。

查阅早期冯牧、张炯和何西来三人关于"新时期文学"的研究专著和论文集，他们对"新时期"的起点表述是一致的，冯牧认为："以伟大的四五群众运动为序曲，以万恶的'四人帮'的被铲除为起点，我们的文学创作同我们的社会主义事业一道，进入了一个崭新的时期。"张炯也是这样看的："新时期的文学以丙辰清明天安门革命诗歌为发端，揭开了序幕。"中国社会科学院文学研究所当代文学研究室编撰的《新时期文学六年》，其起点也是 1976 年 10 月。张炯和冯牧对"新时期"开始的三年做了细分，张炯认为："粉碎'四人帮'的头两年，文学从十年荒芜走向复苏。但由于摧残文坛的'左'倾错误尚未能得到根本纠正，文学发展仍然受到严重阻碍。党的十一届三中全会之后，思想解放运动波澜壮阔地展开，大批过去被迫搁笔的老中年作家重返文坛，新作者又如雨后春笋地成长，文学创作从内容到形式都突破了一个又一个禁区。"冯牧则指出："过去的一年，是粉碎'四人帮'以后的第三个年头。这一年，是告别过去，迎接未来的一年。"

起于 1976 年的新时期文学其价值立场并没有呈现比其他领域更为激进的思想解放的立场和姿态，文学的改革开放是在政治领域的改革开放之后的。"一九七七年八月中共第十一次代表大会宣布'文革'结束，同年十一月刘心武的小说《班主任》发表，标志文艺界开始自我解冻，一年之后，卢新华的小说《伤痕》引起轰动，连同稍后出现的话剧《于无声处》、小说《神圣的使命》，被视为接踵而至的伤痕文学的发端。然后，这些都不过是思想解放运动波澜中的涟漪。与此同时，保守与改革的争斗引起了关于'两个凡是'的讨论，北京出现了'西单民主墙'，一批民刊出现。"《今天》创刊于一九七八年十二月二十三日。"检索吴俊主编的《中国当代文学批评史料编年》(1977—1983)也能观察到政治领域保守和改革的争斗在文学上的反应，甚至在 1977 年和 1978 年的上半年，能看到的依然是保守的文学立场，很少听到激进的解放的声音。

政治是文学的晴雨表，1977 年是文学界对"四人帮"的揭批和清算年。值得注意的是该年 12 月 12 日《文汇报》发表了一组文艺随笔，其中芦芒的一篇《解放思想，繁荣诗歌创作》提出了文艺界的"解放思想"问题。进入到 1978 年，延续 1977 年重提"双百方针"和"十七年文学"的思路，比如《北京文艺》第 1 期发表刘厚明《十七年文艺成绩不可低估》，将 1949 年之后的文学，前十七年和后十年做了切割。文学从有选择地恢复"十七年文学"开始它的新时期，甚至 1979 年出版的"百花文学"选集书名即叫《重放的鲜花》。但不止于"恢复"和"重放"，一些更重要的变化在 1978 年六七月已见端倪。《文汇报》《文艺报》先后发表茅盾、郭沫若、周扬和巴金等在"中国文学艺术界联合会第三届全国委员会第三次扩大会议"上的讲话，其中巴金的讲话题目是"迎接社会主义文艺的春天"。

1978 年下半年，和整个中国政治氛围一样，文艺界开始在较大范围讨论"解放思想""拨乱反正""文艺民主""实践是检验真理的唯一标准"等改革性话题。从创作实绩看，以唐达成主编、中国文联出版公司 1986 年出版的《中国新文艺大系》（1976—1982）的短篇小说卷为例，1976 年没有收入一篇小说，1977 年也仅仅收录了王愿坚的《足迹》和刘心武的《班主任》。而 1978 年收录的作品，不但数量上达到 17 篇，且出现了《从森林里来的孩子》《伤痕》《最宝贵的》《神圣的使命》《献身》《墓场与鲜花》等"解放思想"之作。不仅仅看收录的篇目，可以对比后来文学史视作"伤痕文学"代表作的《班主任》和《伤痕》，虽然绝大多数研究者认为《班主任》是伤痕文学的起点，但如果我们仔细分析，《班主任》仍然是一篇路线斗争的社会问题小说，而"发表于一九七八年八月的《伤痕》把这一时期政治批判的主题由一般的社会问题推进到一个更深刻敏感的领域，触及现代迷信的尖锐课题，揭示了它的严重后果——对人民情感的残酷摧残。"《伤痕》的出现和一九七八年底开始的思想解放运动，特别是关于'真理标准问题'的讨论，以及此后中央对'文化大革命'否定性重新评价，有着直接的联系。"

概而言之，"新时期文学"和"改革开放四十年文学"是两个不一样的概念，有着不一样的逻辑起点。"新时期"可以从 1976 年开始，而"改革开放"只能从 1978 年开始。

二、"无边的现实主义"：理论自觉到创作实践

一定意义上，改革开放四十年文学，文学的思想解放运动是从恢复现实主义传统开始的。"最早用明确的语言提出恢复现实主义传统这个口号的是北京人民艺术剧院的导演和演员。那是一九七八年春天排演话剧《丹心谱》的时候。"顺便提及的是，话剧成为改革开放四十年的先声，同年引起巨大反响的还有话剧《于无声处》。新时期文学框架里，同时期小说和诗歌实绩被充分揭示，话剧不在时代文学的中心地带，但回到改革开放四十年文学的逻辑起点，话剧如何参与到改革开放的时代建构需要重新评估。一定意义上，叙述改革开放四十年文学要从话剧与时代关系开始。已有的中国当代文学史论及这四十年文学几乎没有能够把话剧恰当地整合进来并且贯穿始终。何西来指出："重新评价《现实主义——广阔的道路》的文章，就是出现在艺术民主和艺术自由的呼声日渐高涨，打破各种禁区的要求愈益强烈，文艺界思想解放的步伐在三中全会以后逐渐加快的时候。第一篇文章是一九七九年三月二日发表在《广西日

报》上的鲁原的《真理经得起岁月的洗磨》。接着是《延河》的几篇文章，在全国有较大的影响，这是刊物上用较大篇幅为《现实主义——广阔的道路》翻案的最早的一家。"可以注意到批评家使用的动词和动词性词组——"重新评价""打破各种禁区"和"翻案"等等，无一不指向这是一个拨乱反正的时代。尤其值得注意的是，作者指出的恢复和重评现实主义的三个重要前提条件。能够作出这样的判断，恢复和重评现实主义是改革开放四十年文学最早的收获。

可以看一下中国当代文艺理论史。从 1978 年恢复和重评现实主义开始，现实主义一直是改革开放四十年不断重提的话题。仅仅在 1980 年代中期之前就涉及现实主义传统的批判现实主义、革命现实主义、社会主义现实主义和社会主义批判现实主义等等，涉及典型的个性、共性和阶级性以及"复杂性格"组合等等，涉及文艺的真实性的"写真实"与真实性的政治性和倾向性等，以及异化和人道主义等……所有和现实主义相关的问题都被重新拿出来检讨和反思。因此，在我们考察改革开放四十年文学的早期阶段从伤痕文学、反思文学，到寻根文学、现代派文学、新写实文学的现实主义挖掘和深化，不能离开现实主义的理论自觉。简单地举几个例子。1984 年 11 月，刘再复在《读书》发表《关于"人物性格二重组合原理"答问》。在此前后，《文艺报》等报刊开始了影响深远的"关于'复杂性格'问题的讨论"，除了理论家和批评家，李国文、古华等作家也卷入了讨论。刘再复认为，要塑造出具有较高审美价值层次的典型人物，就必须深刻揭示性格内在的矛盾性。"所谓人物性格的二重组合，从性格结构上说，指的是具有较高审美价值的作为艺术典型的人物性格的二极性特征。"刘再复的"复杂性格论"不是一种凭空的理论想象，而是基于1984 年前后的文学现实，进而又影响到同时代的文学创作。如果承认"复杂性格"，那么按照特定的阶级和路线站队对人物进行粗糙的划分无疑只是一种过于机械化的"简单性格"。

1985 年 4 月，吴岳添翻译了罗杰·加洛蒂的《论无边的现实主义》。罗杰·加洛蒂描述了一条和我们习见的从十九世纪的批判现实主义到二十世纪三四十年代以来苏联和中国社会主义现实主义更进一步的现实主义路线图。按照他的理解，"从斯丹达尔和巴尔扎克、库尔贝和列宾、托尔斯泰和马丁·杜·加尔、高尔基和马雅可夫斯基的作品里，可以得出一种伟大的现实主义的标准，但是如果卡夫卡、圣琼·佩斯或者毕加索的作品不符合这些标准，我们怎么办？应该把他们排斥于现实主义亦即艺术之外吗？还是相反，应该开放和扩大现实主义的定义，根据这些当代特有的作品，赋予现实主义以新的尺度，从而使我们能够把这一切新的贡献同过去的遗产融为一体？""我们毫不犹豫地走了第二条道路。"可以看出，罗杰·加洛蒂的观点对中国文艺理论界启发良多，仅仅"无边的现实主义"的题目就让人心生遐想。

富有意味是 1985 年恰好是所谓的"新小说年"。开放和扩大现实主义将卡夫卡、圣琼·佩斯或者毕加索这些目为现代主义的作家和艺术家接纳进来，虽然从现实主义理论上值得商榷，但从改革开放时代中国文学现实来看，这不仅为"新小说""探索小说"的登场提供了理论支援，也为传统现实主义文学边界的拓展带来契机。某种意义上，"无边的现实主义"其实是综合了传统的现实主义和现代主义的"新现实主义"。1985 年前后，无论是寻根文学，还是先锋文学都可以看作这种意义上的"新现实主义"。同样，这种"新现实主义"对于未来 1990 年代文学的影响是巨大的。作者曾经用文本细读的方法研究陈忠实《白鹿原》、铁凝《笨花》、韩少功《爸爸爸》以及王安忆《小鲍庄》之间在暧昧历史起源、强调地方经验和重视日常生活等方面的关联性，其实他们之间最大的关联性是一脉相承的"新现实主义"文学观。

翻阅柳鸣九主编的、1987 年开始组稿、1992 年出版的《二十世纪现实主义》基本上就是按照"无边"去想象中国和世界当代的现实主义。事后看，新时期"无边的现实主义"在中国的完成正是理论批评界和创作界彼此策应、共同完成的。理论自觉的同时，则是域外现实主义经典的批量介绍和现实主义文学创作实践。中国作家以空前的热情汲取陌生国度的现实主义资源，不只是西方发达国家，拉美的魔幻现实主义成为开启中国 80 年代中期以后现实主义的重要动力。观察中国出生于二十世纪四五十年代的这一批"文革"结束前后走上文学创作道路的作家，像贾平凹、陈忠实、张炜、莫言、王安忆、范小青、黄蓓佳、阎连科、韩少功、李锐、刘震云、刘醒龙等等，都有类似的从回到"文革"之前的"十七年文学"，然后逐渐摆脱"十七年文学"，寻找到属于自己现实主义道路的过程。这种自觉在二十世纪八九十年代之交即结出《浮躁》《古船》《活动变人形》《心灵史》《洗澡》《平凡的世界》《灵山》等现实主义果实。进入 1990 年代到新世纪，这一批作家以《黄金时代》《白鹿原》《废都》《九月寓言》为起点，持续不断贡献出《马桥词典》《赤脚医生万泉和》《长恨歌》

《秦腔》《古炉》《老生》《圣天门口》《受活》《笨花》《丰乳肥臀》《生死疲劳》《蛙》《1948》《一句顶一万句》《日熄》等重要的长篇小说，而比他们更年轻的作家则写出《空山》《尘埃落地》《满洲国》《额尔古纳河右岸》《活着》《许三观卖血记》《兄弟》《江南三部曲》《河岸》《黄雀记》《平原》《推拿》《花腔》《后悔录》《唇典》《耶路撒冷》等富有锐气的经典之作。

一定意义上，改革开放四十年文学是从恢复和重评现实主义走向"无边的现实主义"之"新现实主义"，在实践上推动现实主义长篇小说蜂起的时代。现实主义在改革开放四十年的命运，作为改革开放四十年文学的一个重要侧面，不仅让我们看到了文学理论和文学实践的相互支援，而且以现实主义为线索建立起一种历史的连续性和整体观，能够有效地改变将"改革开放四十年文学"人为地分割成"80 年代文学""90 年代文学"和"新世纪文学"的研究现状。以现实主义为观察视角，没有"80 年代文学"，何来"90 年代文学"和"新世纪文学"？不仅仅是综合的"新现实主义"，单单观察先锋文学，在历史的连续性和整体观看取 1980 年代的先锋文学，它并没有像我们想象的那样在20 世纪 80 年代末"终止先锋"。相反，进入 90 年代，出现了苏童的《米》和《我的帝王生涯》、余华的《在细雨中呼喊》、格非的《敌人》和《边缘》、孙甘露的《呼吸》、吕新的《抚摸》和北村的《施洗的河》等重要的先锋长篇小说。

三、改革开放中的文学四十年

以思想解放运动作为逻辑起点，就文学自身发展而言，既然强调"改革开放"，这四十年文学自身对审美陈规和教条的冒犯和叛逆，当然应该被充分地尊重和肯定。因此，"改革开放四十年文学"既是四十年改革开放时代的文学，当然也是"文学改革开放"的四十年，这是此"小历史时段"区别于其他"小历史时段"的重要特征。

从这个角度观察改革开放四十年文学，将其视作一部审美变革史自然有其合理性。中国现代文学一百余年，许多重要的文学观念革命和文学创作实践都是发生在这四十年。变革可能是像改革开放文学发生之初新文学传统复苏的温和渐变，也可能像第三代诗人针对朦胧诗提出"pass 北岛"那样断裂式的文学革命。撇开温和渐变式的变革不论，1986 年，吴亮和程德培主编并出版了《新小说在 1985 年》和《探索小说集》。这两个选本以"新"和"探索"的名义，其刻意"编辑"和"设计"偏离以"恢复"和"重放"为起点的新时期文学的意图相当明显，所以，相对于"恢复"和"重放"恒常中的渐变，文学改革的参与者认为他们所做的是"极端"和"异端"。"极端"和"异端"强调的是比温和的渐变更激进的文学革命。1988 年 4 月余华给《收获》编辑程永新的信谈到"极端主义的小说集"："我一直希望有这样一本小说集，一本极端主义的小说集。中国现在所有有质量的小说集似乎都照顾到各方面，连题材也照顾。我觉得你编的这部将会不一样，你这部不会去考虑所谓客观全面地展示当代小说的创作，而显示出一种力量，异端的力量。就像你编去年《收获》5 期一样。"这封信里谈到的应该是程永新编辑的《中国新潮小说》。体现在具体文学实践，《收获》1987 年第 5 期和 1988 年第 6 期两个专号的阵容几乎全部由马原、余华、格非、苏童、孙甘露等这些当时最为激进的先锋小说家组成。"在《收获》新掌门人李小林的支持下，我像挑选潜力股一样，把一些青年作家汇集在一起亮相，一而再，再而三，那些年轻人后来终于成为影响中国的实力派作家，余华、苏童、马原、格非、王朔、北村、孙甘露、皮皮等，他们被称为中国先锋小说的代表人物。"《收获》极端的先锋姿态为新时期文学开辟了另一条道路。1987 年 10 月 7 日苏童给程永新的信中写道：《收获》已读过，除了洪峰、余华，孙甘露跟皮皮也都不错。这一期有一种'改朝换代'的感觉，这感觉对否？"

同样，1998 年的鲁羊、韩东和朱文等发起的"断裂"事件，也是一群作家试图通过清算文学传统来确立自己的新形象。"断裂"及其"断裂"以后的新世纪其实是一个比"断裂"更为复杂、暧昧的"离散"的"个"文学时代。《断裂：一份问卷和五十六份答案》保存了一份世纪之交中国年轻作家出"代"成"个"的精神档案。"我们的行为并非是要重建秩序，以一种所谓优越的秩序取代我们所批判的秩序。我们的行为在于重申文学的理想目标，重申真实、创造、自由和艺术在文学实践中的绝对地位。"值得指出的是，与"断裂"事件几乎同时的是网络文学的萌发。随着博客、个人网站、微博、微信等的蜂起，大众传媒碎片化成一个一个的"私媒体"，基于交际场域，网络文学当然不可能是我们原来说的那种私人的冥想的文学。"粉丝文化"属性所构成的"作者—读者"的新型关系方式突破了传统相对封闭的文学生产和消费。"在网络写作"也正是在这种关系方式中展开，自然也会形成与之配套的"交际性"网络思维、写作生活以及文体修辞语言等等。

　　类似上面这样或大或小的变革和革命，在"改革开放文学"的四十年从来没有停止过。因此，可以说，"改革开放四十年文学"的阶段史建构某种程度上是复现四十年间的文学变革史——这四十年，发生了哪些文学变革和革命？这些文学变革和革命的时代语境是什么？变革和革命留下的历史遗产有哪些？进而变革和革命的内在历史逻辑如何被建立而成为一个整体？

　　一直以来，"改革"和"开放"并举。因此，四十年的文学改革史，同时是一部中国文学和世界拥抱的开放史。还以前面的 20 世纪 80 年代中期为例子。先锋文学策动的"改革"和"开放"互为因果，就像当时有作家指出："当前流行世界的现代文学思潮不是一群怪物们的兴风作浪，不是低能儿黔驴技穷而寻奇作怪，不是赶时髦，不是百慕大三角，而是当代世界文坛必然会出现的文学现象。……在 19 世纪的现实主义文学形成之前人们大多把小说和故事归为一体；而当代某些人就不满足这种上世纪所流行的有头有尾、中间有起伏高潮的小说写法了。他们认为生活中所遇到的事情并非如此；人的大脑活动方式是流动、跳跃的、纷杂而不连贯的，作家应当遵循人的正常思维活动方式来写作。当代的乔伊斯、福克纳、沃尔夫等人都这样尝试做了。于是人们称他们为'现代派'。"在"球籍"焦虑的 80 年代，世界的"当代"是我们一下子就想追赶的目标。和此时代情绪一致的是，冯骥才使用了"改革"这个词："这一改革实际是文学上的一场革命"，同时也说到了"实验"——现代派带有"试验性"。

　　所以，改革开放四十年文学阶段史应该是一部交织诸种矛盾和冲突的丰富的文学史，而不是一部单一线性的片面强调"改革开放"立场，遮蔽其中曲折的做减法的文学史。当然，具体到某个时代也不是刻意突出"非改革开放"的文学立场，而是尽可能打开和抵达丰富复杂的文学史现场。以此观之，比如，改革开放四十年文学的起点不仅仅是我们熟悉的伤痕文学和《今天》诗人群，像汪曾祺这样的"归来者"作家的文学史价值需要进一步挖掘。一般谈论汪曾祺在新时期文学的复出迟至了《受戒》等一系列小说，其实更早的，发表于《人民文学》1979 年第 11 期的《骑兵列传》是一篇既有伤痕文学时代风尚，同时有"现代"遗风的小说；再比如，对 20 世纪 80 年代除了"理想主义、激进的自我批判，以及向西方思想取经"的神话式想象，更驳杂的是 1980 年代是怎样的"80年代"？我们如何去想象？再比如，对王朔的文学评价，王蒙和当时上海为主的学院知识分子就有迥然不同的现实观感和文学立场，以至于双方的分歧成为"人文精神"讨论起点和一个重要论题。但今天回过头看，王蒙在当时一方面谈文学失去轰动效应的危机；另一方面肯定王朔出现的意义，是不是有其合理性，甚至预言性？王蒙肯定的王朔式的文学成为20世纪90年代文学市场化、新世纪网络文学产业化的一个重要源头。市场化和产业化，对文学边界的拓殖已经是一个显而易见的事实。理所当然，摆脱单极单一和对抗性思维，可以呈现改革开放四十年文学的丰富和芜杂，当时尖锐对立的双方恰恰是20世纪90年代走向丰富多极文学生态的不同端点。

张未民在研究"新世纪文学"时将这种历史的连续性描述成时间向度上的"生长性"，他认为："新世纪文学正是从新时期文学中自然而然地蜕变生长出来的，如果愿意，完全可以将1978年看作是一个开启了21世纪的起点。"在"生长性"或者"发展观"的视野下，被分割成"80年代文学""90年代文学"和"新世纪文学"成为向未来敞开的绵延不绝的"历史小时段"。这种生长或者发展不仅仅是理论和创作实践，也是文学体制和文学制度，比如文学生产和消费过程中的媒介。在很多的描述中，我们只看到新世纪前后文学刊物的危机，而事实上，发生在上个世纪末的文学期刊的生存危机，同时未尝不是一场文学期刊自觉的转型革命，目标是使传统文学期刊成为富有活力的文学新传媒。文学期刊变革的动力当然部分来自网络新传媒。这种对文学期刊"传媒性"的再认意义重大。和狭隘的"文学期刊"不同，"文学传媒"的影响力更具有公共性。《芙蓉》《作家》《萌芽》是世纪之交较早地确立了"传媒性"的文学刊物。笛安、张悦然和韩寒三个广有影响的"80后"作家主编的《文艺风赏》《鲤》《独唱团》，以及近年上海创刊的《思南文学选刊》和改版的《小说界》，也都是"传媒"意义上被突出的文学期刊。

需要指出的是，就像"新时期"四十年成为一个热词被用来指认一个新的时间和时代的开端，"新时代"也已经被用来描述和想象未来的中国文学，比如《人民文学》从2017年以来的"卷首语"不断使用"新时代"，同时也在召唤它所想象的"新时代"文学。虽然"新时代"文学还在想象的建构中，但改革开放四十年的文学已经是一个可以去建构的历史事实。深入下去，这应该成为当下中国现代文学研究的一个重要学术生长点。

历史转型的书写与回应

何言宏

2018 年，1978 年开始的改革开放恰满 40 周年。无论是在中国历史上，还是世界历史上，中国的改革开放都是一次伟大的历史实践，也是一次深刻、伟大和辉煌的历史转型。我们的文学，不仅是这一转型中的重要方面，是其中的一个重要领域，还以自己的方式书写和回应了这一转型。正是以这种书写和回应，我们的文学介入和参与了这一转型，发挥了自己的作用，承担起了自己的责任与使命，同时也完成了自身的转型。

40 年来的中国文学主要以现实主义的精神和创作方法一方面书写了改革开放这一历史转型的方方面面；另一方面，这一转型之中广大民众的精神与生存，也得到了深刻的书写。就前者而言，从新时期之初高晓声的《李顺大造屋》、何士光的《乡场上》、张炜的《古船》到新世纪以来贾平凹的《秦腔》等许多小说，包括其间一度形成潮流的，从 20 世纪 80 年代的改革文学、90 年代的"现实主义冲击波"到 21 世纪以来的"底层文学""打工诗歌"，乡土中国的现代转型在我们的文学中得到了最为充分的书写。我们的工业改革、城市化进程、政治领域中的反腐倡廉、知识分子的生存处境、财经风云……我们的文学均有真切生动和波澜壮阔的书写。正是在对历史转型的深刻书写中，一系列的典型人物形象作为代表的"中国人"的精神与生存也得到了丰富的表现。陈奂生（高晓声《陈奂生上城》），李顺大（高晓声《李顺大造屋》），冯幺爸（何士光《乡场上》），乔光朴（蒋子龙《乔厂长上任记》），李向南（柯云路《新星》），高加林、孙少平（路遥《人生》《平凡的世界》），隋抱朴、赵炳、赵多多（张炜《古船》），金狗、夏天义（贾平凹《浮躁》《秦腔》），李高成（张平《抉择》），曾本之（刘醒龙《蟠虺》）和唐老爹（朱辉《七层宝塔》）等众多人物形象，不仅与改革开放的历史转型深刻关联，并且在其中各自表现出了自己的特点，与大量作品中其他更多形形色色的人物一起，展现了改革开放时代"中国人"的命运与生存，同时也是我们的文学尤其是现实主义文学取得成就的重要标志。成功的典型人物的塑造是现实主义文学的应有之义，也是衡量作品对改革开放这一历史转型书写得是否成功、是否深刻与有效的重要指标，但近些年，我们的文学界特别是文学研究与批评界，相比于20世纪80年代许多专门性的"人物论"写作，对典型人物形象的塑造问题缺乏应有的重视，上述经验显然应该为当下的文学充分总结和记取。

40年来，我们的文学正是在对改革开放这一历史转型的书写与关注中，探索、创造、形成和坚持了一种具有新的时代内容和历史特点的人文主义价值理念，并以此来回应历史，介入和参与到改革开放的伟大实践中。

这种新的人文价值理念，我以为首先在于对人的重视。具体的人，是文学也是历史转型的核心。我们的历史转型，目的就在于广大"中国人"——中国人民的福祉，因此关注人、书写人，特别是关切与书写改革开放时代中人的状况，关注历史转型中人的悲欢、人的命运、人性所受到的考验、人与人之间从伦理到政治、经济等复杂关系的调整，便构成了40年来中国文学的一个很重要的特点，这方面的每一部成功的文学作品，不管是小说、散文，还是诗歌，莫不是以对人的关切、人的表现而产生影响，或者获得文学史地位的。包括上述很多典型人物形象在内，40年来中国文学对人的书写，完全可以成为一个重大课题引起我们的重视。

第二，现实精神和历史意识。文学对改革开放历史转型的书写，不仅表现在像如上所说的作家作品那样以强烈和自觉的现实精神去直面现实、书写现实，还表现在以深邃的历史眼光反思历史，并将现实置放于历史的发展脉络、本质与逻辑中来作理性思考，这样一来，现实问题的来龙去脉和症结之所在，不管是现实问题中"人"的问题，还是"社会性"的问题，很容易看得清楚。不仅能够形象生动地说明改革开放的历史必然性，也能使作品获得了思想艺术深度。新时期之初的很多改革文学作家同时也兼有反思文学作家的身份，或者他们的文学创作中也具有深刻的历史文化意识，便缘于此，比如高晓声、陆文夫、张贤亮、张炜、李国文、贾平凹和蒋子龙等。而张炜的《古船》、余华的《兄弟》、莫言的《生死疲劳》、贾平凹的《老生》、刘醒龙的《黄冈秘卷》，则是在更加漫长的历史时段中，从历史的根部与方向回看现实，作品的风格虽各不同，却都具有特别的深沉与冷峻。

第三，高度自觉的自我意识。我们的作家正是在对改革开放的书写、关注与思考中，激发和释放出自我意识。很多作家不仅因此而勇于思考，探索创新，分别形成了自己的创作风格，还形成了各自独特的思想文化与文学观念。以充分自觉的自我意识为基础，作家们的丰富独特的个体多样性，共同形成了健康、正常、充满活力的文学生态，也促成了改革开放时代中国文学自身整体性的历史转型和不断的发展变革。

与工商经济、科学技术等其他社会领域一样，改革时代的中国文学生机勃勃，新人辈出，思潮迭起，现象纷繁，处于健康良好的文学生态，这一方面有赖于我们的作家积极地以充分自觉的自我意识来回应时代，参与和介入到改革开放的历史进程中去；另一方面，也有赖于改革开放的历史语境，有赖于改革开放的时代精神对作家与文学的自我意识、个体多样性及文学生态的充分尊重和努力维护。我以为这与上述的诸多方面一样，都是改革开放 40 年来的中国文学所积累的宝贵经验，对于我们的文学如何书写和回应"永不停步"、仍在进行的新时代的改革开放，不断取得新的成就，都有着非常重要的启示。

渐成气象的小小说

卢　翎

改革开放开启了一个新的文学时代，小小说应运而生。1981年，才创刊不久的《小说界》，倡导小小说创作，开辟专栏，刊发小小说作品。1982年10月，《百花园》杂志推出"小小说专号"，反响热烈。这一时期再度兴起的小小说，与大跃进时期的小小说已有了根本性的区别。它的出现，不再是政治运动的影响，而是缘于改革开放后社会的进步与生活的呼唤，是改革开放的时代，人们精神需求多样化的必然反映。

改革开放40年，也是小小说获得发展的40年，由筚路蓝缕、积极建设到上下求索、励精图治，小小说渐成气象。2010年2月，中国作家协会修订了鲁迅文学奖评奖条例，将小小说列入其中。2018年冯骥才《俗世奇人》获第七届鲁迅文学奖，"精金碎玉，以少少许胜多多许，标志出小小说创作的绝句境界"。这是国内最高文学奖项对小小说取得成绩的肯定。

一

文学报刊是刊发小小说的重要载体。40年来，众多文学报刊大力倡导、积极推动，促进了小小说的发展。《百花园》是较早关注小小说创作的文学刊物，早在20世纪80年代初，《百花园》便出版小小说专辑，多次举办各种笔会、研讨会，搭建交流的平台，鼓励创作者的创作热情，推动小小说创作。"新时期以来，《小小说选刊》为根据地形成的以郑州为龙头的全国小小说创作中心，它以充满活力的文体倡导与创作事件，有力地带动了全国小小说的发展。"（铁凝）在《百花园》杂志的大力倡导下，《天池小小说》《短小说》《小说月刊》《微型小说月报》等刊物改版成为专门刊发小小说的刊物，同时一些大型文学刊物上也增设了小小说专栏，而各地的报纸副刊则一向对篇幅短小的小小说青睐有加，不断加大刊发小小说作品的力度。

小小说的"疆域"在40年间得到了空前扩展，大量优秀的作品不断涌现，小小说的这一创作实绩，引起了文坛的普遍关注，各种类型的小小说评选活动也随之活跃起来。这些评选活动，或重推介新人新作，或重艺术品质，或重精英意识，或重读者反响，从不同层次促进了小小说创作中精品意识的建立，提高了小小说创作艺术水准。对小小说创作呈现良好发展态势起到了推波助澜的作用。

这一发展态势的形成，还得力于一支稳健、有多元化审美追求的创作队伍的初步形成。他们中有成名作家，如聂鑫森、赵新等，或由长中短篇转向小小说创作，或仅留下惊鸿一瞥的身影，虽整体上作品数量不多，但深厚的艺术功力、独特的艺术追求，使他们的小小说别具一种气象与格局，代表了小小说的艺术高度。还有专事小小说写作的作者（在小小说业内，被称为"小小说专业户"）。他们或起步于"全国小小说创作笔会暨理论研究会"（1990年），或在20世纪90年代各类培训、征文、评奖活动中脱颖而出，怀着对小小说的热爱，勤奋耕耘，自觉进行艺术探索，是新世纪小小说创作的中坚力量。而20世纪以来涌现的更为年轻的一代的小小说作者们，则更具开放的艺术姿态。他们不把自己的写作局限于某一领域，从小说的立场出发，根据创作素材自身的特点，创作长篇小说、中篇小说、短篇小说或小小说。在他们自我的寻找与确立中为小小说注入了新质，强化了小小说多元化的艺术取向。小小说的文体特点、艺术魅力，在这一发展过程中，更加得到充分的体现。

二

小小说文体优势之一是具有表现现实生活的灵敏性。40年来，小小说密切关注中国社会生活的变化，小处落墨，状写世态百相，单纯、清浅，涌动着动人的温暖与深切的人文关怀。如底层叙事，小小说作者从平民立场出发，以深切的现实关怀，书写底层生活与底层人物。在他们的笔端，没有知识分子居高临下式的同情，也少精英主义式的启蒙与呼唤。他们展现了进城的农民工、下岗工人、矿工、乡村留守群体等弱势群体艰辛劳作、物质贫困、精神匮乏的煎熬与挣扎的同时，基于切身感受与体验，他们还敏锐地捕捉底层苦难生活与艰辛岁月中的每一缕阳光和温暖，传达出对生命的体恤和人性的呵护，给人以希望与憧憬。这温暖也缓和了尖锐的矛盾与锐利的疼痛，化解了苦难。再如乡村叙事。中国社会经济的迅猛发展，使漫长历史进程中形成的农业文明传统分崩离析，并不可遏制地溃败。这溃败与凋落也唤醒了沉潜于生命记忆中的乡土情结，这种乡土情结，即是对传统农业文明的深深眷恋。因此，着力挖掘乡土生活中充满诗意的一面，成为许多小小说作者共同的美学诉求。它表现为：明丽纯净的天空、恬淡温馨的日常生活、质朴淳厚的人情；婚丧嫁娶的风情民俗；还有像牛、马等这些家畜与人之间的深厚情谊，这情谊是在它们和人类共同承担耕作的辛劳与艰苦中形成的，因岁月的久远而显得弥足珍贵。毋庸置疑，传统的乡土世界只存在于生命记忆的深处与文学的想象之中。在新的现实语境中，乡村、农民已在传统的文化形态中生长出诸多新质。小小说也密切关注这些变革与新质，以其文体的敏捷性回应中国社会大变革对乡土叙事的召唤。

1980 年代小小说刚刚起步时，"幽默、讽刺"被认为是小小说文体的职能之一。这一时期"官场小小说"因杂文、小品文写法，更具"讽刺小品"的特点。经过近 40 年的发展与深化，描写官场生活的小小说走出了"讽刺小品"的套路，它们在广泛触及诸多问题与矛盾、揭露批判种种丑恶现象的同时，更加注重发现与捕捉官场中那些"最微妙最细密的纹路"，破解其中所隐藏的权力密码。作品指向了权力对个体生命实施的剥夺与扭曲，呈现出现实生存的另一种残酷与悲怆。

诚然，在巍峨的时代生活"纪念碑"旁，小小说渺小肤浅。我们不能苛求小小说承担它力所不及的容量与深度。敏锐地捕捉生活的变化，哪怕是细小的变化，发现它、抓住它并表现出来，记录生活的律动，见证生活前行的足迹。小小说的魅力或许正在于此。

三

起步于 1980 年代的小小说，在摸索前行的过程中，未能博采众长，跟上新时期中国文学前行的步伐。2000年后，一批小小说作者，秉承先锋文学的精神余绪，在小小说领域内引发了一场旨在探索求新的"革命"。这是一场迟到的"革命"，它拓展了小小说艺术的可能性与自由度。尤其值得注意的是，在这种探索的影响下，小小说于人性、人的内心世界的深度开掘与表现中，渐渐形成了一种趋向，即，放弃对客观真实的追求、颠覆现实生活的客观逻辑、拒绝是非善恶的道德判断，从生命的存在境遇出发，走进了纷攘迷茫的内心世界，捕捉内心精神世界的万千变化，阐释人性的晦暗、复杂与无以名状的精神之痛。这种趋势还可以看作是21世纪以来，小小说对中国当代文学不断向人性深层挺进的大趋势的积极回应，同时也是中国经济进入快车道，社会步入工业、后工业化时代后，种种现代社会的精神症候，迷茫、孤独、虚无、荒谬等情绪与心理在小小说中的文学投影。

这种探索在更年青一代小小说作者（21世纪以来崭露头角，70后、80后小小说作者）的创作中，成为一种自觉的追求。他们以现代哲学与艺术想象的联系为起点，书写现代人的精神处境。同时，他们还喜欢以细致机敏的叙事，借助不同的场景或蕴含丰富心理内涵的事件，巧妙地演绎隐秘的、非理性的情感冲动和难以厘清的生命意绪。小小说之于人性开掘的深度就在这些探索建构与深化。

小小说篇幅短小，操作性强，入门门槛低，深受广大文学爱好者喜爱。随着中国社会义务教育的普及，中国人口受教育程度的普遍提高，越来越多的普通读者参与到小小说的创作中来。借助现代传媒手段，小小说被改编为微电影、电视小品、系列电视短剧，小小说刊物、系列出版物也随之热销。小小说成为大众文化时代大众的"狂欢"。但是，问题也随之产生，许多小小说写作者急于求成，以发表、出版作品为荣，以作品的数量来取胜。由于写作者自身艺术视野的狭窄、艺术资源的匮乏以及艺术功底的薄弱，造成了模仿（仿制）之作充斥于小小说创作领域。当批量式生产、复制的作品大行其道时，独特的发现与创造被淹没于缺乏生命力的复制之作时，思想的深度与精神的高度便流失于功利化的写作中，小小说的创作质量受到了严重的损伤。同时，这种急功近利的创作态度也导致了一种普遍的浮躁的心理状态，使小小说写作者们过于迷恋生活表象的追赶，迷恋于经验的书写与传达，满足于行进中的生活的现象的书写，而忽视了艺术修养提升与思想的磨砺，因此，大量作品中所体现出的精神状态不容乐观，执着于经验的表达而缺乏深刻的心灵体验，缺乏超越性的精神立场，缺乏对于人的丰饶的内在精神的探索，缺乏真正意义上的别出心裁。

革新、拉伸、裂变与重生

杨 早

当我们梳理历史之时，最首要的问题或许便是"分期"。分期当然是对时间之河的人为截流，但分期的选择本身，也意味着对某种脉络的确认与认可。

笔者这样划分改革开放四十年的文学进程：

第一个十年（1978–1988）：革新期

第二个十年（1989–1997）：拉伸期

第三个十年（1998–2008）：裂变期

第四个十年（2009–2018）：重生期

需要警醒的一点，是各期之间的关系。前一期与后一期之间，绝非只是转向或变异，相反，更重要的是延续与调整，每一个时期都在回应上一时期难以解决的问题，同时也无法遽然摆脱上一时期的身影，任谁都是同时活在巨大的遗产与债务之中。

四十年来的文学现象与前排人物不可胜数，思虑再三，笔者选择了"征候式人物"作挂一漏万的解读。这些人物或许不是当时最走红或"最重要"的人物，但在笔者看来，他们因为最能反映同时期的特质，也就成为这个时期的代言人。

第一个十年（1978–1988）：革新期
征候式人物：李存葆　北岛　王蒙

被称为"新时期"的"后文革文学"是从 1978 年卢新华的短篇小说《伤痕》发端的。这个十年的前半段，中国文学都在咀嚼与反刍：新的历史就是将被颠倒的历史再颠倒过来，几乎所有的思想问题、社会问题与文学问题，都指向"四人帮"的罪恶。

李存葆的《高山下的花环》（1982）是非常典型的"伤痕＋反思"作品。在这部感动无数人的中篇小说里，来自"文革"的伤痛（包括当时生产的臭弹），对"走后门"的批判，对老区人民与老干部的同时颂扬，包裹着中越战争的热潮，重新调兑出一剂精神止痛药，给了20世纪80年代的现实一种最强力的抚慰与弥合。

如果说"回到十七年"是一种体制内的主流努力，那另一种遍及体制内外的努力则是"重建启蒙"。从1978年开始的"新时期"，在晚清以来的思想史脉络中，就是一场再启蒙运动。李泽厚关于"五四"以来"救亡压倒了启蒙"的论断几乎成了知识界共识。回到"五四"，适足以将过往的不堪岁月解读为启蒙／反启蒙的斗争，也给了新老两代启蒙者一柄高举的大纛。

1978年，《今天》杂志创刊，北岛在创刊词里写道："过去的已经过去，未来尚且遥远，对于我们这代人来说，今天，只有今天！"事实上，"今天"或许被认为只是六十年前的原画复现。尤其相似的是，两场文化运动，都是以对新诗的讨论与传播，划开了紧裹的帷幕。当《回答》《我不相信》《一代人》《致橡树》成大江南北大大小小无数朗诵会的首选，它们对精神生活的震动不亚于《女神》《小河》。诗歌率先承担启蒙的重任，在20世纪中国文学史上，这是仅有的两次。

"新时期"与"五四"的巨大相似之处，还表现在西方文学资源的浪潮般引入，不仅改造着最具敏锐度的诗歌，也将强调大众性的小说推往先锋文学的前卫线。

正如有评论家指出的那样，"新时期"文学有两个主词，一个是"先锋"，一个是"寻根"。其实这两股潮流是一枚硬币的两面，都建立在中国文学对西方文学与文化激进、快速的引进和吞食基础之上，试图创造出新的文学体验与文学表达。

而王蒙的征候式意义在于他的贯通性。王蒙以"文革"前的《组织部来了个年轻人》得名与得罪，进入新时期后，从早期的《布礼》《青春万岁》可以归入"重放的鲜花"，到《活动变人形》《夜的眼》对意识流与叠词的大规模使用，再到《坚硬的稀粥》对历史与现实的讽喻，直至《躲避崇高》对王朔的肯定，"归来者"王蒙几乎参与了这十年所有的浪潮，这种贯通性也确证了"新时期"上接"十七年"与"五四"的延续，下启1990年代的文学大调整。

第二个十年（1989–1997）：拉伸期
征候式人物：王朔　汪曾祺　王小波

对于中国当代文学来说，1997年是一个标志性的年份。它的标志性在于：第二个十年的三位征候式人物，都在那一年终结了自己的写作。

首先是1997年1月，王朔去了美国。王朔是第一波把文学和商业结合起来，并且取得成功的作者。从1988年末到1989年初，有四部根据王朔小说改编的电影推出（据说最初的计划是八部），1988年因此被电影界称为"王朔年"。

从那时开始，一方面，王朔成为前所未有的、只属于大众文化的宠儿，从《渴望》开始，到《海马歌舞厅》《编辑部的故事》，再到《我爱我家》《甲方乙方》，王朔为这些热门火爆的影视剧担任策划与编剧，参与度前所未有地高。另一方面，在1990年代初的"人文精神大讨论"中，王朔作为一个拒绝崇高、拥抱俗世的符号而被高度赞扬或大加挞伐。这种热度与反差，足以让他成为20世纪八九十年代之交的代表性人物。因为这种现象折射出的，是整个社会面对转型时内心的焦虑。

与从来没有被当作精英的王朔相比，在市场的光照之下，凭借实验性写作声名鹊起的一部分先锋作家幡然醒悟，改变叙事策略来"找回读者"——余华、苏童、叶兆言一转身成了"新历史小说"的主力，在对历史的重新叙述中，结合传统叙事技巧与现代怀疑精神。

王朔1997年的出走，标志着这位大众文化的先驱与中国的文学现实从此隔离。而文学以及影视中的都市书写，也迎来了一个新的时代。

1997年的另一个标志性事件是4月11日作家王小波的逝世。王小波代表另外一种传统——他饱受西方文化特别是自由主义的影响，并将这种资源重新和中国的历史与现实密切对接，增补了中国文学里一向缺乏的"狂欢传统"。"狂欢"之前并非不曾现身于中国文学，鲁迅的《故事新编》即有过这种闪光，但是中国文学整体是压抑的，狂欢的闪光没有办法变成火焰。

如果说汪曾祺是在一片深沉阴郁之中努力挖掘人性的美善，那么王小波则以狂欢式的消解去挑战无边的黑暗。这种消解又与王朔不同。王朔的消解是一种"躲避崇高"（王蒙），因此更多地表现为一种姿态，作品中的狂欢也仅止于语言的狂欢，而王小波作品中制造的黑色幽默，是将荒谬发挥到极致，同时尊重个体体验与常识。王小波去世时，发表作品的时间并不算长，但其作品对于他去世后的中国社会精神生活，有着惊人的影响力。

紧接着是汪曾祺，逝世于1997年的5月16日。汪曾祺的重要性在于他完成了现代文学跟当代文学之间的打通，但也在某种意义上超越了这两者。他在1991年曾有言："我认为本世纪的中国文学，翻来覆去，无非是两方面的问题：现实主义和现代主义；继承民族传统与接受西方影响。"汪曾祺本人来自乡土，在1940年代的西南联大受过相当完整的西方文学教育与哲学影响。他20世纪40年代的作品才华横溢，但还没有自己独特的思想表达，用他自己的话说，只是"一声苦笑"。

而当汪曾祺经历了巨大的政治变动与社会实验，再回看中国的乡土社会，在20世纪80年代写出《受戒》《大淖记事》等作品时，他获得与鲁迅、沈从文一样的眼光，是一个接受了西方教育的人回头重新审视乡土，而又能够对于"乡土"与"西方"都有所超越。汪曾祺并没有描述乡土权力结构的野心，不采用鸿篇巨制，对乡土社会也不采取进步／落后的二元化批判姿态，而尝试去深入理解乡土社会的肌理与人情。恰恰是这种自觉的选择，使汪曾祺以短篇小说和散文的方式，完成了对乡土社会的现代书写。

还应该提到汪曾祺对现代汉语的改造。他的语言，是传统文章与新文学共同滋养的产物，摆脱了民国时期西化的艰涩与险怪，也洗掉了1949年之后叙事的制式与空泛。他让人知道如何用白话写出直接中国传统又带着西方文学基因的现代小说。

1993年汪曾祺面对香港记者的访问，曾经表示"面对商品大潮，我无动于衷"。当时这话被视为一位老作家的负气之言。而今回头看来，既非鄙夷，亦非欢呼，汪曾祺或许说出了一个终结式的预言。在他之后，中国文学已经没有了无动于衷的本钱。正如汪曾祺的另一句预言"短，是对现代读者的尊重"，在新世纪将以一种奇特的逆反方式得以应验。

中国当代文学的传统，在汪曾祺、王朔、王小波的手里，被拉伸得更为宽阔。不是先锋派百舸争流的热闹，而是写作领域实实在在地向前、向上、向外、向下的超越。伴随着他们的离场，1997 年可以被认为是中国 20 世纪文学的终结之年。

第三个十年（1998-2008）：裂变期
征候式人物：韩寒　卫慧　天下霸唱

麦家在 2008 年获得茅盾文学奖后，说过一句话："在 2000 年以前，江山其实已经定格了，现在我是要另立山头。"

事实上，麦家本人获得茅盾文学奖，确实可以称为某种意义上的"另立山头"——无论是他获得茅奖的《暗算》，还是获奖之后出版的《风声》，显然都应该归入"通俗小说"即类型文学的范畴。《暗算》获得茅盾文学奖，说明文学体制正在调整自身的标准与策略，一向以深度化、高尚化为追求的传统文学生产机制，正在放下身段，打开闸门。而在 2007 年，中国作协招收的新会员中包括了郭敬明、张悦然等"80 后"作家，这起被称为"作协扩招"的事件引发了不小的争论，但文学体制向新的文类、新的作者、新的资源开放的态势已经势不可当。

这个十年之中，文学在整个社会中的位置，与上两个十年相比，已不可同日而语。传统意义上的"文学"在社会生活中的位置日益边缘化，甚至难以进入公众的视野。但另一方面，文学因素并未从公众精神生活中消失，相反，大众以亚文化的方式，推举出自己的文学偶像。

这个十年最具征候意义的作家无疑是韩寒。韩寒的意义并不仅仅在于他是"青春文学"的偶像，更重要的是他作为一个表达符号与新兴网络媒体的完美结合，成功地跨越了"媒体之墙"。韩寒的兴起与隐没，正代表了这个时代思想界和公众之间的隔膜与互动。

当他用"文坛是个屁"掀起"韩白之争"时，当他引领万千网民向"梨花体"开战时，韩寒扮演了一个传统文学体制的叛逆者——而这种形象正应合了"文学"的边缘化态势。韩寒的追随者与欣赏者愿意相信，他们唾弃一个虚伪的、自闭的文学小圈子，同时将重建一个基于"常识"的文学新世界。

更能体现"文学新世界"的，是网络文学的强势崛起。网络文学最早的

"三驾马车"（宁财神、李寻欢、安妮宝贝）皆出自1997年成立的"榕树下"文学网站，日后无一不成长为大众文化的宠儿，横跨出版、影视剧、综艺等泛文化领域。但网络文学真正的独立成军，还不仅仅在于麦家、蔡骏等人开启的"类型文学"遍地开花，而在于出现了"跨类型写作"的神作——这样，它才能从亚文化消费群进入大众文化的主流，比如天下霸唱的《鬼吹灯》。

《鬼吹灯》遵循了畅销类型小说的写作模式：封闭空间的历险，同伴之间的互助与背叛，奇幻不可知的世界，步步为营的解谜过程。但与国外成功的类型小说相比，《鬼吹灯》上述方面的表现实在不算精彩，它的情节相当粗糙，知识表述支离破碎，也根本无心对旅程、墓穴、深谷等环境做细致的描摹——这或许是网络连载的特性决定的。作者甚至没有心机构思一个真正的大谜（像《哈利·波特》那样），而是匆匆地跳出来交代前因，用一个又一个小谜将情节努力向前推进。然而，《鬼吹灯》由网上走到网下，变身年度畅销书，实现了网络小说空前的成功传播，在于它整合了许多不同的资源，提供给不同类型读者以不同的想象空间。

另一股不可忽视的潮流是女性写作。1999年，卫慧发表了《上海宝贝》。与20世纪80年代成名的女作家如王安忆、铁凝不同，伴随着女性主义浪潮成长的女性作家，不再追求"半雄半雌的头脑"（黑格尔）。陈染、林白举起了"私人写作"的大旗，走得更远的或许是翟永明等人的诗歌（其回响直到余秀华）。而更年轻的卫慧与棉棉，在文字里将欲望释放到了某种极限。文学不再承担社会道义与思想阵地的使命之后，女性的份额在以惊人的速度提升，终于，"文艺女青年"成了中国文学受众的主力军，即使在网络时代，女频的文学含量也普遍高于男频，小说改编成影视剧的成功率更是让男频望尘莫及。

在21世纪初的多次文学阅读评选中，路遥《平凡的世界》总是高居榜首，而金庸的位置也总是与鲁迅不相上下。2007年的文学阅读被媒体总结为"男盗女穿"，纸贵一时的《鬼吹灯》《盗墓笔记》《梦回大清》《步步惊心》不仅销量惊人，也是接下来十年影视改编的热门类型。而通常不被计入"文学"领域的跨门类作品，无论是韩寒的博客文字、于丹的《〈论语〉心得》，还是《明朝那些事儿》，打动人心的法宝，仍然离不开文学的元素。这一切都指向一个结论：当代文学正在发生裂变，不同的亚文化群落形成封闭的生产－消费循环，那些2000年前占据文学江山的作家与背后的体制，不再是"当代文学"唯一的选择。

2007 年，媒体疯狂炒作一位德国汉学家顾彬对"中国当代文学"的批评。顾彬将"现代文学"（1919-1949）比为"五粮液"，而将"当代文学"比为"二锅头"。这种观点无疑为质疑"当代文学"的声浪火上浇油——80%以上的接受调查者认同顾彬的看法。细究公众对当代文学的愤怒，不外乎两方面：一是对于文坛体制的抨击；二是对于市场化文学的厌恶。这种愤怒背后映射的，其实是整个社会对文学功能与角色的认知混乱。文学应该承担社会公义吗？作家应该追求高雅格调即成为"灵魂工程师"吗？市场应该成为文学的重要甚至唯一标准吗？这些没有答案的问题，慢慢地飘散在风中。

第四个十年（2009-2018）：重生期
征候式人物：莫言 刘慈欣 金宇澄

莫言在 2012 年获得诺贝尔文学奖之后，有媒体不无反讽地提及旧事：2009 年莫言小说《蛙》在上海首发，出版社担心人气不足，请了郭敬明来"站台"。会后莫言称与郭敬明"并无交情"。

这确实是一个饶有趣味的细节。莫言与郭敬明可以被视为两种不同文学体系的代表人物，郭敬明为莫言站台，王蒙担任郭敬明加入中国作协的介绍人，包括莫言 2013 年受邀成为中国网络文学大学的名誉校长，都可以看作是两种文学体系的交集，但两者恐怕仍然"并无交情"。

基本上，根基于青春写作与网络载体的新媒体文学，跟体制化精英化的传统文学之间，迄今为止，仍然是隔膜远大于沟通。正如有批评家指出的，网络文学是一个欲望空间，是以"爽"为出发点与美学诉求的文学形态。在笔者看来，网络文学是回到了文学创作的原点，直接诉诸刺激受众的各种欲望。它跟传统文学不在一条道上。

然而这并非断言了当代文学不可能浴火重生。莫言获得诺奖，不是一个时代的开始，而是一个时代的终结。中国的乡土社会正在迅速瓦解，百年来一直占据主流的描写传统乡土社会的作品，将从大国变为附庸。农民出身的莫言、陈忠实、贾平凹、刘震云，他们的资源正在或已经耗尽，乡土文学的主潮已经转换为都市视角的"回乡手记"。

面临重新洗牌的不仅是"乡土文学",连统治了上百年的"小说"这一门类也面临着挑战,逐渐走下神坛。非虚构写作的影响力与传播度越来越强,基本替代小说描绘世情的功能。小说自身也摆脱了承担严肃思考与社会公义的使命,从"娱人娱己"的起点重新出发。

刘慈欣的《三体》为中国科幻小说赢得了雨果奖与世界声望,《三体》的文学价值却为诸多评论家所诟病。然而,这正是文学新时代的某种表征:小说的衡量标准不再以语言或人物为首选,而是让位给了想象力与宏大结构。《三体》虽非网络小说,却可以代表奇幻、修真、穿越等各种类型文学。

同样,网络上并不只有类型文学。追求高度的写作虽然小众,但并未绝迹。《繁花》同样因 2015 年获得茅盾文学奖而声名大噪。这部作品首次发布地,是一家研究上海文化的小众网络论坛,而它的作者金宇澄,是一位比莫言年纪还大的文学编辑。《繁花》后来的写作与传播本身,完全遵循传统体制的"期刊－出版－获奖"的模式,但它创作的自发性、网络属性及地域特色,提示了专业化与市场化两种写作之外,仍然有着可供探索的新的表达空间。

如果我们放平心态,重新审视各种各样的文学形态,我们就不得不承认,这十年的中国,文学远远说不上衰退,因为它不只活在传统的文学体制之中,也不是影视 IP 可以一网打尽的。中国有超过 200 万的注册写手,每天产生超过 1 亿字的文学内容——这还没有算上诸多充斥着文学元素的影视剧本、公号文章、非虚构叙事。正是在诸种文学形态的并行与冲撞当中,中国当代文学始终闪耀着精神的魅力与重生的希望。

附录 1

改革开放 40 年小说论坛答记者问

王 干

1. 为什么举办这次活动？反映改革开放 40 周年的佳作如云，确定取舍、入选作品的标准为何？

答：改革开放 40 年来，我们国家在经济、社会、文化等方方面面都取得了很大的发展，文学更是取得了非常大的成就。文学与改革开放是一起呐喊、一起前进，成为改革开放文化的一部分。我们《小说选刊》和中国小说学会及人民日报海外网联合举办改革开放 40 年小说论坛暨最有影响力的 40 部小说评选活动，就是想通过对这 40 年小说的回顾、梳理，同时也是对改革开放的重新理解、重新认识，从而对小说创作所呈现出来的风貌与改革开放的关系进行一个学术性研究和历史性回顾。

改革开放跟小说创作的关系是非常有意思的。首先，文学呼唤改革开放。1978 年以来，中国的文学家、小说家"春江水暖鸭先知"，率先感受到时代春风的来临。同时，文学也反映人民的心声，能够及时地传达老百姓对社会变革、对社会进步的诉求。我们从两个方面就能看出改革开放跟小说的关系，一个是作家通过写作品来呼唤时代变革，呼唤社会进步，呼唤我们对旧有的陋习、旧有的陈规进行变革性的改造，比如高晓声的《陈奂生上城》、刘心武的《班主任》、王蒙的《春之声》。《春之声》这部作品就可以概括为"春江水暖鸭先知"，它首先感应到春天来临的消息。这是感知、呼唤改革。第二个就是小说呈现改革的进程、改革的艰难。比如直接描写改革的小说《乔厂长上任记》，成为中国改革小说的先驱。同时还有其他一些作家，也对中国改革进行了正面的描写，张洁的《沉重的翅膀》则是对改革现实的书写，张贤亮、周梅森等都有描写改革进程的长篇小说。

我们通过这次 40 年的回顾，可以看到我们中国社会在改革开放中取得的成果，同时也能够看到中国社会向前前进的艰难。这个活动是出于这样一个动机，就是用小说来展现改革开放 40 年的进程，同时也是把我们的小说放在一个大的历史背景、时代背景里来考察。另一个方面就是小说在艺术创作上，这 40 年中国小说的变化也是非常大的，经过了一个浪潮又一个浪潮，受到西方文学的影响之后，也慢慢产生了中国特色的现实主义小说，比如新写实小说就是改革开放之后诞生的一种比较成熟的小说流派、小说美学。

这次入选的作品从内容上、形式上都能够看出小说在这些年的进步和发展。当然，这些年我们的文学也是经过了伤痕文学、反思文学、改革文学、寻根文学、先锋文学、新写实小说以及后来的各种各样文学的变化。改革开放 40 年，我们在经济上取得了跨越式发展，在文学上我们也是高速地走过了西方近一百年的文学历程，小说更是明显。这 40 年我们几乎把西方的各种流派、各种主张在中国操练了一遍，并在操练的过程中，慢慢形成了中国特色的小说，比如中国特色的现实主义"新写实小说"。我们举办这个论坛的目的就是，在对过去的历史进行梳理的同时，找出过去的不足，找出今后我们发展的方向，从而更好地促进小说的发展与进步。

2. 这个活动为何会选择在青岛举办？

改革开放以来，中国社会从一个比较封闭、缺少现代意识和现代文明的时空进入到一个新的时空，这个新的时空的一个特征就是当时沿海开放了 14 个港口城市，青岛是其中之一。作为最早开放的城市，青岛始终站在改革开放风气之先，为中国的改革开放提供了很多经验，做出了许多贡献，南方的深圳、北方的青岛，都是改革开放最前沿的城市。这次活动放在青岛，也是让改革开放的城市和我们改革开放的小说、文学能够有机结合起来。

同时，青岛这些年来也产生了像尤凤伟这样的在改革开放中成长起来的优秀作家，他不仅是山东文学的重要组成部分，更是中国改革开放小说版图上不可缺少的一块。

3. 之前中国小说学会在青岛举行年会，您也来过青岛，您对青岛二十世纪三四十年代的文学渊源有何见解？

这也是这次论坛选在青岛举办的一个原因。青岛是一个文学的城市。二十世纪有大量的文学家在青岛留下他们的足迹，也留下他们的作品。老舍在青岛期间创作了长篇小说《骆驼祥子》和两部散文集。沈从文1931—1933年在青岛任国立青岛大学讲师，这期间完成了几十部中短篇小说和散文，有《自传》《八骏图》《月下小景》等。梁实秋1930—1934年在国立青岛大学任外文系主任兼图书馆馆长，在青岛期间开始翻译影响广泛的《莎士比亚全集》。闻一多任国立青岛大学文学院院长时著有《奇迹》等诗。除此之外还有很多，青岛一直与文学有着千丝万缕的密切联系。改革开放这些年来，王蒙先生在青岛的海洋大学担任文学院院长，也是延续了青岛作为文学城的传统。所以这次活动选在青岛，既是与改革开放现实的对接，也是文学传统的延续。

4. 此次论坛专家委员会的构成有什么特点？

这次活动不是评奖，也不是写文学史，这是一次带有主题的评选，我们评选的是最有影响力的40部小说。影响力主要从三个方面讲：第一，当时的社会影响。就是当时在社会上产生的影响，在读者中激起的波澜。第二，它和文学史的遴选不一样，文学史注重全貌和整体，我们这次注重的是最具有改革开放精神的作品。第三，也注重在小说发展史的地位和影响。入选作品在小说艺术创新上的成就，比如它延续了什么、有没有影响其他人的写作、有没有影响时代风潮的变化等。

由于这次评选注重影响力，不是学院派的评选，我们注重社会影响和社会思潮，从社会学和文学史的双重角度来考察作品。一部作品当时的社会影响力是怎样，回过头看，它对我们今天的社会产生了什么作用，这是我们关注的。所以我们的专家委员会构成既邀请了一些专家学者，比如中国小说学会的一些专家，部分高校的教授，也邀请了一些接地气、现场感强的编辑家和评论家。评委主要由三方面构成：第一是在文学现场、文学生产第一线的编辑家；第二是始终在文学创作现场的评论家，就是这些年来一直在跟踪、研究、描述当下小说创作的评论家；第三是在作协系统相关部门工作的专家和学者。我们的专家委员会除了专业性以外，还考虑到方方面面的代表性。

所以我们这次的评选是有广泛的社会性和广泛的群众基础的。专家构成比较全面，不是某一种类型的，或者学院派的专家团队，而是各种类型、方方面面的，有社会各方面代表性的专家团队。

5. 这次的评选方式是怎样的?

我们这次的评选方式比较有意思,是通过通讯投票的方式。评委和评委之间是背靠背的,是真正意义上的票选,有点类似民主选举。我们提供了 120 部备选作品,40 部长篇,40 部中篇,40 部短篇,由 40 位专家投票选出 15 部长篇、15 部中篇、10 部短篇,一共选 40 部最有影响力的小说。入选作品严格按票数多少来确定,得票靠前当然入选。入选的作品自然是众望所归,但长篇、中篇、短篇作为备选的 40 部作品,都是有影响力的小说,每一部落选都是很遗憾的,我们尊重专家委员会的选择,也感谢那些入选和没有入选的作家,因为他们的伟大创作,才让我们的评选充满了惊叹和遗憾,惊叹他们的创作至今仍有价值,遗憾一些好作家好作品的落选。

(原载《青岛日报》)

附录2

改革开放 40 年小说论坛暨最有影响力小说评选

专家委员会

主 任 阎晶明 吴义勤

副主任 王 干 赵利民

委 员（以姓氏笔画顺序）

王 干	王 山	王春林	文 欢	卢 翎	老 藤	毕光明
刘玉栋	杜学文	李一鸣	李国平	李晓东	李掖平	杨 扬
吴义勤	吴克敬	何子英	何向阳	汪 政	张未民	张颐武
张燕玲	林 霆	欧阳黔森		周明全	郑建华	宗仁发
胡 平	赵利民	段守新	施战军	徐晨亮	高建刚	郭宝亮
黄发有	阎晶明	梁鸿鹰	程永新	路英勇	臧永清	

主办单位

中国作家协会《小说选刊》杂志社

中国小说学会

人民日报海外网

承办单位

青岛市作家协会

论坛办公室主任

王 干

赵利民

论坛办公室副主任

李晓东

徐 蕾

高建刚

附录3

改革开放 40 年最有影响力小说入选篇目

（以作家姓氏笔画为序）

长篇小说（15部）

活动变人形 ……………………………………………… 王　蒙

长恨歌 …………………………………………………… 王安忆

务虚笔记 ………………………………………………… 史铁生

芙蓉镇 …………………………………………………… 古　华

白鹿原 …………………………………………………… 陈忠实

羊的门 …………………………………………………… 李佩甫

尘埃落定 ………………………………………………… 阿　来

沉重的翅膀 ……………………………………………… 张　洁

古船 ……………………………………………………… 张　炜

繁花 ……………………………………………………… 金宇澄

生死疲劳 ………………………………………………… 莫　言

笨花 ……………………………………………………… 铁　凝

春尽江南 ………………………………………………… 格　非

浮躁 ……………………………………………………… 贾平凹

平凡的世界 ……………………………………………… 路　遥

中篇小说（15部）

黄金时代 ………………………………………………… 王小波

风景 ……………………………………………………… 方　方

你别无选择 ……………………………………………… 刘索拉

玉米 ……………………………………………………… 毕飞宇

高山下的花环 …………………………………………… 李存葆

绿化树 …………………………………………………… 张贤亮

美食家 …………………………………………………… 陆文夫

短篇小说（10部）

附录 3　改革开放 40 年最有影响力小说入选篇目